Octavius et la gouvernante

DE LA MÊME AUTRICE AUX ÉDITIONS J'AI LU

Le secret de Mlle Chapple
L'imprudence d'Isabella
Le dilemme de lord Hargrave
La voleuse de Whitechapel

Les cousins Garland

1 – *Le stratagème de Primrose*
2 – *Insaisissable Violet*

Sortilèges amoureux

1 – *Les aventures de Charlotte*
2 – *Les petits secrets de Letitia*
3 – *L'honneur d'Eleanor*

EMILY

LARKIN

LES COUSINS PRYOR – 1

Octavius et la gouvernante

Traduit de l'anglais (Nouvelle-Zélande)
par Catherine Berthet

J'AI LU

POUR elle

Titre original
OCTAVIUS AND THE PERFECT GOVERNESS

Publié en accord avec l'autrice,
c/o Baror International, Inc.,
Armonk, New York, USA

Il est universellement admis
que les marraines bonnes fées n'existent pas.

1

Octavius Pryor aurait dû gagner cette course. Ce n'était pas difficile. La salle de bal vide, dans la maison de son grand-père-le-duc, mesurait environ quatre-vingts mètres de long. Il avait aligné cent vingt chaises sur le parquet ciré, il était donc facile de se rendre d'une extrémité de la pièce à l'autre sans toucher le sol. Son cousin Nonus Pryor, surnommé « Ned », avait aussi cent vingt sièges à parcourir mais, ce dernier étant aussi maladroit qu'un éléphant, Octavius savait qu'il pouvait arriver le premier. Et il n'était pas loin de toucher au but quand son pied passa à travers l'une des délicates chaises dorées. Il allait trop vite pour reprendre son équilibre et il tomba. Ce qui le mettait hors course.

Son cousin Dex – Decimus Pryor – poussa un hululement moqueur.

Ignorant ses cris, Octavius se releva. La bonne nouvelle, c'était qu'il n'avait rien de cassé, mis à part la chaise. La mauvaise, c'était que Ned, qui avait vingt chaises de retard sur lui, était dorénavant assuré de remporter la victoire.

Ned ralentit, l'air fanfaron. Du moins, autant qu'il soit possible de prendre l'air fanfaron tout en se tenant en équilibre sur une rangée de sièges en bois doré.

Les dents serrées, Octavius observa son cousin terminer son parcours. Ned jeta un coup d'œil par-dessus son épaule et, avec un petit sourire satisfait, tendit lentement le doigt pour toucher le mur.

Dex poussa un hurlement de victoire.

Octavius retira avec précaution sa jambe de la chaise. Par chance, ses bas n'étaient pas déchirés. Il se releva et regarda avec circonspection Ned sauter de la dernière chaise et venir vers lui.

— Alors ? lança Dex. Quel sera le gage d'Otto ?

Le sourire de Ned s'élargit.

— Il devra se rendre demain soir à Vauxhall Gardens... sous l'apparence d'une femme.

Il y eut un moment de silence. Cela faisait longtemps qu'ils jouaient à inventer des gages embarrassants. Mais celui-ci était sans précédent.

Dex eut un cri de joie.

— Excellent ! s'exclama-t-il avec un sourire réjoui. J'ai hâte de voir ça.

*

* *

Lorsque Ned disait qu'Octavius devait se rendre à Vauxhall Gardens sous l'apparence d'une femme, il fallait le prendre au pied de la lettre. Octavius n'irait pas à Vauxhall en homme déguisé en femme, mais en femme portant des vêtements de femme. Car il pouvait changer d'apparence. C'était le don qu'il avait choisi quand sa Marraine la Fée lui avait rendu visite pour son vingt-cinquième anniversaire.

Quand son tour était venu, Ned avait choisi de pouvoir se rendre invisible. Ce qui, d'après Octavius, était le choix le plus stupide qu'il pouvait faire. Car Ned était la brute la plus bruyante et maladroite de toute l'Angleterre. Il avait la discrétion d'un éléphant. Il faisait le pire usage possible de son don. En fait, il était tellement mauvais que leur grand-père-le-duc lui avait imposé des conditions très strictes concernant l'usage de son pouvoir.

Ned avait ronchonné, mais il avait obéi. Il avait beau être un lourdaud, il n'était pas stupide au point de prendre le risque de révéler le secret de la famille. Personne n'avait envie de savoir ce qui se passerait si le bruit se répandait qu'une des plus grandes et nobles familles d'Angleterre avait une marraine fée.

Octavius, qui savait marcher discrètement s'il le voulait, n'avait pas choisi le don d'invisibilité mais celui de la métamorphose, si bien qu'il pouvait se transformer en n'importe quelle créature. Il avait acquis ce pouvoir deux ans plus tôt et, depuis, il avait pris l'apparence de tous les animaux imaginables. Il lui était arrivé quelquefois de prendre l'aspect d'une autre personne. Une fois, il s'était même fait passer pour son cousin Dex. Il s'était assis et avait bu du brandy en discutant chevaux avec son frère et ses cousins. Tous l'avaient pris pour Dex… jusqu'au moment où ce dernier était entré dans la pièce. Leur expression avait été impayable. Quant à la tête qu'avait faite Dex… Seigneur, que c'était drôle !

Octavius avait ri aux larmes.

Mais, s'il y avait une apparence qu'il n'avait jamais été tenté de prendre, c'était celle d'une femme.

Pourquoi l'aurait-il fait ?

Il était un homme, et pas n'importe lequel. Il était beau, riche et extrêmement bien né. Pourquoi, alors qu'il jouissait de tous ces avantages, aurait-il voulu savoir ce que c'était d'être une femme ?

Hélas, c'était la règle du jeu. Ned avait choisi son gage. Et maintenant Octavius était dans sa chambre, examinant une pile de vêtements féminins, alors qu'une foule un peu trop nombreuse se pressait autour de lui. Ses cousins Ned et Dex étaient présents, mais aussi Quintus, son frère, et Sextus, celui de Ned.

Quintus et Sextus se tenaient généralement à l'écart de leurs frasques et de leurs pitreries. Quintus parce qu'il était comte et prenait ses responsabilités très au sérieux, Sextus parce qu'il était d'un caractère froid et réservé. Cependant, ils se trouvaient tous deux dans la chambre d'Octavius.

Ce dernier ne voyait pas d'inconvénient à se ridiculiser devant un imbécile comme Ned et un fou comme Dex, mais devant son frère ô combien sage et son cousin au comportement distant ? Il ne s'était jamais senti aussi embarrassé.

— À qui sont ces vêtements ?

— À Lydia, répondit Ned.

Octavius s'efforça de faire bonne figure, bien que porter les vêtements de la maîtresse de Ned le gêne. En réalité, il en était mortifié. Lydia avait une poitrine très généreuse, ce qui signifiait qu'il allait devoir avoir lui-même des formes plantureuses pour que le corsage ne glisse pas sur lui.

Il n'était pas loin de déclarer forfait. Mais il ne s'était encore jamais dérobé devant un gage. Serrant les dents, il dénoua sa cravate.

Il ôta tous ses vêtements. Quand il n'eut plus sur lui que son caleçon, il ordonna aux autres de se détourner avant de l'enlever. Puis il pensa à l'apparence qu'il voulait prendre. La silhouette de Lydia, mais pas son visage. Des boucles brunes, des yeux bruns aussi... et en prononçant silencieusement un juron, il changea d'apparence. Un frémissement magique lui parcourut la peau et pénétra dans son squelette. Il frissonna malgré lui, et la transformation s'accomplit. Il était une femme.

Il ne prit pas le temps d'examiner son corps et enfila rapidement la chemise en évitant de regarder le miroir.

— Très bien, annonça-t-il d'une voix féminine qui le surprit lui-même. Vous pouvez vous retourner.

Son frère et ses cousins pivotèrent et le contemplèrent. Il était troublant de se trouver devant eux sous les traits d'une femme vêtue uniquement d'une chemise légère. C'en était presque intimidant.

Octavius croisa les bras sur son opulente poitrine, les décroisa, posa les mains sur les hanches et finit par laisser retomber ses bras.

— Qui veut m'aider à mettre ce corset ? demanda-t-il en désignant la pile de vêtements sur le lit.

Personne ne se porta volontaire. Aucun de ses compagnons ne chercha non plus à plaisanter. Apparemment, il n'était pas le seul à être décontenancé. Son frère Quintus arborait une expression guindée, Sextus semblait un peu chagriné, et Ned et Dex, contrairement à ce qu'il croyait, n'avaient pas du tout l'air moqueur.

— Le corset, répéta Octavius. Allons, espèces de balourds. Aidez-moi à m'habiller.

Il battit coquettement des cils. Il aurait préféré aller au diable plutôt que de leur laisser voir à quel point il se sentait mal à l'aise.

Quintus fit la moue et lui tourna le dos.

— Bon sang, Otto, ne fais pas cela.

Octavius éclata de rire. Son sentiment de gêne se dissipa. Il comprit que s'il savait s'y prendre, il les mettrait dans un tel embarras qu'aucun d'eux n'oserait lui redonner ce genre de gage. Il souleva le corset et l'agita sous le nez de Ned.

— C'est toi qui m'as donné ce gage, alors tu vas m'aider à m'habiller.

Il lui fallut un certain temps pour tout revêtir, car Ned était la pire femme de chambre du monde. Il se débattit avec le corset pendant presque un quart d'heure, puis présenta le jupon à l'envers. La robe consistait en un long fourreau de soie sur lequel on devait enfiler une robe de dentelle légèrement plus courte. Ned refusa tout net d'arranger les rubans sur le décolleté d'Octavius et de l'aider à fixer les bas de soie au-dessus de ses genoux. Octavius dissimula son amusement. Il était sûr, à présent, que Ned ne répéterait jamais cette plaisanterie.

Lydia possédait plusieurs jolis rubans que Ned ne parvint pas, malgré trois essais, à enrouler dans les boucles d'Octavius. Dex vint à la rescousse. La coiffure qu'il obtint n'était pas très sophistiquée, mais le résultat était passable.

Octavius fut enfin complètement habillé. Le plus étrange était qu'il avait l'impression d'être dévêtu. Sa gorge n'était pas couverte ; pas de col à sa chemise ni de cravate amidonnée serrée autour du cou. Sa poitrine était partiellement dénudée, ainsi que ses épaules. Mais le pire, c'était qu'il ne portait pas de pantalon sous son jupon et qu'il avait l'impression désagréable d'être nu. À dire vrai, la plupart des femmes ne portaient pas de culotte de batiste, et ce soir il était une femme. Si son propre pantalon avait pu s'adapter à son nouveau physique, il aurait insisté pour l'enfiler.

Il lissa les gants sur ses poignets et se regarda dans le miroir. Ce qu'il vit ne lui plut pas. Ce n'était pas un peu bizarre, c'était complètement raté. Il n'était pas une femme. Ce n'était pas lui. Il n'avait pas ces lèvres pulpeuses, ces hanches arrondies et cette taille creusée. Et surtout, il n'avait pas ces seins lourds.

Il lissa de nouveau les gants, essayant de dissimuler son malaise.

Ned donna un coup de coude à Sextus, son frère aîné.

— Il est encore plus joli que toi, Narcisse.

Tout le monde éclata de rire, et Sextus esquissa ce sourire amusé qu'il avait toujours quand son frère l'appelait « Narcisse ».

Octavius contempla leur reflet dans le miroir, et il constata que c'était exact. Il était plus joli que Sextus.

Bizarrement, ce dernier n'arborait plus son air narquois. En fait, son expression n'était pas amusée du tout. C'était même l'inverse.

Dex drapa un châle sur les épaules d'Octavius.

— Voilà. Et un éventail. Tu es prêt ?

Octavius se regarda dans le miroir et trouva que tout allait de travers. Il prit une profonde inspiration avant de déclarer :

— Oui.

*

* *

Au grand soulagement d'Octavius, ils ne traversèrent pas la Tamise en barque et prirent un fiacre pour gagner Vauxhall. Il n'était pas sûr de pouvoir monter ou descendre d'un bateau vêtu d'une robe. Le simple fait de grimper dans la voiture constituait un défi. Il faillit se prendre les pieds dans les volants de son jupon.

Ils passèrent par Westminster Bridge et empruntèrent Kennington Lane. Ce trajet à travers la ville lui laissa amplement le temps de tourmenter son frère et ses cousins. Il voulait que ceux-ci comprennent bien une chose : ils ne devaient plus jamais lui imposer ce genre de gage. C'était valable aussi pour Quintus et Sextus, qui prenaient rarement part à leurs jeux.

Toutefois, Octavius devait bien reconnaître à présent qu'il commençait à s'amuser. Voir Ned se tortiller, horriblement gêné, chaque fois qu'il battait des cils et agitait coquettement son éventail en dentelle ivoire était un spectacle irrésistible. C'était encore plus merveilleux lorsqu'il gloussait en disant :

— Oh, Nonny, tu es tellement drôle !

Au lieu de le frapper, comme il l'aurait fait en temps normal, Ned rougissait en lui lançant des regards furieux.

Il y avait des années qu'Octavius n'osait plus appeler Nonus autrement que « Ned ». Aussi jouissait-il de ce moment de triomphe. Il résolut d'appeler son cousin « Nonny » aussi souvent que possible au cours de la soirée.

Il porta ensuite son attention sur son frère et dit en minaudant :

— Quinnie, mon chéri, vous êtes magnifique ce soir.

Il ne fallait pas manquer cette occasion unique de voir un comte se faire tout petit.

Dex, cette andouille, ne rougit pas et ne parut pas mal à l'aise quand Octavius lui joua le même tour. Il préféra éclater de rire.

Octavius se désintéressa donc de Dex pour se focaliser sur Sextus. Ce dernier ne se tortillait pas, ne se crispait pas, mais ne riait pas non plus. Il se prélassait sur le siège opposé, l'air légèrement amusé. Lorsque Octavius agita son éventail en roucoulant, il se contenta de hausser les sourcils.

— Vous êtes à croquer, mon cher. Beau à tomber à la renverse.

Sextus lui lança un regard qui ne laissait planer aucun doute. Il savait exactement ce qu'Octavius essayait de faire. Il avait toujours été le plus malin de tous.

En parvenant à Vauxhall, Octavius réussit à descendre de voiture sans se prendre les pieds dans ses volants.

— Qui va payer l'entrée pour moi ? demanda-t-il en agitant son éventail et en battant des cils.

Maintenant qu'ils étaient arrivés, son cœur battait à tout rompre et ses mains étaient moites dans ses gants de dentelle. Jouer à ce petit jeu avec son frère et ses cousins était une chose. Se faire passer pour une femme en public en était une autre. Surtout quand on ne portait pas de pantalon sous sa robe.

Cependant, il n'était pas question de leur laisser voir sa nervosité. Il se tourna vers son frère en minaudant.

— Quinnie, mon chéri, vous allez payer pour moi, n'est-ce pas ?

Quintus se hérissa.

— Otto, pour l'amour du ciel, cesse cette comédie, siffla-t-il entre ses dents.

— Non ? fit Octavius avec une moue boudeuse avant de se tourner vers Ned. Nonny, dites-moi que vous serez mon galant ce soir.

Ned lui lança un regard noir et Octavius lui envoya un baiser du bout des doigts. Il faillit éclater de rire en voyant l'expression horrifiée de son cousin. Dex, en revanche, ne put se retenir de s'esclaffer.

— C'était ton idée, Ned. À toi de payer, déclara-t-il.

Ned invita tout le monde, et ils entrèrent dans les célèbres jardins. À peine les grilles franchies, Octavius prit le bras de Dex. Celui-ci semblait s'amuser beaucoup trop et, si Octavius ne trouvait pas un moyen de le mettre mal à l'aise, ce gage ridicule risquait de se reproduire. Or cela ne devait surtout pas arriver. Dieu l'en préserve.

Octavius était venu un nombre incalculable de fois à Vauxhall Gardens. Rien n'avait changé. Le pavillon et les musiciens étaient toujours là, ainsi que les bosquets et les allées. Et pourtant, tout était différent. Car visiter les jardins sous les traits d'une femme n'avait rien à voir avec le fait de s'y promener en tant qu'homme. Sa tenue n'était pas étrangère à la sensation qu'il éprouvait. Ce n'était pas la toilette sage d'une débutante. Lydia était une courtisane qui se faisait payer cher, et la robe était conçue pour mettre ses appas en valeur. Octavius était conscient du regard des hommes, et cela le mettait très mal à l'aise. Ils reluquaient ses seins, ses lèvres, ses hanches, l'imaginant sûrement dans leur lit. C'était très déplaisant, mais le pire était qu'il connaissait certains de ces hommes. Ils étaient ses amis, et ils le déshabillaient des yeux.

Il continua de minauder avec son éventail pour cacher son malaise pendant que Ned allait se procurer un panier de pique-nique. Quintus s'arrêta pour parler avec une de ses connaissances et, deux minutes plus tard, Sextus l'imita. Dex et Octavius restèrent seuls. Du moins, autant que l'on puisse l'être dans un lieu public aussi fréquenté que Vauxhall.

Octavius fit signe à Dex de s'éloigner de l'allée principale pour gagner un chemin plus tranquille. Les jardins s'étendaient sur plusieurs hectares et de part et d'autre des larges allées bien éclairées se trouvaient de petits sentiers tortueux menant à des coins discrets derrière les massifs.

Ils croisèrent un trio de jeunes dandys avinés, visiblement en quête d'aventures. L'un d'eux poussa un sifflement appréciateur et pinça les fesses d'Octavius. Celui-ci le frappa de son éventail.

L'homme éclata de rire, aussitôt imité par ses compagnons. Et par Dex.

— Il m'a pincé ! s'exclama Octavius, indigné.

Cet idiot de Dex rit de plus belle et poursuivit tranquillement son chemin, sans même faire mine de réprimander le dandy.

Octavius fut bien obligé de le suivre, mais il était outré.

— Tu ne rirais pas si quelqu'un pinçait les fesses de Phoebe, dit-il aigrement. Tu l'assommerais.

— Tu n'es pas ma sœur. D'autre part, si on porte une robe comme celle-ci, il faut s'attendre à être pincé.

Octavius faillit lui donner un coup d'éventail, mais il retint son geste. Serrant les dents, il se promit de lui faire regretter ses paroles avant la fin de la soirée. Il se plongea dans ses pensées alors qu'ils s'engageaient dans une allée encore plus sombre dans laquelle les lampes projetaient des cercles de lumière dorée. Avait-il déjà vu Dex dans l'embarras ? Pas simplement mal à l'aise, non. Vraiment, profondément embarrassé.

Un lointain souvenir émergea des profondeurs de son esprit. Il se rappela tout à coup que Dex avait un deuxième prénom, Tallon. Il se remémora aussi ce qui s'était passé quand les autres garçons de la pension l'avaient découvert.

Dex Tallon était devenu… Sexe l'Étalon.

Il n'avait fallu qu'une semaine à Dex pour faire oublier ce sobriquet. Les Pryor étaient plus costauds que la moyenne et ne perdaient jamais une bagarre dans la cour d'école. Mais ce qui avait marqué Octavius, ce n'était pas l'affrontement qui avait eu lieu cette semaine-là. C'était la fureur de Dex et son visage rouge de honte.

Bien sûr, Dex était vraiment un étalon, à présent, un mâle viril et dominant. Aussi ce sobriquet ne devait-il plus l'agacer autant.

Ils parvinrent dans une allée un peu plus fréquentée. Octavius attendit de trouver un auditoire approprié, ce qui ne tarda pas à se produire quand il croisa Feltham et Wardell, qui avaient tous deux été en pension avec Dex.

— De tous mes galants, vous êtes mon préféré, avoua Octavius d'une voix forte dès qu'ils furent à leur hauteur. Dex Tallon, vous êtes mon étalon. Vous m'avez laissée vous chevaucher toute la nuit.

Il laissa fuser un soupir enamouré et eut la satisfaction de voir Dex s'empourprer.

Feltham et Wardell éclatèrent de rire. Dex ricana, mal à l'aise, puis entraîna Octavius à l'écart et lui pinça méchamment le bras.

— Aïe ! s'exclama Octavius en frottant son bras dodu et creusé de fossettes. Tu m'as fait mal.

— C'est bien fait pour toi ! Cela t'apprendra à dire que je t'ai laissé me chevaucher !

Voilà qui était intéressant. Ce qui déplaisait à Dex, ce n'était pas le sobriquet mais l'idée qu'il s'était laissé chevaucher.

Octavius se promit de garder cela en mémoire pour s'en servir plus tard.

Il y fit allusion à voix haute lorsqu'ils croisèrent lord Belchamber et ses amis, puis à nouveau quand ils rencontrèrent les frères Hogarth.

Les deux fois, Dex le pinça, mais Octavius ne se laissa pas décourager. Il s'amusait bien. Taquiner son cousin, alors qu'ils se trouvaient à portée de voix d'hommes qu'ils connaissaient, et le voir rougir jusqu'aux oreilles était très drôle.

Il tint sa langue lorsque deux couples passèrent non loin d'eux et ravala un sourire en repérant un trio qui déambulait dans l'allée et se dirigeait vers eux. Les trois hommes fréquentaient le même club que Dex.

Dex les vit aussi et changea brusquement de direction, entraînant Octavius dans un sentier obscur pour les éviter.

Octavius tenta de dissimuler son rire en toussotant, sans succès.

— Tu n'es qu'un sale porc, marmonna Dex, les dents serrées.

— Tu veux dire, une chienne ?

Dex émit une sorte de grognement et repartit d'un pas rapide, ses doigts autour du poignet d'Octavius.

En temps normal, Octavius n'aurait eu aucun mal à le suivre. Après tout, il était plus grand que son cousin. Sauf qu'à l'heure actuelle non seulement il faisait une bonne tête de moins que lui, mais ses mouvements étaient entravés par sa robe. Il ne pourrait allonger le pas sans faire remonter les volants jusqu'à ses genoux, ce qu'il se garderait bien de faire. Sa robe révélait déjà beaucoup trop ses courbes.

— Moins vite, dit-il. J'ai de petites jambes.

Grognant de nouveau, Dex consentit à ralentir et desserra son étreinte.

Un gentleman qu'Octavius ne connaissait pas vint à leur rencontre. Un nouveau riche, à en juger par ses vêtements aussi ostentatoires que luxueux. L'homme reluqua ouvertement Octavius, allant même jusqu'à lui envoyer un baiser du bout des doigts. Loin d'ignorer cette invitation, ce dernier gloussa en battant des cils.

— Une autre fois, cher monsieur. Je suis avec mon galant ce soir, précisa-t-il en tapotant le bras de Dex. Je l'appelle mon étalon, car il me permet de le chevaucher toute la nuit.

Dex le pinça et l'entraîna hors de la vue du gentleman, si vite qu'Octavius faillit trébucher.

— Arrête de dire cela à tout le monde !

— Cela ne te plaît pas ? demanda Octavius d'un ton ingénu. Pourquoi ? Ce n'est pas assez viril ?

Dex ignora ses questions et jura entre ses dents.

— Otto, ma parole, si tu répètes cela encore une fois, je t'abandonne tout seul ici.

Ce qui signifiait qu'Octavius avait gagné. Il déploya son éventail de dentelle pour cacher un sourire triomphant.

Dex lui relâcha le poignet et Octavius se garda bien de le masser. Il ne voulait pas donner cette satisfaction à son cousin. Il lui emboîta le pas en silence tout en savourant sa victoire quand, soudain, il vit nul autre que ce bon vieux débauché de baron de Rumpole se diriger vers eux.

— Je te préviens, Otto, marmonna Dex, tu as intérêt à tenir ta langue.

Rumpole déshabilla Octavius du regard. Puis il eut la vulgarité de lancer à Dex :

— Je vois que quelqu'un a eu de la chance, ce soir.

L'entrée en matière était trop parfaite pour qu'Octavius puisse y résister. Avertissement ou non, il n'hésita pas une seconde.

— C'est moi la plus chanceuse, dit-il avec un petit rire faussement timide. C'est mon galant préféré, car il me permet de le chevaucher...

— Vous la voulez ? Elle est à vous.

Dex poussa Octavius dans les bras du baron et leur faussa brusquement compagnie.

Octavius était sur le point de laisser échapper un grand rire. Il ne parvenait pas souvent à avoir le dessus sur Dex. Soudain, Rumpole fit un geste vers lui, et son envie de rire s'évanouit.

Il recula d'un pas, mais Rumpole s'approcha davantage. L'homme avait la cinquantaine bien sonnée, mais il était fort comme un bœuf, trapu et corpulent... et beaucoup plus costaud qu'Octavius sous son apparence féminine.

Octavius tenta de s'esquiver sur le côté. Rumpole lui coupa la route.

Il fit un deuxième essai de l'autre côté et se trouva de nouveau bloqué.

Dex était déjà loin ; il avait disparu, happé par les ombres du jardin.

— Laissez-moi passer.

— À condition que vous me donniez un baiser.

Octavius ne daigna pas répondre. Il empoigna ses jupons et tenta de forcer le barrage que lui opposait Rumpole. Mais le baron lui agrippa le bras. Si la poigne de Dex lui avait paru puissante, celle de Rumpole était bien plus redoutable. Octavius étouffa un grognement de douleur et tenta de se libérer.

Les doigts de Rumpole s'enfoncèrent dans sa chair.

— Pas question. Mon baiser d'abord.

Il attira sa proie vers lui et pencha la tête, mais Octavius lui décocha un coup de poing.

S'il avait été dans son état normal, le coup aurait projeté le baron sur le sol. L'homme vacilla légèrement et lâcha le bras d'Octavius. Ce dernier le repoussa et s'engagea dans l'allée d'un pas vif. Il était furieux. Comment Rumpole osait-il le forcer à l'embrasser ?

Il entendit le baron pousser un juron derrière lui. Puis des souliers firent crisser le gravier. Rumpole se lançait à sa poursuite.

Octavius fut tenté de lui faire face et de se battre. Heureusement, le bon sens reprit le dessus. S'il avait été un homme, il aurait écrasé Rumpole. Or en ce moment il n'en était pas un, et son agresseur pesait au moins cinquante kilos de plus que lui. La seule issue était la fuite.

Octavius souleva sa jupe et se mit à courir, renonçant à faire pleuvoir des coups de poing sur le baron. La fureur lui donnait des ailes. Il tourna dans une allée latérale, les ombres se dissipèrent et il vit une lampe éclairant deux personnes.

Le baron cessa de courir. Octavius ne s'arrêta que lorsqu'il fut arrivé sous la lampe qui dispensait une lumière dorée et rassurante.

Il avait perdu son éventail en chemin. Il était haletant. La rage était le sentiment qui dominait en lui, mais dessous pointait un léger malaise... ce qui le rendait encore plus furieux. Lui, Octavius Pryor, avait peur du baron Rumpole ?

— Diable, oui, marmonna-t-il entre ses dents.

Il jeta un coup d'œil par-dessus son épaule. Rumpole s'était arrêté à une dizaine de mètres de lui, l'air sombre. La tête penchée, les narines dilatées, il ressemblait plus que jamais à un taureau piaffant de colère.

Le malaise d'Octavius s'accentua. Prudence est mère de sûreté, se dit-il. Il souleva de nouveau ses jupes et se dirigea vers les deux personnes qu'il avait repérées. Leurs silhouettes avaient l'apparence de jeunes dandys à la taille bien prise et aux épaules rembourrées, comme le voulait la mode.

— Pourriez-vous m'escorter jusqu'au pavillon, chers messieurs ? Je crains de m'être égarée.

Les dandys l'observèrent de la tête aux pieds, et leurs regards s'attardèrent sur sa poitrine opulente.

Octavius se maîtrisa et s'obligea à sourire.

— S'il vous plaît ? Je suis seule, et j'ai peur dans l'obscurité.

— Bien sûr, ma jolie, répondit un des deux hommes.

Il eut alors l'audace de lui passer un bras autour de la taille pour le bloquer contre lui.

Octavius réprima un cri d'indignation. Serrant les dents, il se laissa faire. Il valait mille fois mieux se retrouver collé contre un dandy qu'embrasser Rumpole.

— Le pavillon ? répéta-t-il. S'il vous plaît.

L'homme relâcha son étreinte.

— Vous êtes une petite impatiente, n'est-ce pas ? dit-il en riant.

Il offrit son bras à Octavius et prit la direction du pavillon. Son compagnon se plaça de l'autre côté d'Octavius en le serrant d'un peu trop près. Octavius s'efforça de le tolérer. Le pavillon n'était qu'à quelques minutes de là. Il pouvait supporter ces hommes pendant ce court instant. Après tout, ils l'avaient sauvé du baron.

Certes, mais… le premier tourna soudain à gauche, entraînant Octavius dans une des allées les plus sombres…

Octavius résista, et le deuxième passa un bras autour de sa taille, le poussant dans le chemin.

— Je n'aime pas l'obscurité, protesta Octavius.

Les deux hommes se mirent à rire.

— Nous sommes avec vous, ma chère.

Au même moment, il sentit une main s'aventurer sur ses seins.

Il se dégagea, le visage en feu, et serra les poings. Il mourait d'envie d'assommer ces deux inconnus, mais ils étaient plus forts que lui et ils étaient deux. Ses chances de gagner le combat étaient très minces.

— J'irai seule, déclara-t-il avec hauteur en leur tournant le dos.

Il se dirigea vers les lumières pendant que les deux jeunes hommes riaient dans son dos.

La peste soit des hommes !

Il atteignit un accès un peu plus large et éclairé, jeta un coup d'œil à droite et à gauche et ne vit le baron Rumpole nulle part. Malheureusement, l'allée était déserte. Il regretta d'avoir entraîné Dex dans ces lieux peu fréquentés. Ils auraient dû rester dans l'allée principale où tout le monde se retrouvait. Soulevant le bord de sa jupe, il se dirigea d'un pas vif vers le pavillon, mais il ne se sentait pas en sécurité. La lampe ne projetait pas ses rayons très loin, et il se retrouva vite dans l'ombre. De la musique lui parvenait dans le lointain, et des pas résonnaient sur le gravier.

Ce n'étaient pas les siens.

Il se retourna. Le baron Rumpole le suivait.

Octavius accéléra l'allure.

Le gravier crissa à intervalles de plus en plus courts derrière lui.

Octavius se mit à courir, mais ses jupes gênaient ses mouvements. Le baron le rattrapa en quelques enjambées, lui agrippa le bras et l'entraîna dans une autre allée.

— Lâchez-moi !

Octavius donna des coups de poing et de pied, mais il ne mesurait guère plus d'un mètre cinquante, et ses efforts furent vains.

— Vous avez une haute opinion de vous, n'est-ce pas ? dit Rumpole en continuant de l'entraîner dans les buissons.

Des doigts rudes agrippèrent ses seins. Le tissu de son corsage se déchira avec un bruit sec. Octavius voulut crier, mais le baron lui plaqua une main sur la bouche.

Octavius lui mordit les doigts, lui donna de toutes ses forces un coup de poing sur le nez et tenta de lui décocher un coup de genou entre les jambes. Il n'y parvint pas tout à fait, mais Rumpole le relâcha avec un grognement de douleur.

Octavius repartit à toutes jambes en sens inverse. Il avait de nouveau des ailes, et cette fois il n'était pas animé seulement par la colère. Il éprouvait aussi une pointe de peur. Et, bon sang, il refusait d'avoir peur de Rumpole !

L'allée était toujours sombre, mais elle n'était plus déserte car il distinguait au loin la silhouette de Sextus.

Ce dernier regardait autour de lui, cherchant visiblement quelqu'un. Quand il l'aperçut, il se dirigea vers lui d'un pas décidé.

Octavius alla à sa rencontre en agrippant ses jupons d'une main, et de l'autre le corsage déchiré. Des pas rapides résonnaient derrière lui, et il devina que Rumpole était à sa poursuite.

Le baron le rattrapa, lui prit le bras et tenta encore une fois de le pousser vers un recoin sombre.

Octavius résista de toutes ses forces, plantant les talons dans le sol.

— Non !

— Sale chienne, grommela Rumpole.

Mais Octavius ne faisait plus attention à lui. Il regardait Sextus venir vers eux.

Son cousin approchait d'une démarche lente et arrogante qui accentuait son allure aristocratique. Son expression était celle qu'il avait mise au point des années plus tôt : hautaine, distante, comme s'il méprisait le reste du monde.

— Rumpole.

Le baron pivota vers lui, les doigts crispés sur le bras d'Octavius.

— Pryor ?

Sextus jeta un coup d'œil à Octavius. Il vit le corsage déchiré, mais son expression demeura impassible.

— Je dois vous demander de lâcher cette dame.

Rumpole eut un ricanement méprisant.

— Ce n'est pas une dame, c'est un morceau de viande.

— Vous êtes toujours aussi grossier, Rumpole. Vous ne nous décevez jamais.

La voix de Sextus ne contenait pas la moindre colère. Elle n'exprimait que de l'ennui. Son ton et ses paroles étaient si parfaitement insultants qu'Octavius faillit laisser échapper un rire.

Il était aussi sous le choc. Sextus venait-il vraiment de dire cela à un baron ? Ce dernier s'empourpra.

— Elle est à moi.

— Non, corrigea froidement Sextus. Cette dame est l'invitée de mon frère ce soir.

— Une dame ? Cette chose ? Elle n'a aucune éducation.

— Vous non plus, apparemment.

Le ton de Sextus était absolument parfait. Il débordait de mépris.

L'admiration d'Octavius pour son cousin augmenta sensiblement. Bon sang, Sextus avait du cran !

La rougeur de Rumpole s'intensifia. Il relâcha Octavius et serra les poings.

— Il me semble que ce châle appartient à Mlle Smith, ajouta Sextus.

En effet, le châle d'Octavius se balançait dans la main de Rumpole, balayant le sol.

Rumpole le jeta sur le côté avec rage et esquissa un pas vers Sextus.

Sextus était le moins grand de tous les Pryor, sans pour autant être petit. Du haut de son mètre quatre-vingts, il défiait Rumpole du regard. Si le baron était corpulent, Sextus en revanche était mince. À côté du baron, il paraissait longiligne.

Octavius s'aperçut qu'il retenait son souffle, mais Sextus ne semblait nullement avoir peur. Il soutint le regard du baron avec toute l'arrogance et la nonchalance d'un petit-fils de duc.

Pendant un instant, le vent de la violence sembla souffler sur les deux hommes. Puis le baron grommela quelque chose qui ressemblait à « ces maudits Pryor » avant de tourner les talons et de s'éloigner.

Sextus ramassa le châle, le secoua et le posa sur les épaules d'Octavius.

— Tu te sens bien, Otto ?

Octavius resserra les pans de l'étole sur sa poitrine, afin de cacher le corsage déchiré.

— Tu étais le portrait craché de Grand-père, dit-il. Il ne te manquait plus que le monocle.

Sextus ignora la remarque.

— Il ne t'a pas fait mal ?

Octavius fit non de la tête, bien que son bras soit aussi endolori que s'il avait reçu un coup de sabot d'un cheval. Maudit soit Rumpole et ses mains de géant !

— Quel dommage que tu ne sois pas l'héritier du titre. Tu ferais un duc remarquable.

— Dieu m'en préserve, répliqua Sextus.

C'était exactement ce qu'Octavius ressentait concernant ses chances de devenir duc un jour : que Dieu l'en préserve ! Rien d'étonnant à ce que Quintus soit aussi guindé, avec toutes les responsabilités qui pesaient sur ses épaules.

— Viens, dit Sextus. Je te ramène chez toi.

Il prit le bras d'Octavius et régla son pas sur le sien.

Ils avaient presque atteint la porte de Kennington quand quelqu'un les appela.

C'était Dex. Il courut vers eux et les rattrapa, hors d'haleine.

— Tu l'as trouvé ? Il va bien ?

— Rumpole a presque réussi à lui arracher sa robe, répondit Sextus. Où avais-tu la tête pour l'abandonner seul là-bas ?

Dex baissa le nez, l'air déconfit.

— Désolé. Je n'ai pas réfléchi.

— C'est clair. Va dire aux autres que je le reconduis à la maison.

Dex obéit sans discuter et retourna vers le pavillon.

— C'est ma faute, avoua Octavius sitôt qu'ils eurent franchi la grille. Je l'ai poussé à bout.

Sextus lui lança un regard en coin mais ne dit rien. Il avait toujours l'air en colère. Du moins, autant qu'il puisse le paraître. Sextus savait très bien dissimuler ses émotions.

Plusieurs fiacres attendaient dans l'allée. Sextus aida Octavius à monter dans l'un d'eux et donna des instructions au cocher.

— C'est ma faute, répéta Octavius en se calant dans l'angle de la banquette.

— Quoi ? C'est ta faute si Rumpole a failli te violer ?

Un rai de lumière pénétra dans l'habitacle, éclairant un instant le visage de Sextus. L'espace d'une seconde, Octavius fut déconcerté de voir la rage qui déformait ses traits.

— Ce n'est pas ce qu'il allait faire, dit-il alors que la voiture prenait la direction de Westminster Bridge. Et honnêtement, j'en suis aussi responsable que Dex. Aucun de nous n'a cru que Rumpole représentait un danger. Je ne me suis rendu compte que trop tard que j'étais faible.

Il frissonna en se rappelant comment le baron l'avait attiré dans un bosquet obscur.

— Je n'arrive toujours pas à croire que tu lui aies parlé sur ce ton, reprit-il. Il aurait eu le droit de te provoquer en duel.

Sextus haussa les épaules.

Le fiacre traversa le pont en brinquebalant. Quand ils eurent atteint l'autre rive, Octavius reprit :

— À mes quatorze ans, Père et Grand-père ont eu une discussion avec moi, à propos des relations sexuelles. Est-ce que ton père... ?

— Nous avons tous eu ce sermon.

Octavius garda le silence quelques minutes, repensant à cette conversation. Il avait donné sa parole d'honneur de ne jamais obliger une femme à lui accorder ses faveurs, quelle que soit sa position dans la société.

— Je parie que Rumpole n'a jamais eu ce genre d'échange avec son père.

— Ce n'est même pas la peine d'en faire le pari, répliqua sèchement Sextus.

Ils restèrent silencieux tandis que la voiture traversait les rues. Octavius avait fait une promesse des années auparavant... et il l'avait tenue. Il n'avait jamais obligé une femme à entrer dans son lit. Mais il avait reluqué les courtisanes, leur avait parfois volé un baiser ou pincé les fesses. Cela lui avait paru anodin. Un flirt inoffensif.

Inoffensif pour lui. Mais ces femmes avaient peut-être détesté ce contact. Autant qu'il l'avait détesté ce soir ?

Cette idée lui donna amplement de quoi méditer pendant le trajet jusqu'à Mayfair.

2

Octavius, son frère et ses cousins avaient tous une résidence personnelle à Londres. Octavius disposait d'un logement dans Albemarle Street, Dex se trouvait à Clarges Street, Sextus à Halfmoon Street, et Ned avait pris une suite à l'Albany. Quintus, héritier du duché de Linwood, jouissait d'une maison entière dans Curzon Street.

C'était donc chez ce dernier qu'ils avaient coutume de se réunir, et c'est là que se rendit Octavius le lendemain de sa mésaventure dans Vauxhall Gardens.

Son frère Quintus était peut-être un rabat-joie, mais dans cette maison aucun d'eux n'était tenu d'observer le protocole. Octavius entra sans avoir actionné le heurtoir, déposa ses gants et son chapeau avec les autres sur la table du hall d'entrée et se dirigea vers le salon, d'où lui parvenait le grondement sourd de voix masculines.

Tout le monde était là. Les cousins Pryor au grand complet discutaient chevaux en buvant du bordeaux. Ned, en bon philistin, avait posé les pieds sur le guéridon de merisier.

Les conversations cessèrent dès qu'Octavius apparut sur le seuil.

— Otto, dit son frère en posant son verre. Comment vas-tu ?

— Parfaitement bien, répondit Octavius, même si ce n'était pas tout à fait vrai.

Il n'était pas dans son assiette, se sentait à la fois nerveux et las. Il alla se servir un verre de vin puis s'appuya contre la desserte et regarda son frère et ses cousins installés dans les fauteuils.

Sa nervosité et son sentiment de désœuvrement se transformèrent en quelque chose proche de la colère. Celle-ci n'était pas dirigée contre Ned qui lui avait imposé ce gage, ni contre Dex qui l'avait abandonné dans les jardins, mais contre Rumpole. Cet homme qui circulait librement représentait une menace pour les femmes, et ils ne réagissaient pas.

Mais que pouvaient-ils faire ? Personne ne pouvait agir contre le baron.

Octavius but une longue gorgée de vin et remercia Dieu d'être né homme. Jusqu'à la nuit dernière, il ne s'était jamais rendu compte à quel point il était terrible d'être une femme.

— Que pensez-vous de l'étalon rouan de Weatherby ? demanda Quintus. Il n'est pas mal.

Dex secoua la tête.

— Il a le jarret trop court.

Octavius remplit son verre, traversa le salon et se laissa tomber dans un confortable canapé.

— Je veux faire quelque chose contre Rumpole, annonça-t-il.

Les conversations se turent. Tout le monde se tourna vers lui, et il vit l'étonnement se peindre sur leurs visages.

— Qu'entends-tu par « quelque chose » ? s'enquit Sextus de ce ton froid et distant qui n'appartenait qu'à lui.

— Je veux l'empêcher de s'attaquer aux femmes.

— C'est impossible, déclara Quintus d'un ton raisonnable. Rien ne pourra l'arrêter, en dehors de la castration.

Octavius fronça les sourcils. Il aurait aimé castrer Rumpole, ce qui était évidemment impossible. Peut-être pourrait-il lui flanquer une telle frousse que le misérable ne toucherait plus jamais une femme ?

La question était : de quelle manière s'y prendre ? L'emprisonnement n'était pas une menace suffisante pour un homme comme Rumpole. Ses poches étaient bien trop garnies. Seul le feu de l'enfer pourrait l'effrayer.

Octavius sirota son vin en observant Dex pensivement.

Au bout d'un moment, Dex s'aperçut qu'il le regardait et posa son verre.

— Écoute, Otto, je suis désolé pour hier soir…

Octavius balaya ses excuses d'un geste de la main.

— Tu pourrais le balancer au-dessus d'un brasier.

— Euh… pardon ?

— Rumpole, précisa Octavius. Tu pourrais le projeter au-dessus d'un brasier, jusqu'à ce qu'il donne sa parole de ne plus jamais importuner une femme.

— Seigneur, tu en as encore après le baron ? s'exclama Ned en se levant. Je dois partir. Nous nous verrons demain.

Octavius lança un regard noir à son cousin, qui sortit. Les pas de Ned résonnèrent dans le hall, la porte d'entrée s'ouvrit puis se referma. Octavius reporta son attention sur Dex, qui le regardait d'un air perplexe.

— Rumpole, répéta Octavius. Tu pourrais le faire, Dex.

— Et où veux-tu que je trouve un brasier ?

Dex ne pouvait nier qu'il pouvait faire voler Rumpole dans les airs. C'était le don qu'il avait demandé à leur marraine, la Bonne Fée. La lévitation. Il pouvait soulever du sol n'importe quel objet ou personne, y compris lui-même.

— Tu pourrais lui faire survoler la Tamise, suggéra Octavius. Et même le laisser tomber dans l'eau.

— Il risquerait de se noyer. Tu imagines ce que dirait Grand-père si j'utilisais mes pouvoirs pour tuer quelqu'un ?

Octavius grimaça. Il l'imaginait très bien. Bien que débarrasser le monde du baron de Rumpole puisse passer pour une bonne action, le meurtre n'était pas toléré.

Il perçut un bruit de pas près de la porte du salon et se retourna. Il ne vit personne.

Une lame de parquet craqua, puis une autre.

Octavius et Dex échangèrent un coup d'œil. Ce dernier leva les yeux au ciel.

— On t'a entendu, Ned.

— Nom d'une pipe !

Ned se matérialisa sur le seuil du salon. Il leur lança un regard sombre, tourna les talons et partit sans un au revoir. Une fois de plus, la porte d'entrée s'ouvrit et se referma.

Dex laissa fuser un grand éclat de rire. Quintus s'esclaffa lui aussi, et même Sextus abaissa son masque d'impassibilité et sourit.

Octavius ne riait pas. Il se rembrunit, et ses pensées revinrent vers Rumpole.

Les hommes comme le baron n'avaient pas de morale, et rien de ce qu'Octavius pourrait dire ne ferait changer Rumpole. Après tout, les léopards ne changeaient pas la couleur de leur pelage... mais ils pouvaient peut-être apprendre de leurs erreurs ? À condition de recevoir une bonne correction.

Pouvait-il donner une telle leçon au baron et le faire changer d'attitude ?

Était-ce possible ?

Il perçut un bruit de pas presque imperceptible, suivi par le gémissement d'une latte de parquet.

— On t'entend toujours, Ned ! lança-t-il à voix haute.

Un juron retentit, venant de nulle part. Les pas de Ned résonnèrent dans le corridor, la porte d'entrée s'ouvrit et claqua en se refermant.

Cette fois, Octavius rit avec les autres.

Octavius partit peu de temps après Ned et prit la direction de Brooks. Mais il n'avait pas plus envie de boire du vin et de bavarder au club que chez son frère. Il préférait marcher. Cela lui laissait du temps pour réfléchir.

Il fit un tour dans St James's Square, retourna à Piccadilly, remonta Old Bond Street, passa devant l'Albany où logeait Ned. Il traversa Mayfair, et ses pas le portèrent en direction de Brook Street, où se trouvait la résidence londonienne du baron de Rumpole. Celle-ci ne sortait pas de l'ordinaire, avec ses quatre étages de fenêtres étincelantes agrémentées de frontons de marbres. C'était une élégante maison de ville, dans une rue qui en comportait des dizaines sur le même modèle. Octavius se dirigea vers les écuries et ralentit le pas, examinant l'arrière de la demeure de Rumpole : l'entrée de service, la cave à charbon et enfin la remise.

Tandis qu'il regardait, une domestique sortit par la porte de service et s'engagea dans la ruelle d'un pas vif.

Octavius la suivit, enregistrant les détails de sa toilette : le bonnet de soubrette, le tablier amidonné, la robe, les poignets, le col, les chaussures.

La femme parvint au coin de la rue et Octavius cessa de la suivre. Il en avait vu suffisamment.

Il achetait ses vêtements chez un tailleur, mais il était conscient que tout le monde ne pouvait s'offrir un tel luxe. Il existait des boutiques qui vendaient des tenues toutes faites. Et même des magasins où on pouvait acquérir des habits de seconde main. Seulement, il ne savait pas où les trouver.

Par chance, le cocher du fiacre qu'il héla connaissait ces endroits. Vingt minutes plus tard, Octavius se retrouva devant un grand magasin à Holborn. Cet établissement, où régnait une grande activité, possédait tous les articles nécessaires pour sa prochaine rencontre avec Rumpole. Il sortit du magasin avec un gros paquet sous le bras. Le cocher l'avait attendu. Octavius lui donna l'adresse de son grand-père, à Hanover Square.

— Attendez-moi ici, dit-il quand le fiacre s'arrêta devant l'imposante demeure. Je n'en ai que pour quelques minutes.

Il grimpa les marches du perron en courant et entra sans frapper. Son grand-père-le-duc, qui avait plus de quatre-vingts ans, ne quittait plus le Gloucestershire. Mais son père-le-marquis et sa mère-la-marquise étaient en ce moment à Londres, avec tout leur cortège de domestiques. Deux valets étaient en train d'allumer les centaines de bougies des grands lustres du vestibule, sous l'œil attentif du majordome.

Ils levèrent tous les yeux à son entrée. Un des valets vacilla légèrement sur son escabeau.

— Lord Octavius ? dit le majordome du ton guindé qu'avaient tous les majordomes. Vos parents sont...

Octavius balaya d'un geste sa remarque.

— Je ne suis pas venu pour voir mes parents, Titmus. Je suis là pour vous.

— Moi, monsieur ?

— Oui. À quelle heure du jour a-t-on le moins de chance de croiser un domestique dans l'escalier de service ?

Titmus cligna des yeux.

— Dans l'escalier de service ?

— Oui.

Ayant obtenu sa réponse, Octavius retourna dans son logement d'Albemarle Street, où il passa le reste de la soirée à fignoler son plan.

Il décida d'associer Dex à sa cause. Il envoya donc un message à son cousin le lendemain matin, lui demandant d'être chez lui en début d'après-midi et d'accorder un congé de quelques heures à son valet. Il ne lui donna pas plus d'explications.

La réponse de Dex tenait en une seule phrase : *Je suis ton serviteur*. Elle n'avait pas l'air sarcastique, mais Octavius savait qu'elle l'était.

Il prit un fiacre pour se rendre chez son cousin, bien que celui-ci n'habite qu'à dix minutes à pied de Clarges Street. Une fois dans sa chambre, il ouvrit le volumineux paquet contenant des habits de domestique.

— Seigneur, murmura Dex. Je comprends pourquoi tu m'as demandé de donner un après-midi de congé à mon valet.

Il s'empara du tablier et de la charlotte, les examina et jeta un coup d'œil à Octavius.

— Tu as l'intention de les porter ?

Octavius fit un signe de tête affirmatif.

— J'ai besoin que tu m'aides à m'habiller.

— C'est encore cette histoire avec Rumpole ?

Nouveau signe affirmatif d'Octavius.

— Je veux lui donner une bonne leçon. Et ce sera plus efficace si cela vient d'une femme.

Dex réfléchit un instant.

— Une domestique ?

— Je parie qu'il s'arroge un *droit de cuissage,* comme disent les Français.

— Le droit du maître sur ses servantes ? interrogea Dex en grimaçant. Cela ne m'étonnerait pas. Très bien, au travail.

Il étala les vêtements sur son lit.

Une demi-heure plus tard, Octavius passa le nez dans l'embrasure de la porte de la maison où vivait Dex. Il dévala les marches du perron et fila le long du trottoir.

Il avait parcouru les avenues de Mayfair des milliers de fois, mais emprunter ces rues en tant que femme était très différent de ce qu'il avait connu en tant qu'homme. Il se sentait mal à l'aise. Il s'efforça de ne pas se tenir voûté, de ne pas regarder nerveusement autour de lui. Il était habillé comme une domestique, donc il y avait peu de chances qu'on le remarque. Après tout, lui-même ne prêtait jamais attention aux servantes qu'il croisait dans la rue.

Il apparut qu'il s'était montré bien trop optimiste. Il fut interpellé plusieurs fois pendant le trajet de Clarges Street jusqu'à Brook Street. Un valet lui fit une remarque obscène à Berkeley Square, quelqu'un lui pinça subrepticement les fesses alors qu'il attendait pour traverser à Grosvenor Street, et un valet d'écurie derrière Brook Street l'invita à entrer dans un box pour une rapide partie de jambes en l'air. Octavius atteignit la maison du baron de Rumpole un peu scandalisé. Les servantes subissaient-elles tous les jours ces attentions déplacées ?

Il grimpa rapidement l'étroit escalier qui menait à l'entrée de service. Ses mains étaient moites, et il les essuya sur son tablier. Puis il inspira profondément, ouvrit la porte et pénétra dans la maison.

Il fut aussitôt confronté à différents choix. Un court corridor aboutissant à une porte fermée, un escalier menant à l'étage, un autre descendant à l'entresol. Il choisit l'escalier qui montait, car cela l'éloignait du quartier des domestiques. Il gravit sur la pointe des pieds les marches dépourvues de tapis et se trouva sur un palier, face à une porte.

L'escalier se prolongeait vers le haut, mais Octavius se dirigea vers la porte et passa la tête dans l'embrasure. Il vit au premier coup d'œil qu'il avait atteint le territoire réservé à la famille. Le couloir était large, couvert de tapis, et d'élégants lambris décoraient les murs.

Il franchit la porte et la referma sans bruit derrière lui. Les battements de son cœur accélérèrent. Il espérait que le baron était chez lui.

Il lissa son tablier, tapota sa charlotte pour s'assurer qu'elle était bien en place et se mit à la recherche de Rumpole.

La première chose qu'il trouva fut l'escalier principal. À cette heure de la journée, si le baron n'était pas sorti, il devait être dans la bibliothèque ou dans son bureau, probablement situés au rez-de-chaussée.

Une servante n'aurait pas dû se trouver dans l'escalier principal. Néanmoins, il descendit à pas de loup et se retrouva dans un couloir encore plus large que le précédent. Il vit plusieurs portes dont certaines étaient ouvertes, d'autres fermées. Il regretta de ne pas avoir un accessoire. Un plumeau, un pot de cire d'abeilles ou un chiffon de polissage.

Il alla d'abord vers les portes qui étaient ouvertes, jetant un œil à l'intérieur. Une bibliothèque, un salon, une salle à manger.

Des pas résonnèrent dans le couloir, au-dessus de lui. Des pas lourds. Des pas d'homme. Ils retentirent bientôt dans l'escalier.

Octavius entra vivement dans la salle à manger et fit mine d'arranger les figurines de porcelaine sur le manteau de la cheminée. Les pas se rapprochèrent. Il leva les yeux et aperçut le baron.

Ce dernier ne le vit pas et entra dans la bibliothèque.

Octavius n'aurait pu rêver mieux. C'était parfait. Avec un sourire de triomphe, il croisa son propre regard dans le miroir au-dessus de la cheminée… et eut un mouvement de recul en se voyant.

Ce n'est pas moi, souffla instinctivement son esprit. Hélas, c'était bien lui. Les cheveux blonds, les yeux bleus, les lèvres douces et sensuelles. En ce moment précis, ces cheveux, ces yeux et cette bouche étaient les siens.

Il fut parcouru d'un frémissement. Être une femme paraissait anormal. Plus anormal que toutes les formes qu'il avait prises jusqu'à présent.

Il se détourna de la cheminée et du miroir. Il valait mieux en finir au plus vite. Soudain, il se figea et fronça les sourcils. Quelle raison une servante pouvait-elle avoir pour entrer dans la bibliothèque à cette heure de la journée ?

Il réfléchit un moment et se dirigea sur la pointe des pieds vers les carafes et les flacons alignés sur la desserte. Il s'empara d'un flacon. En réalité, il aurait dû le poser sur un plateau d'argent. Mais il n'en avait pas sous la main.

Il redressa les épaules et entra d'un pas décidé dans la bibliothèque.

Rumpole lisait *La Gazette*.

La nuit, dans Vauxhall Gardens, le baron avait eu l'air intimidant. Dans sa bibliothèque, en plein jour, il était répugnant. Certes, il ne pouvait rien contre ses joues couperosées et ses cheveux rêches. En revanche, il aurait pu lutter contre le rictus qui ornait ses lèvres et le pli qui creusait son front.

Octavius fit mine de tressaillir.

— Oh, je vous demande pardon, monsieur, dit-il en prenant autant que possible l'accent des quartiers populaires de Londres. Je ne savais pas qu'il y avait quelqu'un dans cette pièce.

Il esquissa une timide révérence et alla poser le flacon sur la desserte… avant de se rappeler qu'il n'avait encore jamais vu de servante avec un flacon de liqueur à la main. C'était le domaine réservé des valets et des majordomes.

Il se crispa. Bon sang, quelle gaffe ! Le baron allait-il s'en apercevoir ?

Il se tourna vers Rumpole en se préparant à soutenir un regard suspicieux, voire à subir des accusations d'imposture. Mais celui-ci l'examinait de la tête aux pieds, et Octavius eut l'impression qu'il le déshabillait du regard.

— Vous êtes nouvelle.

— Oui, monsieur, répondit-il avec une autre timide révérence.

Rumpole esquissa un sourire qu'Octavius trouva très déplaisant.

— Venez ici.

— Moi, monsieur ?

Rumpole jeta *La Gazette* et se leva.

— Oui.

Octavius avança en s'efforçant de prendre l'air troublé et effarouché d'une jeune servante. Alors qu'en son for intérieur il jubilait.

— Vous êtes très jolie.

Octavius le savait. Il avait délibérément choisi une silhouette pulpeuse et un joli minois. Il fixa pudiquement le sol, donnant l'apparence d'une jeune fille embarrassée par les attentions de son maître.

Rumpole tendit la main et lui prit le menton.

Octavius eut un mouvement de recul, mais Rumpole resserra les doigts sur lui. Bon sang, il lui faisait mal !

— Je veux un baiser, déclara Rumpole en lui soulevant le menton.

Octavius ne put s'empêcher de faire un pas en arrière. Du moins autant que possible, étant donné l'étreinte vigoureuse de Rumpole.

— Je vous en prie, monsieur. Non.

— Vous voulez perdre votre emploi ?

Octavius secoua négativement la tête.

— Non, monsieur, murmura-t-il dans un souffle, l'air effrayé.

— Alors, embrassez-moi.

Rumpole l'attira vers lui et lui passa un bras autour de la taille.

— Sinon, je vous ferai jeter à la rue.

À Vauxhall Gardens, Octavius mesurait un mètre cinquante-huit. Aujourd'hui, il s'était accordé dix centimètres de plus. Une taille qui lui permit d'envoyer plus facilement un coup de pied dans l'entrejambe de Rumpole.

Le baron poussa un cri étranglé, le lâcha et se plia en deux.

Octavius leva le poing et frappa Rumpole sur le nez. Il y eut un bruit d'os brisé et du sang jaillit. Il vit avec satisfaction le baron tomber sur le sol.

— Cela vous apprendra, dit-il, oubliant un peu son accent londonien.

Il tourna les talons, sortit de la pièce d'un air victorieux et reprit exactement le même chemin en sens inverse, porté par une sensation de triomphe. Il avait réussi ! Il avait donné à Rumpole une leçon que ce misérable n'était pas près d'oublier.

Une porte s'ouvrit en face de lui et une femme apparut dans le corridor. L'entrain d'Octavius s'évapora. Il passa devant elle en baissant la tête, pour gagner l'escalier de service.

— Vous allez bien ? lança la femme.

Elle ne pouvait s'adresser qu'à lui. Il s'arrêta à contrecœur. Il se tourna vers elle, sans oser croiser son regard.

— Qui, moi, madame ?

— Il y a du sang sur votre tablier.

Octavius baissa les yeux. Elle avait raison, une tache écarlate se détachait sur son tablier d'un blanc impeccable.

Il posa une main sur son nez.

— Je saigne du nez, madame, dit-il d'une voix étouffée.

En même temps, il leva les yeux et rencontra le regard de l'inconnue.

Il lui sembla que le temps s'arrêtait. Son cœur cessa de battre. Il oublia de respirer.

Il ne s'était jamais demandé à quoi ressemblait la femme idéale. Maintenant, il le savait. Elle avait des cheveux auburn, des sourcils dorés et des yeux gris-bleu.

Il n'y avait rien de précis qui tendait à la perfection dans son visage, c'était un ensemble. La vivacité de son regard. Les boucles fines sur ses tempes. Les taches de rousseur sur son nez. Les lobes de ses oreilles, sa gorge, son menton, la ligne de sa mâchoire. C'était un tout.

Qui était-elle, cette femme parfaite ?

Elle semblait se poser la même question à son sujet.

— Vous êtes nouvelle ?

Sa voix, un doux contralto, était également parfaite.

Octavius fit une courte révérence, sans cesser de se tenir le nez.

— Oui, madame.

— Mademoiselle, rectifia la jeune femme.

Il sentit son cœur sauter de joie, car cela signifiait qu'elle n'était pas mariée.

— Je suis Mlle Toogood, la nouvelle gouvernante. Et vous êtes ?

Octavius demeura figé, l'esprit vide. Toogood[1]. Même son nom était remarquable.

— Lucy, madame, murmura-t-il. Je veux dire, mademoiselle.

— Avez-vous besoin d'aide pour soigner votre nez, Lucy ?

— Non, mademoiselle.

Octavius courut à la porte, la referma derrière lui et dévala l'étroit escalier de service.

---

1. Littéralement, « trop bien » en anglais. *(Toutes les notes sont de la traductrice.)*

Il regagna Clarges Street à pied, l'esprit dans un brouillard.

Toogood.

Mlle Toogood.

Mlle Toogood, la gouvernante parfaite.

3

Octavius raconta à Dex ce qui s'était passé avec Rumpole, sans toutefois parler de Mlle Toogood. Leur rencontre lui semblait trop importante, ou peut-être trop improbable. Il ne croyait pas au coup de foudre, mais cela ressemblait à ce qu'il éprouvait : l'amour au premier regard.

Était-il devenu fou ?

Il réfléchit à la question, pendant que Dex l'aidait à se débarrasser de ses vêtements de servante.

— Ces habits sont-ils aussi inconfortables qu'ils en ont l'air ? demanda son cousin en examinant le corset d'un air dubitatif.

— Ils sont diablement désagréables à porter.

Mais ce qu'il y avait de pire dans les vêtements féminins, ce n'était pas le corset. C'était le fait que les femmes ne portaient pas de pantalon. Il se sentait terriblement vulnérable quand l'air effleurait ses parties intimes.

— Tourne-toi, ordonna-t-il à Dex avant d'ôter sa chemise.

Il prononça la formule pour réintégrer son corps. Un frémissement magique se propagea dans son squelette, et il éprouva des picotements à fleur de peau.

— Que vas-tu faire de ces... *choses* ? demanda Dex en jetant le corset sur la pile de vêtements. Les brûler ?

— Je vais les garder.

Il avait retrouvé sa voix et son corps d'homme. C'était un tel soulagement qu'il prit quelques minutes pour remercier le ciel et l'univers d'être redevenu lui-même.

— Pourquoi ? Tu comptes retourner chez Rumpole ?

— Peut-être.

Octavius fouilla dans les vêtements entassés sur le lit et récupéra son caleçon de lin.

— Tu penses qu'il a besoin d'une autre leçon ?

— Non.

Octavius enfila le caleçon et exprima encore sa gratitude. Seigneur, quel bonheur d'avoir le postérieur couvert !

— Pourquoi, alors ?

Octavius hésita. Voulait-il vraiment parler de cela avec son cousin ? Mais Dex le fixait avec insistance, aussi haussa-t-il les épaules avant d'annoncer :

— J'ai rencontré une gouvernante.

— Une gouvernante ?

Octavius lui relata sa rencontre avec Mlle Toogood.

— J'aimerais la revoir.

Car soit il était frappé de folie, soit il était tombé amoureux. Il voulait en avoir le cœur net.

Dex eut un sourire entendu.

— Est-ce une beauté ?

Octavius réfléchit quelques secondes et secoua la tête. Mlle Toogood n'était pas jolie. Elle n'était même pas vraiment belle, avec sa coiffure démodée.

— Elle a beaucoup de maintien.

— Du *maintien* ? s'exclama Dex, sans sourire.

Octavius extirpa sa chemise de la pile de vêtements.

— Elle est intéressante.

— « Intéressante » ? répéta Dex, éberlué. Tu ne sais rien d'elle. Vous n'avez échangé qu'une douzaine de mots !

Octavius n'avait peut-être échangé qu'une douzaine de mots avec Mlle Toogood, mais il pensait avoir une idée assez précise de sa personnalité. Elle était gouvernante, par conséquent elle était intelligente. Elle n'était pas tombée à la renverse en voyant du sang sur son tablier, donc elle était calme et savait garder la tête froide. Elle lui avait demandé s'il avait besoin d'aide, bien qu'il ne fût qu'une servante, donc elle était capable de compassion. Mais il ne dit pas tout cela à Dex. Il se contenta de hausser les épaules et de répondre :

— C'est justement pour cela que je souhaite faire plus ample connaissance avec elle.

Dex prit la chemise de femme, la plia sommairement puis regarda Octavius enfiler sa propre chemise.

— Tu en es certain, Otto ? Réfléchis un peu. Elle n'est que gouvernante, et ton père est marquis...

— Quintus est obligé de faire un bon mariage. Pas moi. De toute façon, elle est de bonne naissance. Je m'en suis rendu compte à sa voix.

Octavius mit ses bas et son pantalon. Faire la connaissance de Mlle Toogood n'allait pas être facile. Il ne voulait pas apparaître dans ce costume de servante. Il fallait qu'elle le voie sous ses traits d'homme. Or, il n'avait aucune raison de se rendre chez le baron de Rumpole, et encore moins de parler avec une gouvernante.

Ce problème le tracassa pendant qu'il finissait de s'habiller. Dex lui donna une nouvelle cravate puis l'aida à enfiler sa veste et ses bottes.

— Si tu persistes vraiment dans cette idée, Newingham pourrait sans doute t'aider.

— Newingham ? Comment ?

Octavius ne voyait vraiment pas de quelle façon le vicomte de Newingham pouvait lui proposer son aide.

— Sa sœur était la deuxième épouse de Rumpole. Les filles du baron sont ses nièces.

— Vraiment ?

— En sa qualité d'oncle, il peut les inviter avec leur gouvernante à Richmond Park pour un pique-nique.

Et si Octavius se trouvait à Richmond Park en même temps, il pourrait rencontrer Mlle Toogood en gardant son apparence naturelle.

— Tu es un génie, dit-il à son cousin.

— Je sais, répondit Dex.

Octavius gagna à grands pas Clarges Street. Pendant le trajet, une idée prit forme dans son esprit. Pourquoi se contenter d'un pique-nique à Richmond alors qu'il existait d'autres possibilités ? Il demanderait à Newingham d'inviter ses nièces et leur gouvernante dans son domaine familial du Wiltshire pour une quinzaine de jours. Et Octavius s'inviterait à ce moment-là. Il passerait deux semaines en compagnie de Mlle Toogood. Cela lui laisserait le temps de déterminer s'il était follement amoureux ou tout simplement fou.

Il gravit deux à deux les marches du perron de Newingham. Il débordait d'énergie, mais celle-ci s'estompa quand il entra dans le bureau du vicomte. Newingham était un ancien camarade de pension. C'était un bon ami, et même un très bon ami, mais cela ne voulait pas dire qu'il accepterait de l'aider.

— Pourquoi pas ? demanda Octavius.

— Parce que je déteste Rumpole et que je mets un point d'honneur à avoir affaire à lui aussi peu que possible.

— Mais…

— Je rends visite aux filles une fois par trimestre. Pas plus, pas moins.

— Mais…

— Et je l'ai déjà fait, ce trimestre.

— Mais ce sont tes nièces. Et je dois vraiment revoir leur gouvernante.

— Cette petite souris brune ? Pourquoi ?

— Elle n'est pas brune.

— C'est donc une nouvelle ? J'avoue que cela ne me surprend pas. Les gouvernantes ne restent jamais très longtemps à leur poste.

— Pourquoi ?

Newingham haussa les épaules.

— Je n'en sais rien, et cela ne m'intéresse pas.

Les gouvernantes devaient certainement avoir une bonne raison pour rendre si souvent leur tablier, et cette pensée inquiéta Octavius.

Le baron avait-il bien compris la leçon ?

— Allons, Bunny, dit-il. Sois bon joueur.

— Je refuse. Et tu es prié de m'appeler « lord Newingham ».

Octavius partit avant de perdre son sang-froid. En venir aux mains avec Newingham ne l'aiderait en rien. Et de toute façon, il savait exactement quelle carotte il allait agiter devant le nez de ce petit vicomte désobligeant.

Newingham avait une passion : les chevaux. Tout particulièrement les pur-sang bai cerise, à la robe d'un beau rouge foncé. Seulement, les deux plus beaux bai cerise de Londres appartenaient à Francis Pruitt, à qui Newingham avait soufflé une maîtresse. Octavius savait de source sûre que Newingham avait proposé à Pruitt de lui acheter ses chevaux, lui offrant même le double de la somme que celui-ci avait déboursée pour les deux pur-sang. Et Pruitt avait refusé. Car il était presque aussi détestable que le baron de Rumpole et prenait plaisir à parader avec ses chevaux sous les yeux de son rival.

Toutefois, s'il y avait de l'animosité entre Newingham et Pruitt, il n'y en avait pas entre Octavius et Pruitt. Il rendit donc visite à Francis Pruitt ce soir-là, alors que les allumeurs de réverbères faisaient leur ronde, et ressortit de chez lui les poches considérablement allégées… et propriétaire des deux plus beaux bai cerise de Londres. Le lendemain matin, il eut le plaisir de conduire ces deux chevaux dans Hyde Park, où il rencontra le vicomte de Newingham.

Ce dernier resta bouche bée en le voyant.

— Ce sont les chevaux de Pruitt ?

— Ils m'appartiennent désormais, répondit Octavius en soulevant les rênes pour s'apprêter à poursuivre son chemin.

— Otto, attends !

— Tu es prié de m'appeler « lord Octavius », répliqua Octavius d'un ton hautain avant de s'éloigner en faisant claquer les rênes.

Une heure plus tard, Newingham frappait à sa porte.

— Combien en veux-tu ?

— Ils ne sont pas à vendre.

Cependant, deux heures plus tard, Octavius se rendit chez Newingham.

— Tu as changé d'avis ? demanda vivement le vicomte.

— Non. À moins que… tu n'aies aussi changé d'avis.

Newingham le dévisagea longuement. Il semblait avoir envie de grincer des dents.

— D'accord, concéda-t-il enfin de mauvaise grâce. J'inviterai mes nièces dans mon domaine.

— Fais-le tout de suite.

Tout en grommelant, Newingham s'assit à son bureau et griffonna un message qu'il envoya au baron de Rumpole par un valet. Après quoi, Octavius conduisit le vicomte jusqu'aux écuries où se trouvaient les chevaux bais. Il laissa Newingham les examiner avec convoitise. Ils étaient réellement magnifiques.

Ils retournèrent ensuite chez Newingham. Le valet arriva en même temps qu'eux, porteur d'une missive de Rumpole.

— Ah ah ! s'exclama Newingham, triomphant, en brisant le cachet de cire.

Sa mine s'allongea aussitôt qu'il prit connaissance de la lettre.

— Les Rumpole quittent la ville demain matin, dit-il en tendant la missive à Octavius.

Ce dernier la parcourut rapidement. Le baron de Rumpole remerciait Newingham de son invitation mais lui disait que la famille passerait l'été dans son domaine du Hampshire, comme ils en avaient l'habitude. Il ajoutait que Newingham étant célibataire, il n'était pas convenable qu'il reçoive la visite de jeunes filles.

— Il n'y a rien à faire, dit Newingham en se dirigeant vers la desserte à liqueurs.

Octavius relut la lettre. Se trouvait-il dans une impasse ? Non. Cela y ressemblait, mais il refusait de se décourager.

— Un brandy ? proposa Newingham. Un vin de Madère ?

Octavius ne répondit pas. Il réfléchissait.

Newingham s'affala dans un fauteuil de cuir, son verre à la main.

— Et donc, pour ces chevaux...

— Réponds-lui, et invite-toi dans le Hampshire.

— Quoi ?

— Dis à Rumpole que tu rendras visite à tes nièces dans le Hampshire. Explique-lui que tu iras dans le Wiltshire la semaine prochaine, et que tu en profiteras pour passer quelques jours à Rumpole Hall. Ajoute que tu seras accompagné d'un ami.

— Bon sang, Otto, je ne peux pas faire ça ! C'est terriblement mal élevé !

— Tu veux ces bais ou non ?

Octavius entendit distinctement Newingham grincer des dents.

— D'accord, répliqua-t-il d'un air fâché. J'essaierai. Mais il refusera, j'en suis certain.

— Exprime-toi de telle façon qu'il ne pourra pas refuser.

Le vicomte obéit en bougonnant. Il lui fallut une demi-heure et trois verres de brandy, mais il finit par rédiger une lettre parfaite. Dans un trait de génie, il attribua à Rumpole l'idée d'une visite dans le Hampshire et remercia le baron à l'avance pour son hospitalité.

— Et maintenant, parlons de ces bais, dit-il quand la lettre fut signée, cachetée et envoyée à Brook Street.

— Ils t'appartiendront lorsque nous serons dans le Hampshire.

Une heure plus tard, ils reçurent la réponse du baron de Rumpole. Celui-ci annonçait avec une visible réticence qu'il serait enchanté d'offrir l'hospitalité au vicomte et à son ami pour une nuit.

Octavius éclata de rire en lisant la missive.

— Une nuit ? Nous resterons une semaine, Bunny... sinon, tu n'auras jamais tes chevaux bais.

Newingham eut un rictus agacé, mais ne protesta pas.

Octavius se renversa dans son fauteuil en sirotant son brandy et en balançant le pied.

— Et je crois... je crois... qu'un de mes cousins nous accompagnera. Ou peut-être mon frère...

— Quoi ? Pourquoi ?

Parce qu'Octavius voulait être certain que Rumpole avait bien compris la leçon et, pour cela, il avait besoin que quelqu'un l'aide à s'habiller en femme.

— Parce que, répondit-il en haussant les épaules.

— Bon sang, Otto ! Je ne peux pas être impoli au point de m'inviter avec deux amis !

— Tu veux ces chevaux bai cerise ? En fait...

Octavius jeta un coup d'œil à la pendule sur la cheminée.

— Tu aimerais les conduire à Hyde Park tout de suite ? C'est l'heure de la Grande Parade.

Newingham cessa de ronchonner et bondit sur ses pieds.

Ce soir-là, Octavius se rendit chez son frère à Curzon Street. Il trouva Quintus en compagnie de Ned et de Dex.

Il s'attendait à un feu de questions au sujet de son intrusion chez Rumpole. Il n'y en eut aucune ; Ned était trop occupé à taquiner Dex.

Octavius se servit un verre de vin et essaya de suivre les plaisanteries de Ned et les réponses de plus en plus agacées de Dex, mais tout cela n'avait pas grand sens. Il s'assit sur le canapé, à côté de Ned qui avait encore posé les pieds sur la table de merisier.

— Que s'est-il passé ? demanda-t-il lorsque son cousin cessa ses piques pour avaler une longue gorgée de vin.

— Dex a rompu avec une veuve, expliqua Ned.

Il n'y avait là rien d'inhabituel. Dex était un vaurien. Il aimait les jeunes veuves de l'aristocratie, et elles le lui rendaient bien. Il passait d'un lit à l'autre, séjournant quelques semaines ici, quelques mois là. Cet arrangement le contentait, ainsi que les veuves en question.

Or, ce soir, Dex n'avait pas l'air content. Il contemplait son verre d'un air maussade.

— Et alors ? dit Octavius. Ôte tes pieds de cette table, bon sang.

Ned ne changea rien à son attitude, si ce n'est que son sourire s'élargit.

— Tu n'es pas chez toi, Otto. Et ce n'est pas ta table.

Octavius résista à l'envie de lui donner un coup de poing sur le nez.

— Tu ne m'as pas répondu.

Ned lança un coup d'œil à Dex, et se pencha vers Octavius.

— La jeune veuve a laissé entendre que Dex était vigoureux, mais qu'il manquait de finesse.

Octavius laissa fuser un rire étonné.

— Ce n'est pas drôle ! s'exclama Dex, furieux.

— Désolé.

Octavius sirota son vin. De la vigueur mais point de délicatesse ? La veuve avait dit cela *en public* ?

Il grimaça.

Octavius but encore un peu de vin et accorda un moment de compassion à Dex. Puis il repoussa toute pensée concernant son cousin, car à ce moment-là Mlle Toogood était plus importante que Dex. Pas seulement parce qu'il était peut-être amoureux d'elle, mais parce qu'elle résidait dans la maison du baron de Rumpole et que ce dernier représentait un danger pour les femmes.

Octavius posa son verre et se pencha en avant.

— Je vais me rendre dans le Hampshire d'ici peu. J'ai besoin que l'un de vous m'accompagne.

Et il leur parla de Rumpole, et du risque que les gouvernantes couraient sous son toit.

4

Pip Toogood adorait le matin. Son cœur s'emplissait de joie quand elle voyait l'aube claire illuminer le ciel. Et depuis trois semaines, elle rejetait ses couvertures avec encore plus d'enthousiasme que d'habitude.

Il y avait deux raisons à cela. Elles se nommaient Edith et Frances Rumpole.

Pip était gouvernante depuis sept ans. Dans les postes qu'elle avait occupés précédemment, son temps était consacré à l'étude de l'orthographe, de l'arithmétique, de la géographie et du français. Dans la maison du baron de Rumpole, ces matières occupaient encore la plus grande partie de la journée. Mais la leçon principale qu'elle voulait enseigner aux filles du baron, la notion la plus importante, c'était la confiance en soi.

C'était une idée qu'elle pouvait leur communiquer quelle que soit la matière étudiée. Le français, l'arithmétique et la géographie lui servaient à transmettre ce qu'elle enseignait réellement aux deux fillettes : le fait que leurs pensées et leurs opinions avaient de la valeur, qu'elles avaient elles-mêmes de la valeur.

C'était quelque chose que leur père ne leur avait jamais appris.

D'après ce qu'elle voyait, la seule chose que le baron avait apprise à ses filles était qu'elles ne valaient rien. « Taisez-vous et restez hors de ma vue. »

Elle réparait ces dégâts en restaurant leur confiance en elles. Cela ne ressemblait pas à l'assurance arrogante de leur père, ni à ses fanfaronnades. Elle voulait instiller en elles un sentiment de tranquille dignité et d'estime de soi qu'elles garderaient toute leur vie.

Elle se trouvait dans la maison du baron depuis moins d'un mois, et déjà elle percevait une différence chez les filles, un timide épanouissement. Que serait-ce dans un an ? Ou deux ? Ou trois ?

Elle avait hâte de le découvrir.

Elle sortit de son lit, alla à la fenêtre et ouvrit les rideaux, laissant entrer la lumière du petit matin. Elle se pencha pour contempler les jardins et les pelouses qui s'étendaient jusqu'à la colline boisée au loin. Un frisson d'impatience lui parcourut la nuque.

Elle avait hâte que la journée commence.

À vrai dire, elle n'attendait pas chaque moment du jour avec impatience. La présence du baron de Rumpole était éprouvante. En fait, pour être tout à fait honnête, elle souhaitait qu'il aille au diable. Sinon au diable, qu'il retourne au moins à Londres. Elle ne pouvait rien imaginer de mieux que de passer l'été dans le Hampshire avec les filles pour seule compagnie.

Elle imagina Edie et Fanny jouer avec des cerfs-volants sur la pelouse et rire de bonheur. Des enfants heureuses, et non des petites souris effacées.

Puis elle imagina la réaction du baron s'il assistait à la scène. Quoi qu'il dise, ce serait d'une voix tonitruante. Un homme laid prononçant des mots affreux. Et cela détruirait tout ce qu'elle avait accompli jusqu'ici.

Alors non, pas de cerfs-volants.

Mais peut-être pourrait-elle emmener les filles se promener dans les bois ?

Elle réfléchit à cette possibilité tout en se préparant pour la journée. Elle se lava le visage, enfila sa chemise, épingla son chignon.

Quelqu'un frappa à la porte. C'était une femme de chambre, venue l'aider à agrafer son corset et à boutonner sa robe.

— Bonjour, mademoiselle.

— Bonjour, Jenny.

Avec des gestes vifs et précis, la camériste serra les lacets, agrafa les boutons puis fila pour accomplir le reste de ses corvées. Il y en aurait beaucoup aujourd'hui, plus qu'en temps normal, car des invités devaient arriver dans l'après-midi. Plus précisément, des invités qui venaient voir les filles – ce qui avait grandement contrarié le baron. Hier matin, en découvrant que le vicomte de Newingham serait accompagné de deux amis, il était entré dans une violente colère et son visage s'était empourpré. Sa réaction était celle d'un enfant capricieux, et Pip avait dû se mordre les lèvres pour ne pas éclater de rire.

Pendant la soirée, il s'était contenté de grommeler. Mais Pip savait qu'il ne grommellerait pas devant ses invités, car deux de ces hommes étaient d'un rang supérieur au sien. L'un était vicomte, et l'autre était le fils d'un marquis. Le troisième n'avait pas de titre, mais son grand-père était duc.

Pip répéta leurs noms dans sa tête, tout en enfilant ses bas.

Lord Robert Newingham.

Lord Octavius Pryor.

M. Decimus Pryor.

Elle espérait que le vicomte, qui était l'oncle des filles, ne ressemblait pas à Rumpole, qu'il aurait de la patience avec Edie et Fanny, qu'il parlerait avec elles et ne leur ferait pas de sermon.

Mais le fait que Newingham leur rende visite parlait en sa faveur. Cela signifiait qu'il éprouvait de l'affection pour ses nièces. Sinon, pourquoi viendrait-il ?

Pip attacha ses jarretelles et enfila ses chaussures. Elle gagna la porte avec autant de précipitation que la femme de chambre un peu plus tôt, puis s'arrêta sur le seuil et donna trois petits coups du bout du pouce sur le chambranle.

Trois coups pour lui porter chance. Comme son père l'avait toujours fait.

Trois coups pour bénir la nouvelle journée.

Trois coups pour que la visite de lord Newingham soit une réussite.

Certaines gouvernantes exigeaient le silence pendant le petit déjeuner. Pour Pip, ce repas était l'occasion d'encourager Edith et Frances à s'exprimer. Pendant qu'elles mangeaient leurs œufs et leurs toasts, elle orienta la conversation sur lord Newingham.

— Qu'allons-nous lui dire ? chuchota Fanny, qui n'avait que neuf ans, en fixant anxieusement Pip.

— Que dites-vous généralement à votre oncle quand vous le voyez ?

Fanny se mordit les lèvres.

— Vous ne dites rien ? devina Pip.

La fillette confirma d'un hochement de tête.

— Eh bien, cette fois vous lui souhaiterez une bonne journée et vous lui direz que vous êtes contentes de le voir. Et vous pourrez même lui demander s'il a fait bon voyage.

— Nous devrons lui poser la question ?

Apparemment terrifiée à cette idée, Edie, qui avait onze ans, se recroquevilla sur sa chaise.

Pip lui sourit gentiment.

— Oui. Il arrivera de Londres. Qu'aimeriez-vous savoir ?

À la fin du petit déjeuner, les filles avaient songé à une douzaine de questions à poser à leur oncle...

si elles osaient. Seulement, Pip n'était pas du tout certaine qu'elles en auraient le courage. Elle décida alors que le premier exercice de la journée consisterait à leur faire écrire ces éventuelles questions. Dès que ce fut fait, elle leur demanda d'écrire les réponses aux questions que leur oncle leur poserait peut-être.

— Il se peut qu'il nous pose des questions ? demanda Edith, les yeux arrondis d'inquiétude.

— Ne l'a-t-il encore jamais fait ?

Les filles échangèrent un regard hésitant. Puis Edie reprit la parole :

— Généralement, il nous dit bonjour, nous donne une guinée chacune et repart.

— Peut-être est-il timide ? suggéra Pip.

Selon elle, cette attitude dénotait plutôt un manque d'intérêt. Mais si ses nièces ne l'intéressaient pas, pourquoi leur rendait-il visite ?

— Que pensez-vous qu'il vous demandera ?

Edie secoua la tête, perplexe.

— Il vous demandera peut-être quel âge vous avez, suggéra Pip. Quelle matière vous préférez étudier. Ou ce que vous avez fait aujourd'hui. Ou encore, ce que vous envisagez de faire pendant l'été. Que lui répondrez-vous ?

Les filles se regardèrent, les yeux élargis par l'appréhension.

Elles passèrent le reste de la matinée à préparer leurs réponses.

Après le déjeuner, elles s'exercèrent à faire la révérence et à prononcer des paroles de bienvenue. Toutes deux butaient sur le nom « Octavius ».

— C'est un nom peu courant, n'est-ce pas ? fit remarquer Pip. C'est du latin. Savez-vous ce que cela signifie ?

Les deux fillettes firent un signe négatif.

— Le huitième. « Decimus » est aussi du latin, et signifie « le dixième ».

Fanny fronça les sourcils.
— Pourquoi s'appellent-ils ainsi ?
— Il s'agit probablement d'une tradition familiale. Maintenant, entraînons-nous à prononcer : lord Oc-ta-vi-us.
— Lord Oc-ta-vi-us, répétèrent en chœur les fillettes.

Elles étaient en plein milieu d'une leçon de géographie quand le bruit d'un carrosse roulant dans l'allée leur parvint par la fenêtre. Pip eut l'impression qu'elles retenaient leur respiration.
— Et si nous jetions un coup d'œil ? proposa-t-elle.
Elles allèrent à la fenêtre et regardèrent la cour, trois étages plus bas.
Il n'y avait pas une voiture, mais trois. Deux carrosses et un véhicule plus simple pour les domestiques et les bagages. Pip examina les silhouettes.
— Voulez-vous vous exercer de nouveau à faire la révérence ?
Elles furent convoquées au salon dix minutes plus tard. Les filles, qui s'étaient montrées nerveuses et agitées, se calmèrent brusquement. Elles descendirent en se cramponnant à la main de Pip. Cette dernière les sentait trembler d'anxiété.
Les trois invités se tenaient dans le salon avec le baron de Rumpole. Un grondement de voix masculines assez agréables leur parvint dans le couloir. Deux des hommes au moins avaient des voix de baryton. Pip s'arrêta sur le seuil et observa les nouveaux venus. Lord Newingham devait être le blond, car de toute évidence les deux autres avaient un lien de parenté. Ils avaient les cheveux foncés, des yeux sombres et le même nez. Tous deux étaient grands et beaux. Plus beaux que lord Newingham. Elle essaya de deviner lequel était le fils d'un marquis et décida que ce devait être celui qui était légèrement moins grand. Il avait

une arrogance et un air fanfaron que l'autre n'avait pas. Toutefois, son arrogance n'avait rien à voir avec celle du baron de Rumpole. Elle prouvait qu'il était conscient de sa beauté, et non qu'il était un tyran.

— Vous voilà enfin ! s'exclama le baron d'un ton irrité, comme si elles les avaient fait attendre des heures. Eh bien, entrez.

Mal à l'aise, Fanny et Edie se blottirent contre Pip, se cachant à moitié dans les plis de sa jupe. Pip leur pressa les doigts pour les encourager et les fit avancer dans la pièce.

Rumpole présenta rapidement ses filles, sans prendre la peine de nommer les amis du vicomte.

— Edith et Frances, faites la révérence, ordonna-t-il.

Pip réprima une petite grimace. Cet homme ignorait donc les bonnes manières ?

Edie et Fanny lâchèrent la main de Pip et obéirent, saluant leur oncle d'une voix presque inaudible. Puis Edie rassembla son courage et déclara :

— Nous sommes très heureuses de vous voir, monsieur.

Pip aurait aimé serrer la fillette dans ses bras, mais elle se contint. Pour le baron, elle ne valait guère mieux qu'un meuble, et les meubles ne prenaient pas les petites filles dans leurs bras.

— Comment allez-vous ? s'exclama gaiement Newingham, qui avait un visage rond et jovial. Puis-je vous présenter mes amis ? Voici lord Octavius Pryor, et son cousin, M. Decimus Pryor.

Pip cligna les yeux de surprise. L'homme arrogant n'était donc pas le fils d'un marquis.

Les filles firent une nouvelle révérence.

— Bonjour, lord Octavius. Bonjour, monsieur Pryor.

Leurs voix étaient à peine audibles, mais elles avaient au moins eu le courage de prononcer les mots. Et elles n'avaient pas buté sur le nom du lord.

Dès qu'elles auraient regagné la salle d'études, Pip les féliciterait.

Le fils du marquis l'observait. Ainsi que son cousin et lord Newingham.

— Et madame ? s'enquit le vicomte.

— C'est la nouvelle gouvernante, répondit Rumpole d'un ton dédaigneux.

Les trois hommes continuèrent à la regarder. Newingham et M. Pryor semblaient un peu perplexes, comme si elle ne correspondait pas à l'image qu'ils se faisaient d'une gouvernante. Le fils du marquis la dévisageait avec une étrange curiosité.

Ce regard intense la fit frissonner, sans qu'elle puisse dire pourquoi. Ses cheveux se hérissèrent sur sa nuque. Toutefois, ce n'était pas un frisson de peur.

Elle reporta vivement son regard sur le vicomte.

— Madame ? répéta Newingham.

— Mlle Toogood, répondit Pip en accompagnant ce nom d'une révérence.

— J'ai connu une Mlle Toogood autrefois, remarqua M. Pryor. Son prénom était Jane. Je suppose que vous ne vous appelez pas aussi Jane ?

Il prononça ces mots d'un ton léger, en souriant.

Lui faisait-il des avances ?

Non. Les hommes riches et de bonne naissance, qui étaient sûrs d'eux et de leur beauté, ne flirtaient pas avec les gouvernantes. Surtout quand elles étaient rousses et avaient des taches de son sur le nez.

— Non. Je m'appelle Philippa, répondit Pip.

— Philippa, répéta M. Pryor en lançant un coup d'œil à son cousin.

Pip risqua à son tour un coup d'œil vers lui.

Le fils du marquis la regardait fixement.

Il y eut un silence un peu gênant, puis le baron, lord Newingham et M. Pryor se mirent tous à parler en même temps. Fanny glissa de nouveau la main dans la sienne. Une seconde plus tard, Edie l'imita.

Le baron de Rumpole offrit avec désinvolture des rafraîchissements à ses invités et leur proposa une partie de billard. Apparemment, les filles et elles allaient devoir regagner la salle d'études, songea Pip. Mais alors, le fils du marquis cessa de la regarder et porta son attention sur lord Newingham. Le regard qu'il lança au vicomte était implacable. Newingham déclina aussitôt l'invitation du baron et proposa une promenade avec ses nièces.

— Allons flâner dans la campagne, proposa-t-il en se frottant les mains dans un simulacre d'enthousiasme.

Mais Pip eut la nette impression qu'il aurait préféré boire un verre de brandy en jouant au billard.

— C'est à cela que sert la campagne, n'est-ce pas ? À faire des promenades. Il faut que vous veniez avec nous, mademoiselle Toogood.

Lord Octavius sourit. M. Pryor également. Pip fit remonter les filles dans leur chambre pour qu'elles changent de chaussures et prennent leur chapeau.

5

Ils traversèrent les jardins que Pip avait contemplés le matin de sa fenêtre, parcoururent l'immense pelouse et parvinrent dans un petit bois où ils trouvèrent un charmant sentier sinueux, de jolis bosquets et un ruisseau. De l'autre côté d'un bois de hêtres se trouvait une étroite route de campagne.

Pip inspira profondément, s'enivrant du parfum du chèvrefeuille et de l'herbe fraîchement fauchée. Si le vicomte et ses amis n'avaient pas été là, elle aurait couru le long du chemin avec les filles. Elle les imagina toutes les trois gambadant et riant. Sauf que l'on ne gambadait pas en présence d'un vicomte et du fils d'un marquis, ni même d'un simple gentleman. Elle avançait donc d'un pas mesuré, comme il convenait à une respectable gouvernante.

Edie et Fanny restaient à côté d'elle, intimidées par les trois hommes. Mais très vite, le vicomte allongea le pas, entraînant avec lui M. Pryor.

Pip se retrouva seule avec le fils du marquis. Pendant un moment, elle se sentit mal à l'aise et un peu impressionnée. Comment elle, Pip Toogood, pouvait-elle se promener en compagnie du fils d'un marquis sur un chemin de campagne ? Et ce n'était pas n'importe quel fils de marquis, mais un homme dont le regard était si intense qu'elle sentait son cœur battre un peu plus fort.

Cesse de te comporter comme une écervelée ! se morigéna-t-elle. *Tu as vingt-cinq ans. Tu es une adulte responsable. Tu ne rougis plus. Tu ne restes pas sans voix. Tu es parfaitement capable d'avoir une conversation intelligente avec des fils de marquis, si beaux fussent-ils.*

Et pour bien faire entrer ce message dans sa tête, elle tapota son pouce contre le bout de son index. Trois fois. Pour se porter chance. Pour recouvrer son calme et son sang-froid.

Ce geste l'aida, une fois encore.

Ce qui l'aida aussi, c'était qu'il était remarquablement facile de bavarder avec lord Octavius. Tellement facile qu'au bout de cinq minutes, elle avait complètement oublié qu'il était le fils d'un marquis.

Le chemin mena à un autre chemin, puis encore un autre. Les filles cueillaient des fleurs des champs sur les talus, et le vicomte et M. Pryor les aidaient. Pip et lord Octavius avançaient sans se presser en parlant de lecture, de musique et de théâtre. Il lui dit qu'il avait vu John Kemble et Mme Siddons sur scène à Drury Lane, et Pip lui raconta la fois où elle était allée au théâtre royal et qu'un des acteurs avait basculé de la scène dans la fosse.

L'anecdote fit beaucoup rire lord Octavius. Pip découvrit que lorsqu'il riait il n'était plus seulement beau : il devenait l'homme le plus séduisant du monde.

Elle détourna les yeux. *Ne t'avise pas de tomber amoureuse*, se sermonna-t-elle. *C'est le fils d'un marquis, et tu n'es guère plus qu'une servante.*

Et de toute façon, il allait repartir le lendemain.

À cette idée, elle éprouva une intense déception, qu'elle s'efforça d'ignorer. Elle n'était pas sotte au point de se pâmer pour des nobles, si charmants et séduisants soient-ils quand ils riaient. Lord Octavius avait croisé son chemin cet après-midi, et demain leurs routes se sépareraient. C'était la vie qui le voulait.

Ils marchèrent en silence pendant quelques minutes. Pip entendait le chant des oiseaux, le bourdonnement des abeilles. La voix du vicomte leur parvenait, portée par la brise.

La route tournait vers la droite, ensuite vers la gauche. La charrette d'un fermier passa à côté d'eux. Edie et Fanny cueillirent des marguerites pour leur chapeau, puis se lancèrent à la recherche de trèfles à quatre feuilles. Le vicomte et M. Pryor cherchèrent avec elles. Pip les observa. Et tout en les regardant, elle dévoila à lord Octavius ce qu'elle avait prévu pour les filles au cours de l'été.

— Il y a un livre… peut-être l'avez-vous lu ? *Histoire naturelle de Selborne*, par le révérend White.

— Je ne puis dire que je l'ai lu.

Lord Octavius se pencha pour cueillir une pâquerette qui avait échappé aux fillettes.

Elle avait des pétales rose et blanc, et son cœur était jaune vif.

— Le révérend White vivait à un kilomètre d'ici et il a décrit tout cela, expliqua-t-elle.

Elle engloba d'un geste le chemin, les fleurs des champs, les arbres, les enclos, la colline aux pentes abruptes.

— J'aimerais suivre ses traces avec les filles. Cela doit vous paraître ennuyeux, mais…

— Pas du tout. Je pense que c'est beaucoup plus amusant que de rester enfermé à la maison avec ses livres.

Il lui offrit la pâquerette, d'une manière curieusement courtoise.

— Pour vous, mademoiselle Toogood.

— Oh. Merci.

Philippa Mary Toogood, je t'interdis de rougir, ajouta-t-elle en son for intérieur.

Par bonheur, ses joues ne s'enflammèrent pas quand elle ôta son chapeau de paille pour glisser la fleur sous le ruban. Lord Octavius voulait se montrer amical, et elle n'était pas troublée *du tout*. Afin de le prouver, elle continua d'un ton égal :

— La lecture du livre du révérend White est une étude. Edie et Fanny apprendront le nom des plantes, la vie des insectes et des animaux.

Lord Octavius cueillit une autre pâquerette qu'il lui offrit.

— Le révérend grimpait-il aux arbres ?

— Je ne sais pas, avoua Pip en prenant la fleur. S'il le faisait, ce n'est pas mentionné dans son livre.

— Vous devriez leur apprendre cela aussi. Grimper aux arbres et patauger dans les criques. Un enfant doit savoir cela, vous ne croyez pas ?

Il se pencha pour cueillir deux autres pâquerettes.

Pip le croyait aussi, mais elle doutait que le baron de Rumpole soit de cet avis. Elle se mordit les lèvres.

— Vous n'êtes pas d'accord ? demanda lord Octavius.

— Le baron...

— Je vous ai demandé quelle était votre opinion, mademoiselle Toogood. Pas celle du baron.

— Je pense que tous les enfants devraient grimper aux arbres et s'amuser dans les ruisseaux, reconnut-elle.

Lord Octavius eut un sourire satisfait.

— Je suis très fort pour grimper aux arbres. Je vous propose mes services en tant qu'instructeur. Nous commencerons demain.

— Vous serez reparti, demain, lui rappela Pip.

Lord Octavius fit un signe de tête négatif.

— Non ? s'exclama Pip en regardant le vicomte de Newingham, M. Pryor et les filles faire une razzia sur un massif de chèvrefeuille en fleur. Le baron a dit que vous ne resteriez qu'une nuit.

— Oh, nous passerons toute une semaine ici, répondit-il avec insouciance.

— Une semaine ?

— Au moins.

Lord Octavius lui sourit, et il y avait une telle chaleur dans ses yeux bruns que Pip sentit ses joues se colorer.

J'ai vingt-cinq ans, se reprit-elle avec sévérité. *Je suis trop vieille pour rougir.*

— Oh, fit-elle à voix haute. C'est… bien.

— Oui. C'est très bien.

Il lui tendit les deux pâquerettes.

Elle les accrocha à son chapeau. Lord Octavius souriait sans doute ainsi à tout le monde, se dit-elle en remettant son chapeau et en nouant les rubans. Elle n'était pas assez frivole pour se croire amoureuse de lui. Même si elle l'aimait bien, et même s'il restait toute la semaine.

Surtout s'il restait toute la semaine…

Elle tapota le pouce contre son index, une fois, deux fois, trois fois, prit une longue inspiration et se remit en marche.

— Les arbres et les criques, dit lord Octavius. Quoi d'autre, mademoiselle Toogood ? Avez-vous prévu d'autres aventures pour l'été ?

— J'aimerais fabriquer des cerfs-volants avec les filles.

— Excellente idée.

Pip secoua la tête.

— N'est-ce pas une bonne idée ? s'enquit-il en haussant les sourcils.

— Cela ne plaira pas du tout au baron.

— Donc, nous ferons des cerfs-volants ! s'exclama gaiement lord Octavius.

— Lord Octavius, je n'oserai pas…

— Moi, j'oserai, dit-il, les yeux brillants. Bunny ! Dex ! lança-t-il à ses compagnons. Demain nous ferons des cerfs-volants !

Tout le monde se tourna vers eux. Pip vit l'étonnement se peindre sur les visages, vite suivi par diverses expressions. Edie et Fanny semblaient surexcitées, le vicomte de Newingham résigné, et M. Pryor souriait comme s'il venait d'entendre une excellente plaisanterie.

— Des cerfs-volants ? répéta-t-il, l'air narquois. C'est tout simplement charmant.

6

Le dîner fut de loin le repas le plus ennuyeux qu'Octavius ait eu à endurer de toute sa vie. Il n'aimait pas beaucoup le baron de Rumpole avant de s'asseoir à sa table, il l'aima encore moins par la suite.

Sextus avait parfaitement jugé cet homme. C'était un rustre. Non seulement il était grossier, mais il était aussi impertinent et avait une haute opinion de lui-même. Un sentiment totalement injustifié, selon Octavius. Une heure et demie passée à table confirma que Rumpole n'avait pas plus d'esprit que d'éducation. Sa conversation se limitait à deux sujets. Soit il se vantait, soit il dénigrait quelqu'un d'autre.

Octavius n'avait jamais été aussi content de voir les valets débarrasser la table.

Ces derniers laissèrent les carafes à portée de main et se retirèrent. Octavius se servit un verre de brandy et se renversa dans son fauteuil.

— Vous avez là un joli domaine, Rumpole.

Le baron grommela un remerciement.

— J'ai bien envie de prolonger notre séjour. Qu'en dites-vous, les amis ? Nous pourrions rester une semaine.

Rumpole s'étrangla avec son porto.

— Une semaine, quelle bonne idée ! répliqua Dex avec un sourire crispé.

— C'est entendu, alors.

Octavius fit un signe de tête à Rumpole, d'un air affable.

— Nous sommes très reconnaissants de votre hospitalité, baron.

Ce dernier n'était pas du tout d'humeur à les accueillir. En fait, il semblait plutôt avoir envie de les mettre à la porte à coups de pied.

Octavius le remit sur le droit chemin.

— Mon grand-père-le-duc dit toujours que l'on peut juger l'éducation d'un homme à son sens de l'hospitalité.

Le mot « duc » flotta un instant au-dessus d'eux, rappelant au baron qu'Octavius était d'un rang plus élevé que le sien. Rumpole sembla retenir son souffle un moment, puis finit par hocher la tête avec raideur.

Octavius leva son verre avec un sourire radieux.

— Une semaine dans le Hampshire. Je ne peux rien imaginer de mieux. Qu'en pensez-vous, mes amis ?

Dex leva les yeux au ciel et avala son brandy d'un trait. Newingham semblait en proie à des aigreurs d'estomac.

Rumpole remplit son verre de porto et le but comme si c'était de l'eau. Son teint était plus rougeaud que d'habitude, et ses joues contrastaient avec le blanc de sa cravate.

Un hématome à peine visible marquait son nez épais, et un de ses yeux était souligné de jaune.

Octavius se demanda si la leçon qu'il avait essayé d'administrer à Rumpole à Londres avait fait de l'effet, ou si la scène s'était effacée de son esprit, à l'instar des traces de coups.

Il n'y avait qu'une seule façon d'en avoir le cœur net.

— Quelqu'un veut-il faire une partie de billard ? proposa-t-il en posant son verre.

— La salle de billard est adjacente à la bibliothèque, dit le baron en désignant la porte.

— Un billard ? répéta Newingham. Oui, allons jouer.

Il repoussa sa chaise et les trois hommes sortirent dans le couloir.

— Bon sang, Otto, marmonna Newingham. Une semaine entière ?

— Pense à ces pur-sang bai cerise, répliqua Octavius à voix basse.

Newingham gagna la salle de billard en maugréant. Dex fit mine de le suivre, mais Octavius le retint par le bras.

— Je dois dire un mot à mon cousin, lança-t-il au vicomte. Pars devant, Bunny. Nous te rejoindrons.

Il attendit que Newingham ne puisse plus les entendre pour dire à son cousin :

— Accompagne-moi dans la chambre. Je dois me changer.

Ils gravirent rapidement les marches.

— Tu as vu la tête de Rumpole ? fit remarquer Dex en traversant le palier. J'ai cru qu'il allait faire une crise d'apoplexie.

Octavius sourit, content de lui.

— Je ne pense pas pouvoir supporter un autre dîner en sa compagnie, poursuivit Dex. Tu crois que nous pourrions dîner dans la nurserie pendant le reste du séjour ? Après tout, Bunny est venu pour voir ses nièces.

— Cela vaudrait la peine d'essayer.

Ainsi, ils dîneraient en compagnie de Mlle Toogood.

La chambre d'Octavius était vide, mais un valet avait tiré les rideaux et allumé les bougies. Il ferma la porte et commença à se déshabiller.

Dex s'adossa au manteau de cheminée.

— Je dois avouer que ta Mlle Toogood n'est pas du tout telle que je l'imaginais.

— Ah non ? répondit Octavius en jetant sa chemise sur le lit. Je t'avais dit qu'elle avait beaucoup de maintien.

— Mais tu n'avais pas précisé qu'elle était rousse.

— Auburn, rectifia Octavius. Et alors ?

Dex haussa les épaules.

— Alors, rien. Et donc... elle te plaît toujours ?

— Oui.

Il avait cru que cet après-midi auprès de Mlle Toogood le guérirait de l'idée folle qu'il était amoureux d'elle. Ce n'était pas le cas. L'idée qu'ils étaient faits l'un pour l'autre en avait été renforcée.

Et maintenant, il avait envie de l'épouser. C'était déconcertant, exaltant... et certainement fou. Et s'il éprouvait toujours la même chose à la fin de la semaine, il lui demanderait sa main. Au diable la prudence !

Il se garda de dire cela à Dex. Il enleva son pantalon et ses bas.

— Où est la chemise ?

Ce soir, il avait décidé d'être brune. Il choisit un visage en forme de cœur et de grands yeux noisette. Une fois habillé, il contempla son reflet dans le miroir. Son bonnet était bien mis, son col, son tablier et ses poignets bien amidonnés. Il était tiré à quatre épingles.

— Parfait ! s'exclama-t-il d'une voix haut perchée qui le surprit lui-même. Il est temps de mettre Rumpole face à la tentation.

Dex fit la grimace.

— Quoi ? Tu crois que c'est mal ? Tu penses qu'il a le droit de me sauter dessus s'il me trouve jolie ?

— Bien sûr que non. C'est plutôt que... Sois prudent, Otto. Il est vieux, mais il est deux fois plus grand que toi. Il pourrait vraiment te faire du mal.

— Cela n'arrivera pas, assura Octavius en gagnant la porte. Excuse-moi auprès de Bunny. Dis-lui que j'avais une lettre urgente à écrire.

Octavius s'attarda dans le couloir jusqu'à ce que Dex ait disparu. Alors il descendit. Les vêtements féminins étaient désagréables à porter. Le corset le comprimait, et la nudité sous les jupes le gênait. Bon sang, il aurait dû penser à acheter une culotte avant de quitter Londres. Il était déconcertant de sentir l'air frais sur ses parties intimes. Il suffirait que quelqu'un lui soulève ses jupes pour qu'il soit nu et exposé.

Comment les femmes supportaient-elles de circuler ainsi ?

La porte de la salle de billard était entrouverte. Octavius jeta un coup d'œil à l'intérieur et vit Dex et Newingham. Il recula et partit à la recherche du baron. Rumpole ne se trouvait plus dans la salle à manger. Il était passé dans la bibliothèque, où il s'était servi un autre verre de porto.

Depuis le seuil, Octavius le vit s'écarter de la desserte et gagner en chancelant le fauteuil le plus proche. Il s'assit lourdement, rota et avala une gorgée de vin.

Octavius eut un rictus de dégoût et plaqua deux doigts sur sa bouche pour réprimer une moue désapprobatrice. Il était censé être une servante, et les servantes ne se moquaient pas de leur employeur quand il rotait ou lapait son vin. Elles baissaient les yeux et restaient impassibles. Les servantes n'effectuaient pas non plus de tâches dans la bibliothèque après dîner, mais Rumpole était trop ivre pour remarquer un tel détail.

Octavius entra furtivement dans la pièce en évitant le regard du baron. Il alla jusqu'à la desserte. Rumpole n'avait pas pris la peine de replacer le bouchon sur la carafe de porto, alors Octavius s'en chargea en faisant légèrement tinter le cristal. Puis il s'assura que les flacons étaient bien alignés. Tout en s'affairant, il gardait son attention fixée sur l'homme assis derrière lui, guettant le moindre bruit. Mais le baron ne dit rien, même lorsque Octavius s'attarda pour arranger les flacons selon la couleur de leur contenu. Le rouge profond du porto, l'ambre du brandy, l'or pâle du sherry.

Il se trouvait dans la bibliothèque depuis plus d'une minute et le baron n'avait toujours pas prononcé un mot. Se pouvait-il qu'il ait compris la leçon ?

Octavius se détourna de la desserte, esquissa une révérence et demanda en imitant autant que possible l'accent du Hampshire :

— Avez-vous besoin de quelque chose, monsieur ?

Il gardait les yeux fixés sur le tapis d'Axminster, conscient que le baron était tout proche. S'il avait été un chien, il aurait eu les oreilles dressées.

Rumpole garda le silence.

Octavius risqua un coup d'œil dans sa direction. Rumpole le regardait avec une expression de prédateur.

Le cœur d'Octavius se mit à battre un peu plus vite. Sans le vouloir, il fit un pas en arrière.

Il s'obligea à demeurer immobile sous le regard insistant du baron. Le souffle court, il attendit. Il allait se passer quelque chose, il le savait. Rumpole allait ouvrir la bouche et lui dire...

— Viens ici, toi.

Octavius avait grandi dans des maisons pleines de domestiques, et jamais il n'avait entendu quelqu'un s'adresser à une servante de cette manière, comme si elle n'était pas une personne. Comme si elle n'était qu'un chien. Il fut si offensé qu'il n'obéit pas tout de suite.

— Viens ici, répéta le baron.

Les dents serrées, il approcha lentement en s'efforçant de ne pas serrer les poings. *Ne le regarde pas dans les yeux. Pas encore. Fixe ses pieds.*

Il s'arrêta en face du baron et baissa la tête.

— Monsieur ? dit-il en s'adressant à ses chaussures.

Il s'attendait à ce que l'homme exige un baiser, comme il l'avait fait à Londres. Mais la demande du baron fut différente.

— Je veux une gourmandise.

Pendant quelques secondes Octavius eut du mal à respirer. Il eut l'impression que tout en lui se figeait. Son cerveau, son cœur, ses poumons. Il était paralysé.

Puis il leva la tête et regarda le visage rougeaud et suffisant du baron.

Rumpole finit son verre.

— Vas-y, ordonna-t-il. Mets-toi à genoux et fais-moi une turlute. Sinon, je te ferai renvoyer.

Octavius éprouva un tel accès de rage qu'il se mit à trembler. Ses doigts se crispèrent et se replièrent. Il esquissa un rictus.

Rumpole était trop ivre et trop sûr de lui pour s'en rendre compte.

— Dépêche-toi.

Octavius n'avait jamais été aussi furieux de sa vie. Il n'aurait jamais cru possible d'éprouver une telle colère. Sa rage était telle que, s'il abattait le poing sur le baron, il craignait de ne pouvoir retenir ses coups. Il ne pourrait plus s'arrêter avant de l'avoir tué. Alors, au lieu de lui casser le nez et les dents comme il en avait envie, il déplia lentement les doigts.

— Comment osez-vous ? dit-il d'une voix sifflante.

Ne pouvant prendre le risque d'utiliser ses poings, il le gifla de toutes ses forces, un coup sur chaque joue. Le claquement résonna dans la pièce, tel un coup de pistolet.

Choqué, le baron se recroquevilla dans son fauteuil. La bouche ouverte, le visage empourpré, il dévisagea Octavius.

— Je suis peut-être une servante, mais je ne suis pas une traînée ! s'exclama Octavius.

Il tourna les talons et sortit avant de laisser libre cours à sa rage.

Il passa devant la salle à manger où les valets débarrassaient la table et courut jusqu'au bout du couloir, s'engouffrant dans une pièce obscure. Il avait l'impression d'être l'héroïne d'un roman gothique. Sa poitrine se soulevait, son cœur battait à tout rompre, ses poings étaient serrés, et il était si furieux qu'il ne parvenait pas à réfléchir. Pendant quelques minutes, il fit les cent pas en grinçant des dents. Il avait envie de taper du poing contre les murs, contre les meubles, sur quelqu'un. Comment Rumpole osait-il ordonner à une servante de *lui faire une turlute* ?

L'idée était si répugnante qu'Octavius eut un haut-le-cœur. Il cessa de marcher, ferma les yeux et se concentra sur sa respiration. La nausée finit par battre en retraite, emportant une partie de sa colère. Mais pas la totalité. Il était toujours furieux. Son cœur cognait encore plus vite qu'en temps normal. Il mourait d'envie de frapper quelqu'un.

Mais pas Rumpole. Pas ce soir.

Il lissa son tablier et ajusta son bonnet. Il en avait fait assez pour aujourd'hui. Il avait mis le baron à l'épreuve et l'avait pris en défaut. Maintenant, il devait enlever ces vêtements terriblement inconfortables et réintégrer son corps.

Ensuite, il réfléchirait.

Il ne quitterait pas le Hampshire avant d'avoir donné une bonne leçon à Rumpole. Une leçon qu'il n'oublierait pas de sitôt. Il devait y avoir un moyen. Il était sûr qu'il en existait un. Mais il ne le trouverait pas tant qu'il serait dans cet état de rage. Il fallait qu'il se calme et qu'il en discute avec Dex. À eux deux, ils trouveraient quelque chose.

Octavius jeta un coup d'œil dans le corridor et ne vit personne.

Il longea le couloir, passa devant la salle à manger déserte et fit une pause devant la porte de la bibliothèque. Le baron n'y était plus.

Il gagna la salle de billard et jeta un coup d'œil à l'intérieur. Dex et Newingham étaient là.

Dex leva la tête, le vit et esquissa un imperceptible signe de tête.

Octavius connaissait bien son cousin. Il savait qu'il viendrait le plus vite possible l'aider à se déshabiller.

Il était dans sa chambre et se débattait avec la robe lorsqu'on toqua à la porte. Il se figea. Était-ce son valet ? Ou bien Dex ?

Il n'osa pas poser la question, car il avait toujours une voix de femme.

— Otto ? Tu es là ?

Octavius alla rapidement ouvrir et Dex entra.

— Alors ? Tu as plu à Rumpole ?

— Oui.

— Et ?

— Il m'a ordonné de lui faire une fellation.

— Quoi ?

— Tu as bien entendu.

Octavius sentit sa colère resurgir. Passant les mains dans son dos, il commença à dégrafer la robe. Dex vint à son aide.

— Qu'as-tu fait ?

Octavius s'aperçut qu'il avait de nouveau serré les poings et il secoua les doigts.

— Je l'ai giflé.

— Giflé ? répéta Dex, incrédule. Seigneur, à ta place je l'aurais assommé !

— Ce n'est pas l'envie qui me manquait, répondit Octavius en faisant passer la robe par-dessus sa tête. Mais j'étais si furieux que je craignais de le tuer.

Dex garda le silence en détachant le corset. Une fois les lacets dénoués, il croisa le regard d'Octavius dans le miroir.

— Rumpole est un...

Il secoua la tête, incapable de trouver un mot pour décrire la dépravation du baron. À ce moment, quelqu'un essaya d'ouvrir la porte de la chambre, qui était fermée à clé.

— Lord Octavius ? s'enquit le valet.

Zut. Octavius avait toujours une apparence et une voix de femme. Il ôta sa chemise et changea rapidement de forme.

— Je n'ai pas besoin de vous ce soir, Staig ! lança-t-il.

— Très bien, monsieur.

Ils attendirent que les pas du valet se soient éloignés dans le couloir, puis Dex se tourna vers lui.

— Qu'allons-nous faire ?

Octavius chercha sa chemise de nuit. Où Staig l'avait-il donc rangée ? Ah, elle était là !

Il l'enfila.

— Je vais donner à Rumpole une leçon qu'il ne pourra jamais oublier.

— De quelle manière comptes-tu t'y prendre ?

— Je n'en ai encore aucune idée, avoua Octavius.

7

Le lendemain matin, Pip sortit du lit avec encore plus d'enthousiasme que la veille. Elle alla à la fenêtre et ouvrit les rideaux. La lumière se répandit dans la chambre. Le soleil venait de se lever et tout était teinté d'or.

Elle s'accouda à l'appui de la fenêtre et contempla la vue. Elle avait une foule de projets pour la journée, qu'elle avait hâte de réaliser. Fabriquer des cerfs-volants, les faire voler avec les filles, explorer Selborne. Et, pour être tout à fait honnête, elle avait hâte de passer du temps en compagnie de lord Octavius. C'était de la folie. Une folie dangereuse.

Elle se détourna de la fenêtre et alla se laver le visage à l'eau froide. Lord Octavius était charmant, amusant. Il faisait partie de ces gens avec lesquels on se sentait instantanément à l'aise. La veille, il lui avait donné l'impression que bavarder avec elle était ce qu'il appréciait le plus au monde. Mais en vérité, il devait y avoir des centaines de personnes avec lesquelles il aurait préféré discuter. C'était le fils d'un marquis, et il avait de bonnes manières. La journée d'hier se résumait donc à cela : un noble se comportant poliment avec une gouvernante.

Pip s'essuya le visage et se regarda dans le miroir. Elle vit ses cheveux roux, ses yeux gris et les taches de rousseur sur son nez. D'un air sévère, elle brandit un doigt en direction de son reflet.

— Ne sois pas flattée de l'attention qu'il te porte. Il agit ainsi avec tout le monde. Ne t'imagine pas qu'il s'intéresse à toi, ce n'est pas le cas. Et surtout, ne va pas croire que tu es amoureuse de lui.

Elle marqua une pause d'une seconde et ajouta :

— Tu m'entends, Philippa Mary ?

Oui, elle avait bien entendu.

Après le petit déjeuner, Pip reprit la leçon de géographie qu'elle avait dû interrompre la veille. Une demi-heure passa. Puis une heure. Son enthousiasme déclina, s'estompa et finit par disparaître complètement.

Elle n'aurait pas dû être étonnée que les hommes soient revenus sur leur promesse. Il y avait sans doute un grand nombre de choses qui les tentait plus que de jouer aux cerfs-volants avec des petites filles. Malgré tout, elle éprouva une forte déception.

— Ouvrez vos livres de grammaire française, dit-elle avec tout l'entrain dont elle était capable.

Elles étaient en train de conjuguer le verbe « devoir » quand elle entendit des voix d'hommes dans le corridor. Newingham passa la tête dans l'embrasure de la porte.

— Sommes-nous dans la bonne salle ?

Le cœur de Pip fit un petit bond.

— Absolument, lord Newingham.

Le vicomte entra, suivi de lord Octavius et de M. Pryor.

— Bonjour, dit lord Octavius avec un sourire qui semblait ne s'adresser qu'à elle.

Le cœur de Pip fit encore un bond complètement déraisonnable.

— Bonjour, répondit-elle.

Il sourit comme cela à tout le monde. Ne te laisse pas étourdir, Philippa Mary.

Newingham déposa une poignée de bâtonnets sur la table près de la fenêtre, et lord Octavius ajouta une pelote de ficelle. Pip comprit que c'était la raison de leur retard. Ils avaient dû rassembler des fournitures.

— Avez-vous du papier, des ciseaux et de la colle ? demanda Newingham.

Pip avait ce qu'il fallait, et elle s'empressa de tout étaler sur la table.

En théorie, il était très facile de fabriquer un cerf-volant. En pratique, cela leur demanda beaucoup de temps. Fanny et Edie regardèrent avec une extrême attention Newingham leur montrer comment réunir les bâtonnets avec de la ficelle, puis mesurer le papier et le coller. Leur réserve s'évanouit grâce à la gaieté et la gentillesse du vicomte, aux plaisanteries de M. Pryor et à la patience bienveillante de lord Octavius. Elles posèrent d'abord des questions timidement puis s'enhardirent, et finalement n'hésitèrent plus à faire fuser les remarques.

Pip, qui avait un peu d'expérience en matière de cerfs-volants de papier et savait qu'ils avaient tendance à se désintégrer dans les airs, en fabriqua un dans un vieux tablier, dont elle coupa les attaches qui servirent à maintenir les baguettes.

Assise face aux fillettes, de l'autre côté de la table, elle les encourageait chaque fois qu'elles la regardaient, c'est-à-dire souvent. Elle s'efforça de concentrer son attention sur ces deux sujets : la couture et les filles. Malgré tout, son esprit ne cessait de s'évader…

En une heure, elle découvrit que les mains de lord Octavius étaient larges et d'une jolie forme, que ses doigts étaient minces, forts et habiles, et que sa voix de baryton était la plus belle qu'elle ait entendue de sa vie. Une mèche de cheveux noirs avait tendance à tomber sur son front quand il penchait la tête, et ses cils étaient d'une longueur impressionnante.

Elle découvrit aussi qu'il souriait chaque fois qu'il croisait son regard.

Et chaque fois, le cœur de Pip tressautait. Elle reportait alors les yeux sur son ouvrage et se rappelait que lord Octavius souriait ainsi à tout le monde. *Ne sois pas flattée. Et surtout, ne t'éprends pas de lui...* Puis elle levait de nouveau les yeux et le manège recommençait : un sourire, un battement de cœur, une réprimande silencieuse.

Cela était assez ennuyeux.

Elle termina la dernière couture, posa son aiguille et prit les deux baguettes qu'elle avait choisies.

— Puis-je vous aider, mademoiselle Toogood ? demanda lord Octavius.

Son cœur bondit encore sottement, bien qu'elle sût qu'il ne demandait cela que par courtoisie.

— Si vous voulez.

Il vint s'asseoir à côté d'elle et l'aida à faire passer les baguettes dans les étroits morceaux de tissu qu'elle avait cousus ensemble. Leurs doigts s'effleurèrent plus d'une fois. Le cœur de Pip s'arrêta et se mit soudain à battre beaucoup trop vite. *J'ai vingt-cinq ans, je n'ai plus l'âge de rougir*, se dit-elle. Pour renforcer cette affirmation, elle tapota subrepticement la table. Trois coups pour ne pas rougir. Parce qu'elle était trop vieille pour cela.

Ces trois petits coups l'aidèrent, comme toujours.

Enfin, les baguettes furent en place et la ficelle nouée. Lord Octavius examina la structure du cerf-volant.

— C'est parfait, annonça-t-il. Mais je n'en attendais pas moins de la part de la si parfaite Mlle Toogood.

J'ai vingt-cinq ans et je ne rougis plus, se martela Pip. Trop tard. Ses joues étaient brûlantes. Non à cause de ce que venait de dire lord Octavius, mais à cause de la façon dont il lui souriait. Pas seulement avec ses lèvres, mais aussi avec ses yeux.

Ce sourire était celui qu'il adressait à tout le monde, n'est-ce pas ?

Elle n'en avait pas l'impression. Il lui semblait que ce sourire n'était destiné qu'à elle ; il était chaleureux, drôle et affectueux.

C'était de la folie de penser ce genre de choses.

— Je suis loin d'être parfaite, dit-elle en ramassant les tombées de fils et de tissus.

— Je refuse de le croire, s'exclama gaiement lord Octavius.

Puis il contourna la table pour aider Edie à finir son cerf-volant.

Ils allèrent se promener en attendant que la colle sèche. Pip prit le livre du révérend Gilbert White avec elle et en lut des passages à haute voix :

— « La partie élevée, au sud-ouest, consiste en une vaste hauteur crayeuse qui se dresse à trois cents pieds au-dessus du village ; elle comporte une colline à moutons et une longue zone boisée en hauteur appelée le Hanger. La colline, ou pâture à moutons, est un lieu agréable, une sorte de parc naturel qui domine un panorama attrayant composé de collines, vallons, pays boisés, landes et étendues d'eau. »

Elle leva les yeux du livre et suggéra :

— Nous pourrions lancer nos cerfs-volants sur la colline à moutons, une fois la colle sèche ?

Les fillettes se tournèrent vers le vicomte, mais celui-ci déclara qu'il ne pouvait prendre de décision avant d'avoir vu la pâture.

Ils grimpèrent donc tout en haut de la colline. Pip était hors d'haleine quand ils parvinrent au sommet, et elle fut soulagée de voir que les hommes l'étaient aussi. En fait, Newingham exagéra même un peu pour amuser les filles, en soufflant bruyamment.

Pip observa le paysage en calmant sa propre respiration. Lord Octavius vint se camper à côté d'elle.

— Un sou pour vos pensées, mademoiselle Toogood.

Pip hésita. Elle aurait pu répondre de diverses manières, mais elle décida de lui dire la vérité.

— Les filles n'ont jamais été aussi heureuses qu'aujourd'hui.

Lord Octavius regarda Edie et Fanny.

— Vous croyez ?

— Oui.

Elle ne les avait jamais vues d'aussi bonne humeur. Leur visage était rougi par le rire, l'exercice et la joie de vivre.

— Je suis contente que lord Newingham nous ait rendu visite. J'espère qu'il le fera encore. D'ordinaire elles sont réservées, comme si elles avaient peur des hommes. Je ne les avais jamais vues rire ainsi.

Lord Octavius ne dit rien. Un pli soucieux se dessina sur son front tandis qu'il observait les filles.

— Elles n'ont pas peur de vous, s'empressa de préciser Pip.

— Et de leur père ?

Pip hésita. Les fillettes craignaient les colères du baron, ses brusques mouvements d'impatience, ses critiques, ses dénigrements.

— Bien sûr que non, assura-t-elle.

Mais elle perçut elle-même une hésitation dans sa voix. Et si elle en était consciente, lord Octavius devait l'être aussi.

— Le baron n'a pas de patience avec les enfants, expliqua-t-elle. Ce qui est… compréhensible. C'est le défaut de beaucoup de pères.

Lord Octavius continua de froncer les sourcils en la regardant. Pensait-il qu'elle critiquait son employeur ?

— Je ne veux pas dénigrer le baron ! ajouta-t-elle vivement.

Lord Octavius se rembrunit encore. Son regard se posa sur les filles, puis revint vers elle. Il dit à voix basse :

— Mademoiselle Toogood, puis-je vous parler un moment en privé ?

Pip sentit son cœur sombrer. Il allait la réprimander. Et elle le méritait bien.

— Bien sûr, répondit-elle avec raideur.

Ils s'écartèrent d'une douzaine de pas tout en restant en vue de Newingham, de M. Pryor et des fillettes.

Pip ressentit un pincement dans la poitrine, et son cœur battait d'appréhension. Elle plaqua sur son visage une expression polie et attentive, se préparant à endurer les reproches de lord Octavius avec humilité. Toutefois, le sentiment qu'elle éprouvait n'était pas de l'humilité. Elle était mortifiée. Cet homme qu'elle trouvait attirant s'apprêtait à la tancer comme une domestique. Sa fierté en souffrait, car elle était à peine au-dessus d'une domestique. Pour n'importe quel employé de maison, il y avait une grande différence entre une simple servante et une gouvernante. Mais cette différence était insignifiante pour le fils d'un marquis qui se situait mille fois plus haut qu'elle dans l'échelle sociale.

À ses yeux, elle ne valait sans doute guère plus qu'une servante.

Lord Octavius ne parla pas tout de suite. Les sourcils froncés, il considéra la prairie, cherchant visiblement les mots adéquats pour son sermon. Puis il se tourna vers elle. Cette fois, quand leurs regards se croisèrent, le cœur de Pip ne bondit pas sottement. Il se serra.

— Je sais que cette question est impertinente, mademoiselle Toogood, mais je dois vous demander si le baron s'est déjà conduit de façon inappropriée avec vous.

L'appréhension de Pip se transforma en stupeur.

— Je vous demande pardon ?

— Vous êtes-vous déjà sentie en danger en sa présence ?

Pip secoua la tête, non pour nier, mais pour manifester sa perplexité.

Lord Octavius prit cela pour un non. Il scruta ses traits avec insistance.

— En êtes-vous certaine ? Il ne vous a jamais mise mal à l'aise ?

Elle hésita.

— Quelquefois, avoua-t-elle enfin. Je ne sais pas pourquoi. Il n'a jamais dit ou fait quelque chose pour susciter cette gêne. Ce doit être un effet de mon imagination.

— Non, ce n'est pas votre imagination.

— Que voulez-vous dire ?

Il regarda Newingham, M. Pryor, les fillettes, puis reporta son attention sur elle et baissa la voix.

— Il pratique le *droit de cuissage.*

Cette affirmation était si choquante qu'il fallut quelques secondes à Pip pour comprendre ce que cela voulait dire. Son esprit se heurta aux mots français, chercha leur signification, et la refusa. Lord Octavius rougit.

— Cela signifie... euh...

— Les droits du maître sur ses servantes, dit-elle en rougissant également.

Ils détournèrent tous deux les yeux, comme si la pâture exigeait leur entière attention. Mais l'esprit de Pip demeura fixé sur les mots que lord Octavius venait de prononcer.

Droit de cuissage.

Cela avait une jolie consonance en français, mais la signification était affreuse. C'était du viol.

— Pardonnez-moi, mademoiselle Toogood, reprit lord Octavius, les yeux toujours dirigés vers le pré. Je sais que cela n'est pas convenable et que je suis un étranger pour vous. Seulement il faut que… je vous mette en garde. Et que je m'assure que vous êtes en sécurité.

— Qu'est-ce qui vous fait croire que je ne le suis pas ?

Il la regarda à ce moment, et son cœur fit de nouveau ce petit bond idiot et familier.

— N'avez-vous rien décelé parmi les domestiques ? N'y a-t-il pas eu d'incident qui aurait pu vous mettre sur vos gardes ?

Pip se mordilla longuement les lèvres.

— Il s'est passé quelque chose à Londres, reconnut-elle enfin. Une servante qui saignait du nez. Je ne l'ai pas revue, et… et le lendemain, le baron avait des marques sur le visage.

Il hocha la tête, visiblement peu surpris par ce détail.

— Est-ce tout ? Il n'y a rien eu d'autre ?

Pip réfléchit encore.

— À mon arrivée ici, l'intendante m'a conseillé de ne pas me rendre dans le corridor où se trouve la chambre du baron. Je n'y ai plus pensé, car bien sûr je n'aurais jamais eu l'idée d'entrer dans ce couloir, mais… peut-être voulait-elle me mettre en garde contre lui ?

— Peut-être. Et les servantes ? Elles ne vous ont rien dit ?

Pip fit un signe négatif de la tête.

— J'ai rarement affaire aux servantes. Mon seul contact avec elles, c'est…

Elle s'interrompit. Elle venait de comprendre quelque chose.

— Quoi ?

— Chaque soir, une servante vient m'aider à dégrafer ma robe, expliqua-t-elle. En partant, elle me dit toujours de fermer ma porte à clé pour la nuit. Je pensais qu'elle était simplement inquiète de nature, mais...

— Elle voulait vous avertir, affirma lord Octavius. Avez-vous fermé votre porte à clé ?

Pip fit non de la tête.

— À partir de maintenant, vous devez le faire, déclara-t-il d'un ton autoritaire.

— Bien sûr, répondit-elle automatiquement. Êtes-vous certain de ce que vous avancez ? Car on peut saigner du nez pour beaucoup de raisons, et personne n'a réellement dit que le baron...

— J'en suis certain. Quand je dis que Rumpole pratique le droit de cuissage, je n'invente rien. Je sais qu'il le fait.

Pip aurait aimé lui demander comment il le savait, mais cette conversation appartenait à une catégorie interdite. Il n'était pas convenable d'aborder ce sujet avec un homme qu'elle ne connaissait pas.

— Pensez-vous que je sois en danger ? s'enquit-elle.

— Je ne sais pas. Newingham m'a dit que les gouvernantes restaient rarement plus de quelques mois dans la maison, et cela m'inquiète.

Pip regarda le vicomte. Il faisait des gestes en parlant, montrant le ciel, la pâture et la vallée. Edie et Fanny buvaient ses paroles.

— Et les filles ? Sont-elles en sécurité ? murmura-t-elle.

— Je ne sais pas, répéta lord Octavius. Ce que je sais, c'est que je n'aime pas vous savoir dans cette maison. Et je pense qu'il vaudrait mieux qu'elles n'y soient pas non plus. Le baron de Rumpole... n'est pas quelqu'un de bien, dit-il avec un rictus de mépris.

— En effet.

Pip n'aurait pas dû dire cela de son employeur. Quelle que soit la personne à laquelle elle s'adressait.

Lord Octavius lui lança un regard en coin.

— Comment vous traite-t-il ?

Elle fit une petite grimace.

— Comme si j'étais la créature la plus méprisable du monde. Cela dit, il fait cela avec toutes les personnes à son service. Il est très fier de son éducation.

— Son *éducation* ? rétorqua lord Octavius en ricanant. Il n'en a pas.

Pip faillit éclater de rire. Par chance, elle parvint à se contenir. Elle gardait les yeux fixés sur le pré des moutons, évitant de regarder lord Octavius.

— Quelques fois, il m'a regardée... je ne sais comment décrire cela. Il m'observe d'une façon qui me met très mal à l'aise. Désolée, je ne peux l'expliquer, ajouta-t-elle en haussant les épaules. C'est sans doute mon imagination.

— Non, ce n'est pas votre imagination. Vous devez faire très attention, mademoiselle Toogood. Seigneur, s'il essayait... Je n'ose l'imaginer. Vous devez partir sur-le-champ. Aujourd'hui même !

— Aujourd'hui ? Ce n'est pas possible.

Il fit un pas vers elle. Il semblait sur le point de lui agripper les épaules et de la secouer.

— Il le faut.

— C'est impossible. Même si je souhaitais partir, et je ne suis pas sûre que ce soit le cas, je devrais avant tout trouver un nouveau poste. Cela prendrait des semaines.

Lord Octavius se rembrunit.

— Tant que vous êtes là, je n'ai rien à craindre, fit-elle remarquer. Rumpole n'osera rien tenter avec des invités dans la maison. Ce serait le summum de l'imprudence.

— M'autorisez-vous au moins à vous montrer quelques façons de vous défendre ?

Elle haussa les sourcils.

— Me défendre ? Vous voulez dire... physiquement ?

— Oui. Certains gestes qui pourraient vous être utiles pour vous protéger, si besoin.

C'était une proposition extrêmement inhabituelle, et lord Octavius le savait. Ses joues se colorèrent légèrement, mais il ne baissa pas les yeux.

— Je vous en prie, mademoiselle Toogood.

Pip s'octroya quelques secondes de réflexion. Et… pourquoi, en fait ? Que la proposition soit inhabituelle ou non, elle allait l'accepter. Pas seulement parce qu'elle voulait apprendre à se protéger, mais surtout parce qu'elle voulait apprendre avec cet homme. Passer du temps avec lui.

— Merci. C'est très aimable de votre part, répondit-elle.

Les joues de lord Octavius se colorèrent, comme si le compliment le gênait un peu.

Pip regarda en direction des filles. Si lord Octavius lui apprenait à se défendre, elle n'aurait pas besoin de chercher un nouveau poste. Elle pourrait rester. Et en dehors de ses folles rêveries concernant le fils du marquis, ce qu'elle désirait le plus, c'était rester avec Edie et Fanny. Celles-ci n'avaient pas besoin d'une autre gouvernante, elles avaient besoin d'elle.

La prochaine gouvernante ne les encouragerait peut-être pas à avoir confiance en elles. Peut-être ne leur prêterait-elle pas une oreille attentive, et ne leur apprendrait-elle pas qu'elles avaient de la valeur. Peut-être ne les aimerait-elle pas. D'autre part, la prochaine gouvernante tomberait peut-être entre les griffes du baron de Rumpole… et c'était une autre bonne raison de rester. Pourrait-elle partir en sachant ce qu'elle savait ? Comment laisser une autre femme tomber dans ce piège ?

Sa détermination se renforça. Oui, elle apprendrait la méthode de lord Octavius pour repousser les avances du baron, et elle ne partirait pas. Elle voulait rester.

Lord Octavius regardait aussi les fillettes.

— Quel genre de père est le baron ? demanda-t-il.

— Le genre qui rabaisse, persécute et rudoie ses enfants. Les filles ont peur de lui. J'aimerais...

— Qu'aimeriez-vous ?

Beaucoup de choses, dont la majeure partie était trop ridicule pour en parler.

— J'aimerais pouvoir leur donner un foyer où elles seraient aimées. Tout le monde mérite d'avoir cela.

Il y eut un silence. Une alouette chanta dans un arbre.

— Avez-vous eu ce genre de foyer ? s'enquit lord Octavius.

C'était une question très personnelle et tout à fait inappropriée entre deux personnes qui se connaissaient à peine.

— Oui, répondit-elle. Et vous ?

La demande était encore plus déplacée, étant donné qu'il occupait un rang bien supérieur au sien.

— Oui. J'ai de la chance, avec ma famille.

Il contempla le pré, l'air méditatif.

— Énormément de chance. J'aurais pu être le fils d'un berger. Je suis certain que les bergers sont de très bons pères, mais ils ne peuvent offrir à leurs enfants ce que mon père, qui est marquis, m'a donné.

Pip le dévisagea. Quelle incroyable déclaration, pour un noble !

Lord Octavius lui lança un coup d'œil et haussa les sourcils.

— Quoi ? Cela vous étonne ?

Pip venait de l'entendre admettre, d'une façon détournée, que s'il occupait un rang plus élevé que la plupart des hommes, ce n'était pas parce qu'il valait mieux qu'eux. C'était simplement une question de chance.

C'était bien ce qu'il avait dit, n'est-ce pas ?

— La plupart de vos pairs ne seraient pas du même avis que vous, fit-elle remarquer.

En fait, elle était persuadée qu'ils auraient tous désapprouvé ces paroles. Les aristocrates se croyaient supérieurs par leur naissance, et non par un effet du hasard.

Lord Octavius haussa les épaules.

— Quand vous connaîtrez mon grand-père… vous saurez qu'il a des idées bien arrêtées sur le danger que représente un orgueil démesuré.

— Votre grand-père ? Vous voulez dire… le duc ?

Il acquiesça d'un hochement de tête.

Pip ne trouva rien à répondre, elle était trop déconcertée. Elle n'aurait su dire ce qui la troublait le plus. Le fait qu'un duc désapprouve un trop grand orgueil, ou que lord Octavius envisage qu'elle puisse rencontrer son grand-père un jour.

Ce qu'elle savait, c'était qu'elle n'avait jamais eu de conversation aussi étrange que celle-ci.

— C'est l'heure du déjeuner ! lança lord Newingham de loin.

M. Pryor et lui approchèrent en courant, poursuivis par Fanny et Edie qui s'accrochaient à leurs basques tels des agneaux à leur mère.

Pip regarda mieux. Les filles se cramponnaient réellement aux pans de la redingote de Newingham, ce qui ne semblait pas du tout gêner le vicomte. En fait, il riait à gorge déployée.

— Nous sommes affamés ! s'exclama M. Pryor en passant à leur hauteur. Le premier arrivé en bas de la colline a gagné !

8

L'après-midi, ils retournèrent sur la colline avec les cerfs-volants. Newingham montra comment les lancer dans les airs, et les filles regardèrent avec une grande attention. Pip eut le cœur serré de voir leur enthousiasme freiné par la prudence. Elles craignaient de commettre des erreurs et de s'attirer des critiques.

Des maladresses furent commises, les cerfs-volants retombèrent, mais Newingham se contenta de rire de bon cœur et les encouragea gaiement à recommencer. Et soudain, la magie opéra. Les cerfs-volants demeurèrent suspendus dans le ciel et les fillettes coururent dans le pré en poussant des cris de joie. Le cœur de Pip se gonfla de bonheur.

Elle fit aussi voler son cerf-volant. Il s'éleva dans les airs, un tablier découvrant la liberté au bout d'une ficelle. Elle se dit que s'il était possible pour un tablier d'être heureux, celui-ci l'était assurément.

Finalement, elle s'arrêta de courir, hors d'haleine. Quelqu'un applaudit bruyamment.

— Bravo !

C'était lord Octavius.

Son cœur fit ce ridicule petit bond, et une chaleur envahit ses joues.

— Vous permettez ? demanda-t-il.

Elle lui tendit le cerf-volant, espérant qu'il mettrait sa rougeur sur le compte de l'exercice.

Puis elle le regarda le manier. On ne pouvait ne pas voir à quel point il était raffiné. Ce n'était pas une question de vêtements, bien qu'il ne porte que des habits de grande qualité. Son physique aussi était élégant. Ses cuisses musclées étaient moulées dans un pantalon de daim, son gilet doré et ivoire était parfaitement ajusté, et sa redingote mettait en valeur la largeur de ses épaules. Son corps irradiait de santé et de vigueur. On aurait dit un animal robuste et énergique.

Pip aurait aimé laisser son regard s'attarder sur lui. Elle s'obligea à détourner les yeux, contemplant la pâture, les filles, lord Newingham et le tablier transformé en cerf-volant qui flottait joyeusement au bout d'une ficelle. Son regard se porta plus haut, plus loin, et elle pivota pour contempler la vue. Le ciel semblait vaste et vide, alors qu'il était chargé de tant de choses : de fines volutes blanches semées par les nuages, le cri lointain des oiseaux de proie, le chant des alouettes, des hirondelles et des étourneaux, le bourdonnement des abeilles, les papillons qui voletaient, fragiles. Et maintenant, les cerfs-volants.

Ceux qui étaient faits de papier finirent par se désintégrer, et seul le sien résista. Elle laissa Fanny et Edie courir dans le pré en traînant les ficelles derrière elles.

— La gouvernante parfaite a réalisé un parfait cerf-volant, fit remarquer lord Octavius.

Pip se sentit rougir de nouveau.

— Je ne suis pas parfaite.

— Ah non ?

Il lui coula un regard de côté, et son cœur fit de nouveau ce ridicule petit soubresaut.

— Mes cheveux sont roux. C'est bien la preuve que je ne suis pas parfaite.

— Vous pensez qu'être rouquine est un défaut ?

— Naturellement. C'est ce que l'on dit généralement.

— Tout le monde n'est pas de cet avis, corrigea-t-il sans cesser de sourire.

Les joues de Pip s'enflammèrent. Elle fixa son attention sur les filles. *Non, il ne flirte pas avec moi. C'est le fils d'un marquis, et les fils de marquis ne font pas la cour aux gouvernantes.*

Cela donnait quand même un peu l'impression qu'il flirtait.

Elle regarda Edie et Fanny courir dans le pré. Au bout d'une minute, lord Octavius reprit la parole :

— Ma grand-mère, la seconde duchesse de Linwood, avait les cheveux roux.

Pip ne sut quoi répondre. Mais ce détail expliquait qu'il ne considérait pas ses cheveux roux comme un défaut. *Tu vois bien qu'il ne flirtait pas avec toi.*

Les filles choisirent ce moment pour revenir vers elle, hors d'haleine.

— Pourrons-nous refaire des cerfs-volants demain ? demanda Edie.

Fanny glissa sa petite main dans celle de Pip et lui lança un regard suppliant.

— S'il vous plaît, mademoiselle Toogood…

— Bien sûr, répondit Pip en souriant.

— Mais comme le vôtre, demanda Edie. En tissu, pas en papier.

— Si vous voulez.

Les fillettes acquiescèrent énergiquement.

— J'en ferai un aussi, déclara lord Newingham.

Tout le monde le regarda avec étonnement.

— Vous savez coudre, oncle Robert ? demanda Edie.

— Un peu, à ma façon.

— Cela signifie non, décréta M. Pryor. Je ne sais pas coudre non plus, mais je veux bien apprendre. Je suis sûr que mon cousin aussi. N'est-ce pas, Otto ?

Il donna une bourrade à lord Octavius. Ce dernier grimaça et se frotta les côtes.

— Certainement. Si vous acceptez de nous apprendre, mademoiselle Toogood ?

Apprendre à coudre à un vicomte et aux petits-fils d'un duc ?

— Je peux le faire si vous le souhaitez, répondit-elle, interloquée.

— Vous êtes *trop bonne*, mademoiselle, déclara M. Pryor en souriant.

— Ah ! s'exclama Newingham. Mlle Toogood porte bien son nom, n'est-ce pas, Otto ?

Il donna un coup de coude à lord Octavius qui étouffa une exclamation de douleur et tenta de lui rendre la pareille. Et l'après-midi se termina par un jeu, tout le monde se poursuivant en riant.

Pip prenait ses repas à la nurserie avec les filles. Ce soir-là, à sa grande surprise, la table était mise pour six. Non seulement il y avait trois couverts supplémentaires, mais on avait disposé sur la nappe des verres en cristal, des couverts en argent et des serviettes blanches. Et pour couronner le tout, un valet en livrée attendait de servir.

— Que signifie tout cela ? lui demanda Pip.

— Le vicomte et ses amis ont décidé de dîner ici ce soir, répondit-il.

Il était clair, au ton de sa voix, qu'il considérait que servir à table dans la nurserie n'était pas digne de lui.

Pip avait pris des centaines de repas depuis qu'elle était gouvernante. La plupart étaient corrects, certains étaient bons, mais celui-ci fut incontestablement le meilleur de tous. Et ce n'était pas simplement à cause de la nourriture. Certes, les plats étaient excellents, mais la compagnie était exceptionnelle. Elle ne put réprimander les filles parce qu'elles parlaient trop fort ou riaient pendant le dîner, car Newingham faisait aussi tout cela. Tout le monde parlait fort et riait. Si cette journée avait été la plus heureuse que les fillettes aient connue, ce dîner fut certainement le plus joyeux de leur vie.

— Que faisons-nous, maintenant ? demanda Newingham dès que le valet eut fini de débarrasser la table.

— Généralement, nous jouons aux cartes ou au mikado, répondit Pip.

Le visage de Newingham s'éclaira.

— Au mikado ? Seigneur, je n'y ai plus joué depuis une éternité. Qu'en dis-tu, Otto ? Et toi, Dex ? Êtes-vous d'accord pour faire une partie de mikado ?

Ils firent trois parties. Lord Newingham joua la comédie, se frottant les mains et promettant de battre tout le monde à plate couture, se crispant à chaque mouvement, gloussant quand il gagnait, grognant quand il perdait.

Les filles étaient enchantées.

Mais le vicomte ne gagna aucune partie, car Fanny était imbattable au mikado.

— Elle m'a encore battu ! s'exclama Newingham d'un ton indigné. J'ai été battu par une fillette de neuf ans ! Sapristi, ce n'est pas possible !

Fanny était aux anges.

Lorsque le vicomte proposa de prendre sa revanche, lord Octavius lança un coup d'œil à Pip.

— Une partie de cartes ?

Elle acquiesça.

Les deux paquets de la nurserie ayant été mélangés, ils durent trier les cartes pour les reconstituer.

— Une fois les filles couchées, je vous montrerai comment vous défendre, dit doucement lord Octavius. Cela vous convient-il ?

Pip hésita. Lord Octavius leva les yeux.

— Vous craignez que ce ne soit pas convenable ?

Elle hocha la tête.

— Newingham et mon cousin resteront avec nous. Personne ne pourra dire que c'est inconvenant.

Elle se mit à rire.

— Inconvenant ? Vous voulez m'apprendre à me battre. C'est tout à fait inconvenant, pour sûr !

— Rassurez-vous, personne ne le saura. Ils croiront que nous parlons des filles. Newingham est leur oncle, et vous êtes leur gouvernante.

Il haussa les épaules d'un air détaché.

Pip hésita encore. Il avait raison. D'autre part, il n'y avait aucun problème de bienséance. Si une gouvernante se trouvait seule avec un gentleman, on pouvait penser qu'il s'agissait d'une rencontre amoureuse. Mais une gouvernante et trois gentlemen ? Surtout si l'un de ces gentlemen était lord Newingham. Ce n'était pas un rendez-vous, mais une simple discussion à propos de l'éducation de Fanny et Edie, en présence de deux autres personnes. Il n'y avait là rien de compromettant.

— D'accord, répondit-elle.

Les deux paquets de cartes étant reconstitués, lord Octavius en posa un de côté.

— À quoi voulez-vous jouer ?

Derrière eux, Newingham poussa un tel cri de triomphe que Pip sursauta.

— Bunny, ne fais pas tant de bruit ! s'exclama lord Octavius. Tu fais peur aux dames.

Il assortit cette remarque d'un clin d'œil à l'intention de Pip.

Ce clin d'œil ne provoqua pas le petit soubresaut habituel dans la poitrine de Pip ; son cœur fit une brusque embardée.

Elle baissa vivement les yeux. *Ne tombe pas amoureuse de cet homme, Philippa Mary. Tu m'entends ? Ne sois pas aussi stupide.* Au bout d'un moment, elle risqua un regard en direction de lord Octavius. Celui-ci était en train de mélanger les cartes.

— Pourquoi l'appelez-vous « Bunny » ? s'enquit-elle.

— « Robert » ressemble à *rabbit*, d'où « Bunny[1] », répondit-il.

Pip réfléchit un instant.

— Il y a une certaine logique dans ce raisonnement.

— Naturellement.

— Je suppose qu'il y a aussi une certaine logique dans le choix de vos noms ? Je veux parler de votre cousin et vous.

— Une logique ? Oui, admit-il avec une petite grimace.

— Vous n'aimez pas votre nom ?

— En ville, on nous appelle « les Numéros ».

De toute évidence, cela ne lui plaisait pas.

— Combien êtes-vous ? demanda-t-elle.

— Dix. Enfin, pas vraiment, mais... attendez un instant. Ce sera plus facile de vous expliquer ainsi...

Il chercha dans les cartes et sortit les piques. Il posa le roi et la reine sur la table.

— Mes grands-parents, le duc et la duchesse de Linwood.

Sous les deux cartes, il aligna l'as, le deux, le trois et le quatre.

— Mon père, Primus, et mes oncles, Secundus, Tertius et Quartus.

Pip fit un signe de tête pour montrer qu'elle avait compris.

Lord Octavius retourna la carte de la reine et celle du quatre de pique.

— Morts, dit-il. De la scarlatine, quand Quartus était bébé.

Il chercha dans les cartes, prit la reine de cœur et la plaça à côté du roi de pique.

1. *Rabbit* signifie « lapin » en anglais, tout comme *bunny*, qui est utilisé dans un contexte enfantin.

— La seconde épouse de mon grand-père, expliqua-t-il en souriant. La rouquine.

Pip rougit, pour aucune raison en particulier.

Lord Octavius examina pensivement les cartes puis sortit le valet de pique et l'ajouta à la rangée des fils du duc.

— Mon oncle Mercury. Il est illégitime. Grand-père a ignoré son existence pendant des années.

Pip n'aurait su dire ce qui la surprenait le plus. Le fait que lord Octavius ait un oncle illégitime, ou qu'il le lui dise.

— Votre famille l'accepte ?

— Absolument. Oncle Mercury fait partie de la famille. Grand-père est très clair sur ce point.

— Oh, murmura Pip, décontenancée.

Lord Octavius lui jeta un coup d'œil, puis regarda les joueurs de mikado derrière eux. Il hésita, puis continua à voix très basse :

— Il a eu une vie très difficile avant de nous retrouver. Je pense que Grand-père se sent toujours coupable à cause de cela.

— Oh, répéta Pip, stupéfaite.

Lord Octavius abordait-il ce sujet aussi librement avec tout le monde ? Ou seulement avec elle ?

Il ramassa le reste des piques et les étala sur la table, plaçant le cinq et le huit sous l'as.

— Mon frère Quintus et moi.

Le sept et le dix furent placés sous le deux.

— Mes cousins, Septimus et Decimus.

Il retourna le sept de pique et expliqua :

— Septimus était mort-né.

Enfin, il plaça le six et le neuf sous le trois.

— Mes cousins, Sextus et Nonus.

Il chercha dans le paquet et finit par en sortir l'as de cœur, qu'il plaça à côté du dix.

— Phoebe, la sœur de Dex. La seule fille. Voilà, vous avez toute la famille Pryor, les numéros glorieux.

— Je suppose que vous n'avez pas l'intention de poursuivre la tradition ?

— Dieu m'en préserve ! Mes enfants ne seront pas des numéros.

Il ramassa les cartes restantes et les lui tendit.

— À votre tour, mademoiselle Toogood.

— Moi ?

Elle prit le paquet de cartes et les regarda pensivement. Elle choisit le neuf de carreau et le posa sur la table.

— Mon père, Llewellyn Toogood.

Neuf pour le nombre de lettres que contenait son prénom, mais aussi parce que le neuf était un chiffre que son père aimait. Un chiffre magique qui contenait trois fois le chiffre trois. Elle chercha ensuite le quatre de carreau, qu'elle posa à côté du neuf.

— Ma mère, Mary.

Sous les deux cartes, elle posa le trois de carreau pour elle, Pip. Ensuite, elle retourna le quatre et expliqua :

— Ma mère est morte peu de temps après ma naissance.

Elle jeta un coup d'œil à lord Octavius et vit de la compassion dans son regard. Mais il ne dit rien.

Elle regarda les cartes et retourna également le neuf.

— Mon père quand j'avais douze ans.

Cette fois, elle s'abstint de regarder lord Octavius, craignant de découvrir de la pitié dans son expression. Elle remua les cartes et prit le cinq de carreau.

— Ma tante Sarah, dit-elle en la posant sur la table. Elle m'a élevée. Elle était très bonne.

Sa famille était assez réduite, comparée à celle de lord Octavius. Elle retourna aussi le cinq de carreau. La famille était réduite presque à néant. Elle était la seule survivante. Elle sentit sa gorge se serrer. Elle cligna les yeux, ravalant ses larmes.

— Je suis issue d'une famille d'ecclésiastiques. Mes deux grands-pères étaient pasteurs, et mon père aussi. Si je me marie un jour, ce sera certainement avec un homme d'Église.

Il y eut de l'agitation dans le camp des joueurs de mikado. M. Pryor poussa un cri de joie, et les fillettes éclatèrent de rire.

— Sapristi ! s'exclama lord Newingham. Ce n'est pas juste ! J'aurais dû gagner !

Pip jeta un coup d'œil à la pendule et vit qu'il était temps pour Fanny et Edie d'aller dormir. Elle tapa vivement dans ses mains.

— C'est l'heure d'aller au lit, les filles !

9

Quand Octavius avait annoncé à Dex et Newingham qu'il voulait enseigner à Mlle Toogood quelques techniques de défense, Dex n'avait pas sourcillé. Newingham, en revanche, avait été choqué. Choqué à propos du droit de cuissage. Choqué qu'Octavius veuille apprendre à Mlle Toogood à se défendre. Choqué, tout simplement.

Cependant, il était accommodant. Après avoir poussé quelques cris de protestation et bafouillé, il s'était résigné et avait accepté d'assister à la leçon.

Les filles étaient au lit, c'était le moment.

Ils avaient choisi la salle d'études.

Mlle Toogood alluma les chandelles et fit face à Octavius. Elle semblait un peu gênée, légèrement mal à l'aise, et il ne pouvait lui en vouloir. Ce qu'ils s'apprêtaient à faire était extrêmement inhabituel. Et même scandaleux. Cependant, c'était aussi nécessaire et important. De toute façon, Octavius avait décidé qu'il n'irait pas se coucher avant d'avoir donné à Mlle Toogood les armes dont elle avait besoin.

La question était : par où commencer ?

Il repensa à Vauxhall Gardens et à ce qu'il avait fait pour se libérer.

— Bien. Commençons.

— Allez-vous m'apprendre à boxer ? demanda Mlle Toogood d'un air dubitatif.

— Non. Je vais vous apprendre à faire suffisamment mal à quelqu'un pour qu'il vous relâche.

— Faire mal à quelqu'un ? répéta-t-elle, éberluée.

— Oui.

Octavius avait encore à l'esprit le souvenir du baron de Rumpole essayant de l'entraîner dans les buissons.

— Si vous êtes soumise à des avances physiques et brutales, il faudra que vous soyez vous-même brutale pour y échapper.

Elle se mordilla les lèvres.

— Il ne s'attendra pas à ce que vous ripostiez, expliqua-t-il pour la rassurer. L'effet de surprise vous donnera l'avantage. Vous n'aurez sans doute pas besoin de lui faire très mal.

Cette affirmation sembla la soulager.

Il lança un coup d'œil aux autres. Dex était adossé à la porte fermée, les bras croisés, l'air à la fois nonchalant et attentif. Newingham se tenait près de la table. Il avait aussi les bras croisés, mais il fronçait les sourcils comme s'il trouvait qu'Octavius était trop direct.

Octavius l'ignora. La franchise rendrait plus service à Mlle Toogood que l'ambiguïté ou la délicatesse.

— Vous devez viser trois endroits, dit-il. Les yeux, le nez et l'entrejambe.

Newingham se rembrunit un peu plus en entendant ce dernier mot. Octavius n'y prêta pas attention.

— Prenons le nez, par exemple. Si vous le pouvez, donnez un coup de poing. Si ce n'est pas possible, vous devez utiliser votre main comme un marteau.

Il lui fit une démonstration.

— Vous pouvez vous servir de votre coude, de la tranche de la main, ou même de votre front. Dex, ajouta-t-il en faisant signe à son cousin.

Dex avança de quelques pas.

Octavius montra comment casser le nez de Dex par un coup de poing, avec le coude, le côté de la main ou un coup de tête. Mlle Toogood regardait attentivement.

— Si vous devez le faire, n'hésitez pas. Frappez fort. De toutes vos forces.

Elle acquiesça.

— Pour les yeux, vous pouvez utiliser le poing ou le coude, mais vous pouvez aussi griffer comme si vous vouliez les arracher.

Mlle Toogood fit la grimace mais acquiesça de nouveau.

— Quant à l'entrejambe... C'est un point très douloureux pour un homme. C'est notre talon d'Achille, en quelque sorte. Si vous frappez un homme assez fort à cet endroit, vous lui ferez mordre la poussière.

— Vraiment ? dit-elle en haussant les sourcils.

Octavius confirma d'un signe de tête. Dex aussi. Newingham, qui se débattait avec son sens des convenances, ouvrit la bouche tel un poisson hors de l'eau.

— C'est la façon la plus efficace pour mettre un homme hors de combat.

Octavius agrippa Dex par l'épaule et fit mine de lui donner un coup de genou entre les jambes, arrêtant son geste au dernier moment.

Dex grimaça mais ne broncha pas, contrairement à Newingham qui ne put s'empêcher d'intervenir.

— Bon sang, Otto ! Est-ce vraiment nécessaire ?

— Oui, déclara Octavius en faisant une nouvelle démonstration.

Il se moquait complètement que ce soit inconvenant.

— Comme vous le voyez, il se peut que vous soyez gênée par votre jupe.

Mlle Toogood hocha pensivement la tête.

Octavius relâcha l'épaule de son cousin et recula.

— Vous pouvez aussi donner un coup de pied ou un coup de coude. Mais quoi que vous fassiez, vous devez y mettre toutes vos forces.

Mlle Toogood hocha de nouveau la tête.

— Si vous ne pouvez faire aucune des choses que je vous ai montrées, si vous ne pouvez pas donner de coups de pied ou de poing, servez-vous de vos dents. Mordez-le. Très fort. Enfoncez les dents dans sa main, jusqu'à l'os. Arrachez-lui l'oreille s'il le faut. Mordez-lui le nez. Faites du bruit, aussi fort que possible. Agrippez-lui la tête et hurlez-lui à l'oreille. Il faut qu'il veuille s'échapper.

Il avait élevé la voix sans s'en rendre compte. Les derniers mots résonnèrent dans la salle. Il y eut un silence. Tout le monde le regardait, sous le choc.

Il refusa de se sentir gêné. C'était trop important, bon sang.

— Êtes-vous droitière ?

Mlle Toogood acquiesça.

— Supposons qu'il agrippe votre poignet droit.

Octavius joignit le geste à la parole. Le poignet de Mlle Toogood était mince, et ses os plus fins que les siens. Il se rendit compte qu'elle était vulnérable, que toutes les femmes l'étaient, et qu'il était primordial qu'elle apprenne à se défendre.

— Pouvez-vous vous libérer ?

Mlle Toogood tira sur son poignet, le tordit, mais ne put se dégager. Il savait exactement ce qu'elle ressentait, grâce au baron de Rumpole.

— Si je tiens votre poignet droit, cela ne signifie pas que vous êtes désarmée. Vous pouvez utiliser votre main et votre coude gauches. Vos pieds et vos genoux. Vous pouvez me mordre la main, me griffer le visage, donner des coups de pied et crier. Allons, essayez, ajouta-t-il en souriant.

— De crier ?

— Non ! Essayez de vous servir de votre main gauche. Que pouvez-vous faire ?

Elle hésita, puis fit mine de lui arracher les yeux.

— Très bien ! dit-il. Et quoi d'autre ?

— Frappez-le sur le nez, suggéra Dex.

Une fois que Mlle Toogood eut fait semblant d'écraser le nez d'Octavius de diverses manières, il lui immobilisa le poignet gauche et la laissa s'exercer davantage. Puis il lui tint les deux poignets, un dans chaque main.

— Maintenant, que pouvez-vous faire ?

— Crier, répondit-elle. Et mordre. Et vous donner un coup de pied dans… euh… l'entrejambe.

— Et le genou, ajouta Dex. Si vous frappez le genou assez fort, votre agresseur tombera à la renverse.

— C'est vrai, confirma Octavius.

Pourquoi n'avait-il pas pensé à donner un coup de pied dans le genou de Rumpole, à Vauxhall Gardens ? La réponse était simple. Il s'était senti menacé et avait paniqué.

— Vous pouvez casser le genou d'un homme de cette façon, continua Dex. Essayez, mademoiselle Toogood. Servez-vous de votre talon, comme si vous vouliez piétiner quelque chose. Pesez de tout votre poids.

Dex fit une démonstration sur le genou gauche d'Octavius, et ce dernier grimaça instinctivement. Mlle Toogood imita le geste de Dex. Le bord de sa jupe se souleva, et Octavius remarqua qu'elle avait des chevilles très fines. En fait, bien qu'il les ait à peine aperçues, il aurait pu dire qu'il n'avait encore jamais vu de chevilles aussi fines que les siennes.

Quand elle se fut entraînée plusieurs fois, Octavius lui relâcha les poignets et recula, content que ses genoux soient encore intacts.

— Pensez-vous que vous pourriez le faire réellement, s'il le fallait ?

Mlle Toogood réfléchit sérieusement à la question, et hocha la tête.

— Si j'y étais obligée, oui je le ferais.

— Bien. Nous nous entraînerons encore demain soir.

— Est-ce vraiment nécessaire ? demanda Newingham, incarnant la voix de la bienséance.

— Oui, répondit Octavius. Absolument.

Il croisa le regard de Mlle Toogood et dit d'une voix calme, pour ne pas l'effrayer :

— Si un jour vous étiez attaquée, les choses ne se passeront pas aussi facilement. Vous aurez peur, vous n'aurez pas le temps de réfléchir. Plus vous vous entraînerez, plus vous serez capable de vous défendre.

Il fut sur le point d'ajouter : « Croyez-moi, je sais ce que je dis » mais se ressaisit juste à temps. Il ne pouvait faire allusion à l'incident de Vauxhall Gardens sans susciter des questions auxquelles il ne pourrait répondre.

— Une autre leçon demain soir ? proposa-t-il.

— Oui, répondit Mlle Toogood sans la moindre hésitation.

Soulagé, il sourit.

— Bien. Vous vous en êtes très bien sortie, mademoiselle Toogood. Parfaitement, en fait.

Avait-elle perçu l'allusion que contenait le mot « parfaitement » ? C'était une sorte de plaisanterie entre eux. Il pensa qu'elle avait compris, car elle sembla réprimer un petit sourire.

— Merci, dit-elle. Lord Newingham, je sais que ce n'est pas à moi de vous remercier pour votre visite, mais votre gentillesse a conquis le cœur d'Edith et de Frances. J'espère que vous ne vous offenserez pas si je vous remercie pour elles ?

Newingham rougit, terriblement embarrassé. Après tout, la seule raison pour laquelle il avait accepté de venir dans le Hampshire, c'était d'acquérir le couple de pur-sang bai cerise.

— Pas du tout, répondit-il. C'est un grand plaisir pour moi. Ce sont... euh... d'adorables fillettes.

— En effet. Elles ont très bon cœur. Mais elles sont aussi extrêmement timides, et vous avez été si bon et si patient avec elles. Je ne les avais jamais vues aussi heureuses qu'aujourd'hui.

Newingham s'empourpra.

— Ce fut un plaisir, répéta-t-il. Sapristi ! Vous avez vu l'heure ? Nous devrions nous retirer.

Octavius se serait volontiers attardé dans la salle d'études, mais Newingham gagnait déjà la porte d'une allure déterminée.

— Otto, Dex ! Venez donc. Mademoiselle Toogood, nous sommes enchantés de cette soirée. Bonne nuit.

— Bonne nuit, mademoiselle Toogood, dit Octavius.

Il aurait aimé lui prendre la main et l'embrasser, mais cela n'aurait pas été du tout convenable. Il fit donc un simple signe de tête avant de suivre Dex dans le couloir.

Newingham les entraîna vivement dans le corridor, puis dans l'escalier. Il fit une halte sur le palier.

— Tu te souviens que nous sommes les invités du baron, n'est-ce pas, Otto ? Nous sommes censés passer la soirée avec lui, et non avec la gouvernante.

— Nous sommes des invités indésirables, lui rappela Octavius.

Newingham inspira en prenant un air pontifiant.

— La courtoisie exige que...

— Au diable la courtoisie ! Tu es venu pour voir tes nièces. Du moins, officiellement. Elles sont encore à la nurserie, trop jeunes pour dîner dans la salle à manger. Alors pourquoi n'irions-nous pas dîner avec elles ? Rumpole n'y a rien trouvé à redire. Au cas où tu ne l'aurais pas remarqué, il ne t'aime pas beaucoup.

Newingham ouvrit et ferma la bouche pendant quelques secondes, éberlué, et finit par répondre :

— Mais c'est le summum de l'impolitesse.

— Non, déclara Dex. C'est moyennement impoli. Cela dit, si ce détail te tracasse tant que cela, mon vieux, tu n'as qu'à dîner avec ton beau-frère. Otto et moi dînerons à la nurserie avec tes nièces.

— Je ne veux pas dîner avec Rumpole, marmonna Newingham, les dents serrées.

— Alors ne le fais pas.

Newingham leur lança un regard noir.

— Vous ne connaissez pas les bonnes manières, vous deux !

— C'est vrai, convint gaiement Dex. Mais nous sommes très beaux, et cela compense cette lacune.

Octavius ricana, aussitôt imité par Newingham.

Ils dévalèrent l'escalier et s'arrêtèrent sur le palier suivant.

— Une partie de billard ? proposa Newingham sans grand enthousiasme.

Octavius refusa d'un signe de tête.

— Je vais me coucher. Cet après-midi de plein air m'a vidé de mes forces.

Il lança un coup d'œil entendu à Dex.

— Moi aussi, renchérit celui-ci.

— Vous êtes deux vieux croûtons, déclara leur ami en étouffant un bâillement.

Il leur souhaita bonne nuit et s'éloigna dans le corridor.

Octavius se tourna vers Dex.

— Tu n'es pas vraiment fatigué, n'est-ce pas ? demanda son cousin.

— Non, admit-il en se frottant les mains. J'ai envie d'aller chasser.

10

Octavius décida que ce soir, il aurait les cheveux blonds. Il s'octroya des joues roses et une poitrine généreuse. Il fut rapidement habillé. Dex avait appris à lacer le corset.

— Tu penses en avoir pour combien de temps ? demanda-t-il une fois qu'Octavius eut attaché ses cheveux et fixé sa coiffe.

— Cela ne devrait pas prendre très longtemps. Dix minutes, peut-être ?

Soit il trouverait le baron au rez-de-chaussée, soit il reviendrait bredouille.

Dex se laissa tomber dans un fauteuil près de la cheminée.

— Je vais t'attendre ici, dit-il en bâillant à se décrocher la mâchoire. Dépêche-toi. Tu n'es peut-être pas fatigué, mais moi je le suis.

Octavius descendit rapidement et sans faire de bruit. Il jeta un coup d'œil dans la bibliothèque. Les bougies étaient allumées, mais la pièce était vide. Il continua sur la pointe des pieds. Personne non plus dans la salle de billard.

Bon sang, il avait espéré que Rumpole serait encore debout.

Contrarié, il retourna vers l'escalier. En passant devant la salle à manger, il s'aperçut que les bougies n'avaient pas été éteintes.

Revenant sur ses pas, il regarda à l'intérieur et vit que le baron était là, affalé dans son fauteuil, les jambes allongées sous la table, en train de boire du porto.

Rumpole vida son verre et repoussa son fauteuil. Tout en bâillant, il tira sur sa cravate et se leva.

L'instinct de chasseur d'Octavius s'éveilla et son cœur fit un bond. Il essaya de deviner ce que Rumpole allait faire. Où irait-il ? Dans la bibliothèque ? Dans sa chambre ?

Le baron bâilla de nouveau, bruyamment. Il semblait prêt à gagner son lit.

Octavius souleva le bord de sa jupe et courut sur la pointe des pieds jusqu'à l'escalier. Il gravit une volée de marches d'un pas léger, et s'engagea dans le corridor où se trouvait la chambre de Rumpole. Tapi dans l'ombre, il attendit.

Une minute passa. Puis deux.

Malédiction ! Il avait fait le mauvais choix.

Il revint vers l'escalier et marqua une pause en voyant du mouvement sur le palier. Était-ce le baron ?

Oui, c'était lui.

Il fit quelques pas sur le côté et se plaça sous une applique contenant deux chandelles afin que le baron le voie clairement.

Le grand-père d'Octavius n'exigeait pas que ses servantes soient invisibles. Son père non plus. À l'inverse de Rumpole. Octavius l'avait remarqué aujourd'hui, aussi se tourna-t-il vers le mur, s'efforçant de se rendre aussi invisible que possible, bien que se trouvant directement sous une applique allumée.

Tout en regardant le mur, il écouta les pas du baron. Le papier peint était d'un rouge sombre, avec des rayures noires verticales.

Les pas de Rumpole approchèrent. Octavius éprouva des frissons dans la nuque, et les battements de son cœur accélérèrent. Toute son attention était fixée sur le baron. Avait-il ralenti le pas ? Regardait-il Octavius ? Avait-il des pensées inavouables ?

Le baron s'arrêta pile derrière lui.

Octavius retint son souffle. Il eut l'impression que tous ses cheveux se dressaient sur sa tête.

— Toi, dit le baron.

Toujours tourné vers le mur, Octavius fit une révérence. Son nez faillit heurter la cloison. Il se sentit ridicule.

— Moi, monsieur ? dit-il d'une voix étranglée.

— Dans ma chambre. Tout de suite.

Octavius se tint parfaitement immobile.

Rumpole n'avait toujours pas compris la leçon.

La colère gonfla sa poitrine. Il eut envie de se retourner pour donner un coup de poing au baron. Il se contint.

— Mais, monsieur…

Rumpole lui agrippa le bras et le fit avancer dans le corridor. Il ouvrit une porte et le poussa à l'intérieur.

Il y avait quelqu'un d'autre dans la chambre. Un valet.

— Dehors, lui ordonna Rumpole.

Le valet lança un coup d'œil à Octavius, et son regard s'arrêta un instant sur la main de Rumpole qui lui tenait le bras. Il ne parut pas choqué. En fait, il eut un sourire en coin.

Ce sourire révulsa Octavius. Il faillit se dégager pour se jeter sur le misérable. Il n'en fit rien. Au prix d'un violent effort, il parvint à se tenir immobile.

Le valet sortit. Toutefois, Rumpole ne lui relâcha pas le bras. Octavius songea aux techniques qu'il avait montrées à Mlle Toogood à peine une demi-heure plus tôt. Il était tentant de les mettre en application maintenant, de hurler, de mordre, de donner des coups de pied. Mais il réservait un autre traitement au baron, ce soir. Quelque chose qu'aucune femme ordinaire n'aurait pu faire. Alors, il attendit.

Rumpole le poussa vers le lit.

— Soulève ta jupe.

— Non, monsieur, je ne veux pas. Je suis une fille sérieuse.

Ignorant ses protestations, Rumpole le poussa de nouveau. Octavius cessa de protester. Il agrippa le poignet du baron, le tira, le tordit, et projeta l'homme sur le sol. Puis il tapa du pied devant le visage éberlué du baron, qui avait la bouche ouverte, et cria :

— Non !

Ensuite, pour mieux se faire comprendre, il saisit le broc d'eau que le valet avait laissé sur la table de toilette et le vida sur le baron. Après quoi, il sortit de la chambre.

Deux minutes plus tard, il regagnait sa propre chambre sur la pointe des pieds. Dex l'attendait en bâillant d'ennui.

Octavius referma la porte et fit tourner la clé dans la serrure.

— Qu'as-tu fait ?

— Je l'ai jeté au sol et je lui ai vidé un broc d'eau sur la tête.

Dex éclata de rire.

— Bien fait pour lui ! Maintenant, il faut ôter ces vêtements. Attends... qu'avons-nous là ?

Il prit Octavius par l'épaule et lui souleva le bras. Octavius s'aperçut qu'il avait déchiré quelques coutures. Les vêtements de servante n'étaient pas adaptés à la lutte.

— Bon sang, dit-il en examinant les coutures déchirées.

— Heureusement que Mlle Toogood doit nous donner une leçon de couture demain, n'est-ce pas ?

Il lui fallut quelques minutes pour s'extraire des vêtements. Il en profita pour réfléchir. Le baron n'avait rien appris de ce qui s'était passé à Londres, ni de la scène de la veille. Octavius doutait fort qu'il retienne la leçon de ce soir. Le vice était trop profondément ancré dans cet homme, son âme était corrompue.

— Comment diable allons-nous être en mesure d'arrêter Rumpole ?

— Je n'en sais rien, répondit Dex. Mais je ne suis pas sûr que la violence soit adaptée. Je crois… Franchement, Otto, je crois que nous devons lui faire peur. Une peur bleue.

— De quelle manière ?

— Aucune idée, avoua Dex en haussant les épaules.

Cette nuit-là, Octavius resta de longues heures éveillé, pensant à la peur qu'il devait instiller dans le cœur du baron et aux différents pouvoirs magiques que ses cousins et lui possédaient.

Quand il finit par s'endormir, il n'avait toujours pas échafaudé de plan.

11

La veille, Pip avait passé une excellente journée, et celle-ci promettait d'être encore meilleure. La jeune femme n'était pas du genre à rire pour rien, mais elle se surprit plusieurs fois à glousser au cours de la matinée. En fait, chaque fois qu'elle faisait le tour de la table du regard et qu'elle voyait lord Newingham, lord Octavius et M. Pryor penchés sur leur ouvrage de couture. Elle parvint à réprimer un petit rire une douzaine de fois, mais il resurgissait toujours, encore plus pétillant dès qu'elle regardait lord Newingham s'acharner sur la couture la plus biscornue qu'elle ait jamais vue. Il leva les yeux et dut interpréter correctement son expression, car il esquissa un sourire penaud. Elle ne put s'empêcher de pouffer.

Newingham ne parut pas s'en formaliser. Son sourire s'élargit, se transforma en rire, puis M. Pryor l'imita et lord Octavius se joignit à eux. Soudain, ils se retrouvèrent tous les quatre en train de s'esclaffer de bon cœur, tandis qu'Edie et Fanny les regardaient, abasourdies.

— Qu'y a-t-il de si drôle ? demanda Fanny.

— Moi, parvint à répondre lord Newingham entre deux éclats de rire. Mon ourlet. Je suis sûrement la pire couturière de toute l'Angleterre.

Tout en parlant, il brandit son ouvrage pour le montrer à ses nièces.

Il fallait en convenir, la couture ne faisait pas partie des talents du vicomte. Les ourlets de lord Octavius étaient plus droits, mais bizarrement c'était M. Pryor, le beau séducteur sûr de lui, qui était le plus doué des trois. Pip le regarda un moment former ses points nets et réguliers, avant de se tourner vers lord Octavius dont les points étaient mal formés et irréguliers. Il fronçait les sourcils tout en travaillant, concentré, les lèvres pincées. Même en dépit de son expression renfrognée, il y avait dans son visage quelque chose de très séduisant.

Pip continua de l'observer. Qu'est-ce qui le rendait aussi attirant ? Était-ce la symétrie de ses traits ? Son nez et ses mâchoires fortes, ses pommettes hautes ?

M. Pryor avait également des traits forts et symétriques, et pourtant il était loin d'être aussi séduisant que son cousin.

Pip observa subrepticement les deux hommes, cherchant à comprendre pourquoi elle était plus attirée par l'un que par l'autre. Ils avaient tous deux une belle structure osseuse, des yeux sombres pétillants de malice, des bouches sensuelles et souriantes. Et pourtant, un visage lui plaisait plus que l'autre.

C'était une question de personnalité, décida-t-elle au bout de dix minutes. Ou plutôt, c'était la personnalité qui transparaissait sur le visage.

M. Pryor fit un nœud avec le fil, coupa l'excédent, puis regarda son cousin avec un sourire narquois.

— J'ai fini le premier !

C'était cela, la différence. Lord Octavius souriait, tandis que M. Pryor semblait toujours ricaner.

C'est pourquoi elle préférait le visage de lord Octavius.

— Nous ne faisons pas la course, protesta lord Newingham, penché sur son cerf-volant et formant ses points de plus en plus vite.

Quinze minutes plus tard, toutes les coutures étaient faites, les baguettes insérées à l'intérieur et les ficelles nouées. Ils transportèrent les cerfs-volants au sommet de la colline et les firent voler au-dessus de la pâture, en courant, en criant et en riant.

Aussi loin qu'elle s'en souvienne, Pip n'avait jamais vécu de matinée aussi agréable.

Après déjeuner, ils prirent le livre du révérend Gilbert White pour aller explorer les bois les plus proches. Le révérend était un grand observateur de la nature. D'après lui, les bouleaux qui entouraient la colline de Selborne étaient « les plus beaux des arbres de la forêt ». Il parlait beaucoup de leur écorce lisse, de leur feuillage lustré et de leurs branches gracieuses et oscillantes.

Après avoir admiré tout cela pendant plusieurs minutes, lord Octavius déclara :

— Selon moi, les gens ne peuvent pleinement apprécier les arbres tant qu'ils n'en ont pas escaladé un.

Ils passèrent donc la demi-heure suivante à chercher un arbre à escalader. Enfin, ils en trouvèrent un qui était parfait, avec des branches si larges et si bien espacées qu'elles semblaient avoir été faites pour que l'on grimpe dessus.

Newingham passa le premier, montant aussi facilement qu'un singe. M. Pryor aida Edie et Fanny à prendre pied sur les branches les plus basses. Puis ils grimpèrent tous les quatre plus haut. Pip les suivit des yeux. Elle n'éprouvait aucune inquiétude à voir les fillettes escalader l'arbre. En réalité, elle les enviait.

— Eh bien ? s'enquit lord Octavius. Allez-vous les rejoindre ?

Elle lui lança un coup d'œil de côté et vit qu'il l'observait.

— Je ne peux pas.

— Je parie que si.

— Je n'ai plus dix ans.

— J'avais remarqué, répondit-il en souriant.

Lord Octavius avait un sourire très séduisant. Extrêmement attirant. Le genre dont les jeunes filles tombaient amoureuses, alors qu'elles n'auraient pas dû. Pip s'obligea à ignorer ce sourire.

— Et je ne suis pas un homme. Je ne peux pas grimper, avec cette robe.

Le sourire de lord Octavius s'effaça, il l'observa un moment, et elle eut l'impression de l'avoir déçu.

— L'âge n'a rien à y voir, dit-il. Et je suis prêt à parier que vous pouvez grimper malgré cette robe.

— Oh, vraiment ?

— Vraiment, répondit-il en levant les yeux vers leurs compagnons perchés dans les branches. N'en avez-vous pas envie ?

Pip hésita. Elle en avait très envie.

Lord Octavius interpréta correctement cet instant d'hésitation.

— Je vais passer le premier.

Il prit appui sur la branche la plus basse et se retourna pour lui tendre la main.

— Venez.

La robe rendait l'exercice difficile et elle dut soulever le bord plusieurs fois, mais lord Octavius détourna poliment les yeux, et il lui tint la main chaque fois que c'était nécessaire. En fait, il lui prit la main même si ce n'était pas indispensable, et Pip décida de ne pas lui en faire la remarque. Elle aimait bien cela…

C'est ainsi qu'elle se retrouva dans l'arbre, perchée sur ce que le révérend Gilbert White aurait appelé « une branche lisse et oscillante », assise à côté du fils d'un marquis, tandis qu'un vicomte perché deux branches plus haut lisait des passages du livre du révérend à haute voix.

Cette demi-heure fut sans doute la plus étrange de toute la vie de Pip, et aussi la plus délicieuse. Quand le moment arriva de redescendre, elle fut très déçue.

L'exercice s'avéra délicat, compliqué, peu adapté pour une dame, et elle déchira une grande partie de son ourlet. Mais lorsqu'ils se retrouvèrent sur la terre ferme et que lord Octavius lui demanda si le jeu en valait la chandelle, elle répondit avec enthousiasme par l'affirmative.

Il lui offrit ce fameux sourire aussi dangereux que séduisant, et elle sentit son cœur cogner très fort. Elle était sur le point de tomber amoureuse, mais par chance elle ne bascula pas dans le gouffre fatal.

N'oublie pas qui tu es, se morigéna-t-elle en se retournant pour surveiller les filles. *N'oublie pas qui il est. Qui est son père.* Hélas, il était dangereusement facile d'oublier le fossé qui séparait leur niveau social quand ils faisaient voler des cerfs-volants et grimpaient aux arbres. Lord Octavius la traitait en amie, comme un alter ego, et cette attitude était encore plus charmante que son sourire.

Son père est marquis, se rappela-t-elle d'un ton sévère. Puis elle répéta ce dernier mot trois fois en elle-même comme une incantation : *marquis, marquis, marquis.* Comme si cela pouvait l'empêcher de tomber amoureuse de lord Octavius.

— Vous avez perdu le pari, lui dit-il un peu plus tard alors qu'ils regagnaient Rumpole Hall.

Tous les six étaient décoiffés, avaient les joues rougies par le grand air et étaient d'excellente humeur.

— Quel pari ?

— Que vous pourriez grimper à l'arbre avec cette robe.

— Oh, lâcha Pip, qui avait oublié qu'il y avait eu un pari. Nous n'avions pas fixé d'enjeu, donc cela ne compte pas.

— Mais si.

— Quel est le gage, alors ?

— Je vous le dirai.

Lord Octavius sourit, détourna les yeux et se mit à siffloter un air que Pip ne connaissait pas.

Marquis, marquis, marquis, se répéta-t-elle en tapant trois fois le bout de son index contre son pouce.

Cela ne l'aida pas beaucoup.

Les trois hommes dînèrent de nouveau avec elles ce soir-là, puis ils jouèrent tous ensemble au mikado jusqu'à ce qu'il soit l'heure pour Fanny et Edie d'aller au lit. Newingham continua de perdre, à son grand regret.

— Courage, Bunny, dit M. Pryor alors qu'ils retournaient dans la salle d'études pour la leçon de techniques de défense. Ce n'est qu'un jeu d'enfant.

Cette remarque n'améliora en rien l'humeur du vicomte qui ne cessa de ronchonner pendant que Pip allumait les bougies, que M. Pryor poussait les meubles contre les murs et qu'Octavius ôtait sa redingote et retroussait ses manches. Il ne cessa que lorsque Pip répéta les mouvements qu'elle avait appris la veille. Il la regarda fixement et lui prodigua des conseils étonnamment utiles.

— Ne frappez pas seulement avec la main, l'épaule doit accompagner votre mouvement. Essayez de lui enfoncer les pouces dans les yeux. Les pouces sont plus forts que les autres doigts.

Elle exécuta les mouvements plus facilement que la veille, comme si elle les avait assimilés pendant la nuit. Quand lord Octavius lui immobilisa le poignet et qu'elle ne parvint pas à se dégager, elle ne se sentit pas désemparée. Elle lui griffa le visage, lui écrasa le nez de sa main libre et, quand il lui saisit les deux poignets, elle lui brisa le genou. Enfin, tout cela au figuré, bien entendu.

Une petite partie d'elle aurait voulu pouvoir réellement assener coups de poing et coups de pied, pour voir si c'était vraiment efficace. L'autre partie espérait qu'elle n'aurait jamais besoin de savoir si ses gestes étaient adéquats ou non.

— Que pourriez-vous faire d'autre ? s'enquit Newingham, tel un professeur avec son élève.

— Crier, répondit-elle. Lui donner un coup de pied entre les jambes. Lui arracher l'oreille avec les dents.

Lord Octavius la relâcha en grimaçant.

— Bien joué, mademoiselle Toogood, intervint M. Pryor en s'écartant du mur auquel il était adossé. Faisons un essai, Bunny. Tu seras Mlle Toogood et je serai son agresseur.

— Pourquoi faut-il que je sois Mlle Toogood ? demanda Newingham en se débarrassant de sa redingote.

— Parce que tu es plus petit.

M. Pryor alla se camper au milieu de la salle, jambes écartées, et posa sur le vicomte un regard scélérat.

Newingham jeta sa redingote de côté et s'avança vers lui à petits pas, les yeux pudiquement baissés. Dès qu'il arriva près de lui, M. Pryor lui agrippa le bras.

Le vicomte poussa un cri aigu.

Pip regarda, bouche bée, le combat se dérouler, partagée entre le rire et l'effroi. C'était un jeu, ils n'essayaient pas vraiment de se faire du mal, mais la bagarre fut plus vive et plus brutale que tout ce qu'elle avait fait avec lord Octavius. Elle étouffa un cri en voyant le vicomte projeter le poing vers le visage de M. Pryor. Il lui aurait certainement cassé le nez s'il n'avait pas retenu son geste au dernier moment. Elle faillit encore crier quand il se servit de son coude comme d'une serpe, manquant casser le nez de M. Pryor pour la deuxième fois.

M. Pryor poussa un petit cri, bien qu'il ne soit pas touché, et recula en plaquant d'un air théâtral les mains sur son visage avant de se laisser tomber à genoux. Newingham n'en profita nullement pour tourner le dos et s'enfuir – ce qu'elle aurait fait dans un tel moment. Il s'approcha et fit mine d'envoyer un coup de pied entre les jambes de M. Pryor.

Ce dernier tressaillit, lord Octavius en fit autant, mais le pied de Newingham ne toucha pas son but.

Le vicomte mima un deuxième coup de pied, puis se pencha en faisant semblant de mordre l'oreille de son adversaire.

— Oh ! s'écria M. Pryor. Recule, espèce de brute !

Le vicomte se redressa et fit le tour de la salle d'un air victorieux en levant les bras.

— J'ai gagné !

— Tu m'as mordu l'oreille ! s'exclama M. Pryor en se relevant. Tu m'as vraiment mordu l'oreille ! Je n'arrive pas à le croire, Bunny !

— Moi non plus, avoua Newingham en baissant les bras.

Il frotta ses lèvres sur son poignet de dentelle.

— Pardonnez-moi, mademoiselle Toogood. Je dois aller me rincer la bouche.

Il s'empara de sa redingote et sortit, l'air un peu écœuré.

Pip s'aperçut qu'elle était toujours bouche bée.

— Il t'a vraiment mordu ? demanda lord Octavius, l'air aussi étonné qu'elle.

— Oui, vraiment. Ce qui est plutôt déroutant. D'ordinaire, ce sont les femmes qui me mordent l'oreille.

Il sourit à Pip et lui fit un clin d'œil. Lord Octavius se hérissa.

— Pour l'amour du ciel, Dex. Mlle Toogood n'est pas une de tes veuves.

— Je sais ! répliqua M. Pryor en riant. Ne t'énerve pas.

Il se frotta l'oreille et grimaça.

— Veuillez m'excuser. Je dois aller me laver.

Et il disparut à son tour.

— Je vous prie d'excuser mon cousin, déclara lord Octavius quand la porte se referma derrière M. Pryor. Il est parfois un peu vulgaire.

— Ce n'est pas grave, affirma Pip en se demandant ce que signifiait cette histoire de femmes qui lui mordaient l'oreille.

Les femmes faisaient-elles ce genre de choses avec leurs amants ?

Les hommes trouvaient-ils cela normal ? Aimaient-ils cela ?

Cela paraissait plutôt déplaisant.

— Croyez-vous que vous pourriez faire tout ce que vous avez vu, si vous y étiez obligée ? s'enquit lord Octavius.

Pip eut l'impression que les rouages de son cerveau ne fonctionnaient plus. Pendant quelques secondes, elle ne comprit pas vraiment ce qu'il lui demandait. Puis il désigna d'un geste le centre de la salle, où Newingham et M. Pryor avaient mimé un combat.

— Sauriez-vous vous défendre de cette manière ?

Elle mit de côté ses questions sur les oreilles et se concentra sur la question de lord Octavius. C'était un sujet sérieux.

Pourrait-elle se battre comme l'avait fait Newingham ? Pourrait-elle frapper quelqu'un aussi brutalement ?

— Je ne sais pas. Je ne suis pas aussi rapide que lord Newingham, ni aussi forte.

C'était un peu dur à admettre, mais c'était vrai.

— Newingham se bat depuis des années, et vous ne le faites que depuis deux jours.

Lord Octavius lui adressa un sourire amical et de fines rides se dessinèrent au coin de ses yeux.

— Vous n'avez pas besoin d'être aussi rapide ou aussi forte que lui. Il faut que vous le soyez suffisamment pour échapper au baron.

Il fit un pas vers elle, prit une de ses mains entre les siennes et lui replia les doigts pour lui faire serrer le poing. Il guida celui-ci vers son propre nez.

— Surprenez-le, faites-lui assez mal pour qu'il vous lâche. Ne paniquez pas et tout ira bien.

Le cœur de Pip se mit à battre plus vite. Elle avait la gorge trop serrée pour parler, et même pour respirer. Elle hocha la tête, consciente des mains fortes et chaudes de lord Octavius sur la sienne.

— Tout devrait aller bien, reprit-il. Mais je ne peux vous le promettre.

Il se rembrunit et lui lâcha la main.

— Il vaudrait mieux que vous quittiez cette maison, mademoiselle Toogood. Aussi vite que possible.

Pip ne voulait pas quitter la maison du baron. C'était peut-être de la folie, mais elle ne pensait pas être obligée de le faire. Rumpole ne lui faisait pas peur. Plus maintenant qu'elle avait pris ces leçons de défense. Le baron n'était pas aussi jeune, aussi fort et aussi rapide que lord Octavius. Il était gros et approchait de la soixantaine. S'il le fallait, elle parviendrait à le repousser. Cependant, elle ne pensait pas avoir à le faire. Non parce qu'il avait changé, mais parce que c'était elle qui avait changé.

Le baron était sans doute une brute et un fanfaron ; ce n'était pas un imbécile. Elle savait comment lui faire mal, il était capable de le deviner, et il ne la toucherait pas. Elle le savait. Elle le sentait.

— Mademoiselle Toogood ? Vous allez partir, n'est-ce pas ?

— J'y réfléchirai.

Cette réponse ne plut pas à lord Octavius. Son visage s'assombrit, son front se plissa.

Pip lui tourna le dos et remit les chaises à leur place. Tout en s'affairant, elle se rendit compte qu'elle était seule dans la salle avec lui. Newingham était parti. M. Pryor aussi. Il ne restait plus que lord Octavius et elle.

Cette prise de conscience fut suivie d'un flot de sentiments inconnus. Elle se sentit troublée, gênée, mal à l'aise. Elle avait un peu trop chaud. Et surtout, elle avait conscience de la présence de lord Octavius dans la salle. Du craquement des lattes du parquet alors qu'il remettait les bureaux à leur place. Elle était consciente de sa respiration.

Elle ne le regardait pas, et pourtant toute son attention était fixée sur lui. Elle le sentait derrière elle, entendait chacun de ses pas. Elle savait qu'il fronçait les sourcils. Et surtout que le baron ne représentait plus une menace pour elle.

Une fois tous les meubles en place, elle se retourna et s'aperçut qu'elle ne s'était pas trompée. Lord Octavius fronçait toujours les sourcils.

— Vous fermez votre porte à clé la nuit, n'est-ce pas ? demanda-t-il, en rabattant les manches de sa chemise.

— Oui.

— Bien.

Il se détendit et enfila sa veste.

Un nouveau sentiment s'ajouta à ceux qu'elle éprouvait déjà : l'angoisse. Si quelqu'un les trouvait seuls ici, on penserait qu'ils avaient un rendez-vous amoureux.

Elle gagna vivement la porte.

— Nous sommes seuls. Si un domestique nous voit et le dit au baron, je perdrai ma place.

Il la regarda, et elle comprit qu'il venait à peine de s'en rendre compte. La surprise chassa le froncement de sourcils, et elle vit le moment exact où il prit conscience de sa présence, du fait qu'ils étaient seuls dans la salle et des conséquences éventuelles pour elle.

Elle eut doublement conscience de la situation. L'air vibrait entre eux, et cela la fit frissonner, lui coupa le souffle. Elle éprouvait un sentiment semblable à la peur, mais ce n'était pas du tout de la peur. C'était exactement le contraire. C'était une sorte d'espoir. L'espoir que quelque chose se passerait entre eux. Qu'il allait peut-être l'embrasser...

Mais elle n'était pas stupide. Elle ne voulait pas détruire sa réputation et son avenir. Alors, elle tint la porte ouverte.

— Bonne nuit, lord Octavius, dit-elle vivement.

Lord Octavius n'était pas idiot non plus. Ce n'était pas un scélérat. M. Pryor se serait peut-être attardé pour lui voler un baiser, mais lord Octavius était un gentleman. Il traversa la salle, franchit la porte et... hésita un instant.

— Au sujet de ce pari...

— Oui ?

— J'ai trouvé quel serait le gage.

Il sourit, et ce n'était plus le sourire d'un gentleman ; il était un peu espiègle et contenait un brin de malice.

Pip frissonna de nouveau, mais cette fois elle éprouvait un peu d'appréhension. Un curieux mélange d'impatience et de nervosité.

Lord Octavius lui souleva le menton.

— Que faites-vous ? chuchota-t-elle.

— Je réclame mon gage.

Elle aurait dû reculer, mais elle demeura sur place. Et lord Octavius pencha la tête et l'embrassa.

Ce fut un baiser bref et léger. Ses lèvres effleurèrent les siennes l'espace d'une seconde. Elle sentit le sang battre dans ses tempes, puis lord Octavius releva la tête.

— Bonne nuit.

Et sur ces mots, il disparut dans le corridor.

Pip demeura sur le seuil, longtemps après que le bruit des pas de lord Octavius se fut évanoui. Son baiser s'attarda sur ses lèvres, doux, chaud, inattendu.

Son premier baiser.

Son tout premier baiser, donné par le fils d'un marquis.

Lord Octavius l'avait embrassée. *Embrassée.* Elle, Pip Toogood. Il l'avait embrassée, et c'était déroutant, troublant et merveilleux. Elle avait l'impression de flotter au-dessus du sol.

Puis un doute s'insinua dans son esprit.

Pourquoi l'avait-il embrassée ? Était-il enclin au badinage ?

C'était une pensée horrible qui balaya en un instant ses douces rêveries. Elle n'avait plus du tout l'impression de flotter. En fait, elle se sentait mal.

Une aventure après laquelle il la rejetterait. Et sa réputation serait en ruine.

Non, elle ne pouvait croire cela de lord Octavius. C'était impossible.

M. Pryor, avec son sourire fanfaron et son allusion aux femmes qui lui mordaient l'oreille, était du genre à avoir des aventures. Elle était sûre qu'il avait dû ruiner la réputation d'une femme ou deux. Lord Octavius, lui, était trop honorable pour cela.

Néanmoins, il l'avait embrassée, ce qui n'était pas honorable du tout. C'était un geste audacieux et répréhensible. N'importe qui aurait pu les surprendre.

Elle posa les doigts sur le chambranle et le tapota trois fois. La familiarité du geste l'aida à se ressaisir. Elle crut entendre la voix de son père. « Cela porte chance, ma Pippa. »

Elle répéta son geste avec fermeté. Un, deux, trois.

Trois fois parce que cela portait chance. Trois fois pour s'assurer que son monde tournait rond et que rien n'allait de travers.

— Ce n'était qu'un gage, dit-elle à haute voix, pour elle-même.

Et pour son père, dont le souvenir l'accompagnait toujours.

Rien qu'un gage. Un moment de folie. Pas de quoi faire basculer son univers.

Elle tapota le bois une troisième fois, tout doucement, pour en être certaine.

12

Octavius croisa son cousin dans l'escalier.

— As-tu besoin de moi ce soir ? demanda Dex.

— Besoin ? répéta Octavius, désorienté.

Son esprit était encore absorbé par le baiser donné à Mlle Toogood, la surprise qui s'était peinte sur ses traits, la douceur de ses lèvres.

— Pour t'aider à t'habiller.

— Ah...

Octavius n'avait qu'une envie, c'était de se retirer dans sa chambre pour penser à ce baiser. Avait-il commis une erreur ? Avait-il perdu toutes ses chances avec Mlle Toogood ?

— Euh... oui, répondit-il cependant.

Il était important que le baron comprenne la leçon. C'était plus qu'important, c'était fondamental. Car si Mlle Toogood décidait de ne pas l'épouser, il voulait être certain qu'elle n'avait rien à craindre dans cette maison.

Dex l'accompagna dans sa chambre. Octavius changea d'apparence et revêtit des habits de servante. Dex et lui étaient devenus habiles à cet exercice.

Il descendit silencieusement l'escalier principal. La salle à manger était plongée dans l'obscurité, ainsi que la bibliothèque. Apparemment, le baron s'était retiré pour la nuit.

Bigre !

Octavius se tint un moment tapi dans l'ombre du corridor. Ses pensées s'évadèrent de nouveau... Il repensa à ce baiser doux et furtif.

Il espérait ne pas avoir commis une terrible erreur. Il n'avait pas eu l'intention d'embrasser Mlle Toogood ce soir, mais l'occasion s'était présentée : la salle d'études vide, le corridor désert, les ombres, la lueur chaude de la bougie, le fait de se retrouver seuls tous les deux... C'était une opportunité en or, le genre d'occasion qui se présentait rarement, et il n'avait pas pu la laisser passer. Il avait dû prendre le risque.

C'était un acte aussi spontané que stupide, et il aimerait ne pas avoir à le regretter.

Il n'avait pas l'impression d'avoir commis une terrible erreur. Pour lui, c'était le commencement de quelque chose qui allait changer sa vie.

Il espérait que Mlle Toogood éprouvait la même chose que lui.

Il revint lentement sur ses pas dans le corridor et gravit l'escalier. En saisissant sa chance avec Mlle Toogood, il avait laissé échapper une occasion de châtier le baron. Mais cela en valait la peine. Tout ce qui s'était passé depuis son arrivée dans le Hampshire, chaque rencontre avec Mlle Toogood, avait renforcé sa conviction qu'ils étaient faits l'un pour l'autre.

Il songea à la douceur de ses lèvres, à ses yeux élargis de surprise.

Elle n'avait pas reculé, ne l'avait pas giflé, ne l'avait pas traité de gredin, de fripouille ou de débauché. Elle aurait parfaitement eu le droit de le faire, car il était infâme de passer deux soirées à lui montrer des techniques pour repousser les avances d'un homme pour ensuite lui voler lui-même un baiser.

Donc il pouvait penser que ce baiser, pour inattendu qu'il soit, n'avait pas été indésirable.

Souriant pour lui-même, il releva le bord de sa jupe et gravit les marches deux à deux. Inattendu mais non indésirable. Oui, c'était ainsi qu'il fallait interpréter…

Quelqu'un lui agrippa la taille alors qu'il atteignait le palier.

Il envoya instinctivement un coup, mais son agresseur était plus grand et plus fort que lui. Il le souleva et le plaqua contre le mur avec tant de force que sa tête heurta les boiseries. Il vit des étoiles. Il cria, et cette voix féminine haut perchée le choqua, car ce n'était pas la sienne.

— Arrêtez ! Laissez-moi !

Il envoya des coups de pied, comme il l'avait montré à Mlle Toogood, mais il était gêné par sa jupe et son adversaire se pressait contre lui. Il n'avait pas assez de recul pour donner un coup de pied, et encore moins un coup de poing. Il souleva donc le coude, frappa avec la tête et inspira pour crier…

Et soudain, quelqu'un d'autre surgit, l'arracha aux mains de son adversaire et l'écarta de lui.

Octavius trébucha et tomba à quatre pattes. Deux silhouettes se détachèrent dans la lueur de la bougie. Il crut que Dex était venu à son secours, mais il fut aussitôt détrompé.

— Va-t'en, Donald, lança une voix dure qui ne ressemblait pas du tout à celle de Dex.

Octavius cligna les yeux et secoua la tête pour s'éclaircir les idées. Il vit nettement les deux hommes qui se tenaient en face de lui.

L'un était le valet de chambre du baron, l'homme qui avait ricané l'autre soir en le laissant aux prises avec Rumpole.

L'autre était un valet de pied en livrée.

— Recule ! ordonna ce dernier.

Son visage était étroit et anguleux, aussi dur que sa voix.

Octavius se releva prudemment, tandis que le valet de pied serrait les poings, prêt à se battre.

Le valet de chambre l'imita. Il était beaucoup plus mince, mais plus grand, et avait l'air aussi bagarreur.

Pendant un moment, le combat parut inévitable. Puis le dénommé Donald laissa retomber ses mains avec un ricanement et s'éloigna dans le corridor.

L'autre attendit qu'il ait disparu puis se tourna vers Octavius.

— Vous ne devriez pas vous trouver dans cet escalier.

— Je suis désolée. Je me suis perdue, répondit Octavius en esquissant un sourire penaud. Je vous remercie.

L'homme ne lui rendit pas son sourire.

— Mme Clark ne vous a rien dit au sujet de Donald ?

Octavius ignorait qui était Mme Clark. Il secoua négativement la tête. Le valet de pied le dévisagea et fronça les sourcils.

— D'ordinaire, elle n'engage pas de filles comme vous.

Octavius baissa les yeux pour examiner sa tenue. Son tablier était de travers, mais ses habits n'étaient pas déchirés.

— Comme moi ?

— Vous êtes trop jolie. Soyez prudente. Si Donald vous trouve seule, il essaiera encore.

Octavius hocha la tête d'un air grave.

— Si les valets de pied le peuvent, ils vous viendront en aide, ainsi que M. Daley, le majordome. Mais ne comptez pas sur le baron. Il risque de s'attaquer lui-même à vous.

Octavius hocha de nouveau la tête, la mine encore plus grave.

Le valet l'examina de la tête aux pieds et pinça les lèvres.

— Si vous voulez un conseil, quittez cette maison dès demain matin. Ce n'est pas un endroit pour vous.

Octavius en était déjà arrivé à la même conclusion.

— L'escalier de service est par là, ajouta l'homme en pointant le doigt. Restez à l'écart du baron, et aussi loin que possible de Donald.

— Je suivrai vos conseils, déclara Octavius en faisant la révérence. Merci.

L'homme le salua d'un bref signe de tête.

Octavius gagna l'escalier de service et attendit cinq minutes près de la porte avant de repartir sur la pointe des pieds dans la direction opposée. Le front soucieux, il entra dans sa chambre.

Affalé dans le fauteuil, Dex semblait s'ennuyer à mourir. Il se redressa dès qu'il le vit.

— Que s'est-il passé ?

— J'ai eu une petite altercation avec le valet de chambre du baron. Et j'ai trouvé un protecteur, précisa-t-il, lui-même surpris.

— Tu as trouvé… quoi ?

— Un protecteur. En la personne d'un valet de pied.

— Un valet de pied ?

— Il s'est porté à mon secours quand le valet de Rumpole m'a attaqué.

Octavius ôta sa coiffe et son tablier, et les jeta sur le lit.

— Apparemment, l'intendante évite d'engager de jolies servantes, dit-il. Tu avais remarqué ?

— Je ne peux pas dire. Je ne fais jamais attention aux servantes, je préfère les jeunes veuves, rétorqua Dex en se renversant dans le fauteuil.

Octavius ricana, alla se camper devant le miroir et regarda par-dessus son épaule.

— Je n'ai pas encore déchiré mes vêtements, n'est-ce pas ?

Dex se leva.

— J'espère que non. Je ne suis pas venu dans le Hampshire pour raccommoder tes jupons.

Mais une autre couture avait bien été arrachée.

— Bon sang, Otto ! s'exclama Dex, exaspéré. Je t'ai pourtant dit de ne plus essayer de jeter tes adversaires à terre.

— Je ne l'ai pas fait. C'est le valet de Rumpole qui a déchiré ma robe.

— Quoi ?

— Il était très brutal. Et très rapide. Très fort, aussi. En fait, je crois...

— Que crois-tu ? s'enquit Dex en déboutonnant la robe.

— Je crois que ce que nous avons appris à Mlle Toogood ne suffira pas.

13

Pip regarda le soleil se lever et le ciel se teinter d'une douzaine de nuances d'orange et de rose. Elle se sentait mal à l'aise.

À cause de lord Octavius.

À cause de ce baiser.

Avait-il voulu plaisanter ? Ou bien était-ce le premier pas vers une tentative de séduction ?

Une plaisanterie, se dit-elle pour se rassurer. Ce ne pouvait être qu'une plaisanterie. Lord Octavius n'était pas du genre à séduire les gouvernantes... n'est-ce pas ?

C'était ce qu'elle pensait, mais elle n'avait aucune certitude. En proie à l'inquiétude, elle regarda les rayons de soleil se répandre dans le parc, inondant d'or les massifs fleuris.

Le baiser de lord Octavius était vraisemblablement une plaisanterie, mais il était primordial qu'elle se comporte comme si ce n'en était pas une. Car si elle se trompait, s'il tentait vraiment de la séduire, elle risquait d'avoir des ennuis. Le genre d'ennuis qui lui feraient perdre son poste et ruineraient sa réputation.

— Je serai courtoise, professionnelle et distante, dit-elle à haute voix en tapotant trois fois l'appui de la fenêtre.

Avec ces trois petits coups, elle eut l'impression de prononcer un serment. C'était un vœu qu'elle faisait en elle-même, impossible à briser.

Elle ne grimperait plus aux arbres. Elle n'apprendrait plus les techniques de défense. Et ne ferait plus de pari. Du moins, si elle tenait à sa réputation et à son poste de gouvernante.

Courtoise.

Professionnelle.

Distante.

Prononcés à la suite, ces trois mots ressemblaient à une incantation protectrice. Pip les répéta intérieurement tout en prenant son petit déjeuner avec les filles. Si elle pouvait appliquer ces trois principes, tout irait bien.

Malgré tout, une vague angoisse persistait en elle.

Lord Newingham et ses amis apparurent à la porte de la salle d'études peu après 9 heures. L'estomac de Pip se noua. Elle posa la main sur son bureau, le tapota subrepticement par trois fois du bout de l'index, et le nœud se détendit légèrement.

— Quelles aventures avez-vous préparées pour nous aujourd'hui, mademoiselle Toogood ? demanda gaiement Newingham.

— Une randonnée, répondit Pip en souriant aux trois hommes, évitant prudemment le regard de lord Octavius.

— Une randonnée ! s'exclama Newingham. C'est *trop bien*, mademoiselle Toogood !

Il fit un clin d'œil aux fillettes qui rirent du jeu de mots sur le nom de la gouvernante.

Edie et Fanny rangèrent leurs livres et ils sortirent tous ensemble de la salle. Pendant un bref moment, Pip et lord Octavius se tinrent exactement à l'endroit où il l'avait embrassée. Une fois de plus, elle se demanda pourquoi il avait fait cela. Était-ce une innocente plaisanterie ou avait-il de mauvaises intentions ? Puis ils s'engouffrèrent dans l'escalier. Lord Newingham parlait avec véhémence, et Pip comprit soudain que les intentions de lord Octavius importaient peu. Le principal était que cela ne se reproduise pas.

Hier, ils avaient exploré les arbres, aujourd'hui, ils explorèrent les criques. Les filles ôtèrent leurs chaussures pour patauger dans les ruisseaux, et les hommes les imitèrent. Pip, elle, ne put se résoudre à enlever ses bottines et ses bas, et à soulever le bord de sa jupe. Elle l'aurait fait si lord Octavius ne l'avait pas embrassée la veille, mais maintenant elle craignait que cela ne soit interprété comme une invitation.

— Venez, mademoiselle Toogood, lança Newingham. L'eau est vraiment *trop bonne* !

— Elle est parfaite, renchérit lord Octavius.

Pip déclina d'un signe de tête.

La déception s'inscrivit sur le visage de Fanny et Edie et sur celui de lord Octavius. Il souhaitait autant la voir patauger dans le ruisseau qu'il avait souhaité la voir grimper aux arbres la veille. Cela ramena un souvenir à la mémoire de Pip. Elle lui avait tenu la main pour grimper… et elle comprit qu'elle avait pris la bonne décision.

Pas de barbotage dans les cours d'eau. Pas de paris. Et pas de baisers.

Elle resta assise et regarda deux fillettes, un vicomte et deux petits-fils de duc explorer la crique, retourner des pierres et s'aventurer entre les roseaux pour chercher des têtards et des nymphes d'éphémères.

Il était rare de voir des hommes sans chaussettes. Pip s'efforça de ne pas regarder leurs jambes. Ce qui était presque impossible dans cette crique minuscule. Elle fixa son attention sur les filles et ignora les mollets nus des trois hommes.

— Mademoiselle Toogood, venez, je vous en prie ! supplia Edie pour la cinquième fois.

Elle refusa une nouvelle fois. Elle viendrait patauger ici avec ses élèves une fois que Newingham et ses amis seraient repartis. Mais pas aujourd'hui. Elle ne voulait pas donner de fausses idées à un certain gentleman. C'était plus prudent pour la gouvernante qu'elle était.

Après la crique, ils se promenèrent au hasard dans les prés. Par trois fois, lord Octavius voulut marcher à côté d'elle, et chaque fois elle se rapprocha des filles.

Ils parvinrent à un échalier. Les hommes échangèrent un coup d'œil dont Pip ne saisit pas la signification. Elle ne comprit que lorsqu'elle se retrouva seule d'un côté de la clôture avec lord Octavius, tandis que les autres couraient dans un champ de pommiers. Les fillettes poussaient des cris aigus alors que Newingham et M. Pryor les pourchassaient en riant.

Elle fit mine de les suivre, mais il était trop tard. Lord Octavius lui barra la route.

— Mademoiselle Toogood, je vous demande pardon pour hier soir, dit-il à voix basse. Je n'avais pas l'intention de vous offenser ou de vous effrayer. Il faut me croire !

Son expression était sincère, son regard sombre et intense. Il semblait si contrit que Pip ne put prononcer un mot.

Il se rembrunit, inquiet de ce silence.

— Mademoiselle Toogood ?

Il parut encore plus sincère et encore plus contrit. Comme si le fils d'un marquis pouvait se soucier de ce que pensait une simple gouvernante.

Cependant, la façon dont il la regardait la troubla. Elle détourna le regard vers le bas de l'échalier, la planche de bois usée par les intempéries, l'herbe qui poussait autour, les pâquerettes et les liserons qui s'accrochaient au montant.

— Je n'ai pas peur de vous, dit-elle.

— Mais vous n'êtes pas à l'aise en ma compagnie, n'est-ce pas ? C'est pour cela que vous n'avez pas joué dans l'eau avec nous.

Elle leva les yeux et hocha lentement la tête. Un sourire triste se forma sur les lèvres de lord Octavius.

— Je suis désolé. Je n'aurais pas dû vous embrasser. J'ai agi sur une impulsion. Vous comprenez… j'ai eu envie de vous embrasser dès le premier instant où je vous ai vue.

Il lui fallut quelques secondes pour comprendre ce qu'il disait, puis elle devint écarlate.

— Moi ?

Il acquiesça, avec un petit sourire en coin qui contenait un peu d'espoir.

— Moi ? répéta-t-elle. Mais… pourquoi ?

— Parce que vous me plaisez.

Le cœur de Pip se mit à battre plus fort.

— Merci, répondit-elle d'une voix étouffée. Seulement je ne peux pas… Il est impensable pour moi d'envisager une liaison…

Lord Octavius se rembrunit.

— Je l'espère bien.

— Mais… n'est-ce pas ce à quoi vous faites allusion ?

— Bien sûr que non ! protesta-t-il, offusqué. Mes intentions sont parfaitement honorables.

— Oh, murmura-t-elle d'une voix à peine audible.

Elle le dévisagea longuement. Des abeilles bourdonnaient, des oiseaux chantaient, et les filles riaient dans le verger.

— Mais vous êtes le fils d'un marquis.

— Et ? fit-il en haussant les sourcils.

— Les fils de marquis ne peuvent avoir d'intentions honorables avec de simples gouvernantes.

Elle s'empourpra de nouveau. Elle avait l'air de dire que tous les fils de marquis étaient des séducteurs dépravés.

— Je vous demande pardon, ajouta-t-elle vivement. Je me suis mal exprimée. Je voulais dire que... les fils de marquis doivent épouser quelqu'un de leur rang, et les gouvernantes ne leur conviennent pas. Voilà tout. Je ne voulais pas médire des fils de marquis.

Il plissa les lèvres pour réprimer un rire.

— Les fils de marquis épousent aussi des filles de gentlemen, mademoiselle Toogood.

— Pas les filles de pasteur.

— Cela arrive parfois.

— Pas des filles de pasteur qui doivent travailler pour vivre. Pas des gouvernantes !

Il eut un sourire chaleureux.

— Uniquement les gouvernantes parfaites, dit-il.

Pip ne pouvait pas lever les yeux vers lui quand il la regardait de cette façon. Elle fixa le sol, l'herbe et les liserons.

— Je ne suis pas parfaite.

— Non ?

Elle secoua vigoureusement la tête.

— Au cas où je n'aurais pas été assez clair, je dois vous dire que je vous admire grandement, mademoiselle Toogood.

— Ce n'est pas possible ! Vous ne me connaissez que depuis trois jours.

— Il m'a suffi de trois minutes.

Elle finit par lever les yeux. Le visage de lord Octavius était aussi sérieux que sa voix. Toute trace d'amusement avait disparu, son regard était franc et sincère.

Aussi incroyable que cela paraisse, il semblait penser ce qu'il disait.

— Mais... je suis gouvernante, j'ai les cheveux roux et des taches de rousseur !

— Et alors ?

Il sourit et lui tendit la main. Elle la prit sans réfléchir et franchit l'échalier presque sans s'en rendre compte.

Ils traversèrent le verger en se guidant aux éclats de voix. Les abeilles semblaient s'enivrer de pollen, et Pip se sentait elle-même un peu étourdie.

Elle plaisait à lord Octavius ?

Ses intentions étaient honorables ?

Il ne lui avait fallu que trois minutes pour éprouver de l'admiration pour elle ?

Choquée, elle se rendit compte qu'il lui tenait encore la main. C'était à la fois délicieux et dangereux. Une vague de chaleur se répandit dans ses doigts et tout le long de son bras. Son cœur palpitait. Quelque chose d'aussi délicieux pouvait-il être mauvais ?

C'est une évidence, lui souffla une petite voix dans sa tête.

Elle retira prudemment sa main.

Réfléchis, s'ordonna-t-elle. *Réfléchis bien. Les contes de fées n'existent pas. Si tu commets une erreur maintenant, tu la paieras toute ta vie.*

Seulement, elle ne savait pas quelle était l'erreur : encourager les attentions de lord Octavius ou bien les repousser ? Elle ne le connaissait pas assez pour prendre une telle décision. Comment pourrait-elle le faire ? Trois jours ne suffisaient pas pour se forger une opinion sur quelqu'un. Il fallait au moins des semaines. Des mois. Des années.

Mais parfois, il suffisait de trois minutes…

Ils rejoignirent Newingham, M. Pryor et les filles. Edie expliquait quelque chose au vicomte. Son visage était animé, mais Newingham semblait perplexe. Il leva les yeux à leur approche.

— Mademoiselle Toogood, pouvez-vous m'expliquer ce qu'est le Crawls ?

— Vous voulez dire le Tichborne Crawls ?

— Oui ! s'exclama Edie. C'est cela ! Vous voyez, oncle Robert, c'est vrai.

— Qu'est-ce qui est vrai ? demanda le vicomte, toujours aussi perplexe.

— Il y a plusieurs siècles, lady Tichborne a fait le tour d'un grand morceau de terrain en rampant, expliqua Pip. Après ce jour, chaque année, le blé récolté sur ce terrain a été donné aux pauvres. On appelle cela le Tichborne Dole.

— Le terrain faisait vingt-trois hectares ! ajouta Edie. Et elle a rampé tout autour.

— C'est grand comment, oncle Robert ? demanda Fanny.

Newingham regarda le verger autour de lui, puis posa sur Pip un regard empli d'espoir.

— Un hectare représente dix mille mètres carrés, dit-elle.

— Oui. Ce qui signifie que vingt-trois hectares font...

Pip vint au secours de Newingham.

— Ce sera plus facile à calculer par écrit. Nous le ferons à l'heure du déjeuner, puis nous viendrons ici pour voir exactement à quelle surface cela correspond.

C'est ce qu'ils firent. Et le calcul occupa complètement l'esprit de Pip. Il était difficile de penser aux intentions honorables des fils de marquis tout en se débattant avec les hectares et les mètres carrés.

La surface était bien plus grande que ce qu'elle avait imaginé. Vingt-trois hectares correspondaient à plus de cent mille mètres carrés. Ils en tracèrent les limites en faisant le tour de la pâture. Pip ne pouvait imaginer qu'une femme ait pu parcourir une telle distance en rampant.

Le vicomte avait aussi du mal à l'admettre.

— Pourquoi diable une femme ferait-elle une chose pareille ? s'exclama-t-il en se grattant le crâne. Cela n'a pas de sens.

— Elle était mourante, expliqua Edie. Elle ne pouvait plus marcher.

— Dans ce cas, cela a encore moins de sens.

— C'était pour donner de quoi manger aux pauvres, précisa Fanny.

— Oui, je comprends, fit Newingham. Mais pourquoi a-t-elle dû ramper ? Pourquoi ne pas simplement réserver ce terrain aux plus démunis ?

— Son mari était un grippe-sou, il ne voulait rien donner aux pauvres, répondit Pip. Il a donc décrété que si elle voulait faire don d'un terrain, elle n'aurait qu'à ramper pour le délimiter.

— Il pensait qu'elle ne pourrait pas le faire, enchaîna Edie. Mais elle a réussi. Elle était très courageuse.

— C'était une héroïne, reconnut Newingham en souriant à la fillette.

— J'ai quelques autres qualificatifs en tête pour son mari, déclara M. Pryor à mi-voix. Malheureusement, ils ne sont pas convenables.

Pip lui jeta un coup d'œil. Son regard s'arrêta sur son cousin qui la regardait avec admiration.

Elle perdit aussitôt la faculté de réfléchir, de parler et même de bouger. Le sang bourdonnait à ses oreilles et battait dans ses tempes.

— Père dit que ce n'était pas une héroïne mais une folle. Il dit aussi que son mari était un imbécile et qu'il n'aurait pas dû abandonner cette terre aux pauvres. Il dit que lui ne l'aurait pas fait, même si Mère avait rampé pour cela.

Horrifiée, Pip reporta son attention sur Edie.

— Mère n'a pas rampé, déclara Fanny. Nous lui avons posé la question.

— Vous avez demandé cela à votre père ? s'exclama Pip, étonnée.

Elle pensait que les filles avaient trop peur du baron pour le questionner.

— Nous avons demandé à Archie, et il nous a dit que Mère voulait laisser un don pour les pauvres, et qu'elle aurait rampé pour le faire si elle avait pu. Mais elle n'avait même plus la force de quitter son lit. Et quand Archie a proposé de ramper à sa place, Père l'a frappé.

Un silence de mort suivit cette déclaration.

— C'est très... éclairant, lâcha M. Pryor. Qui est Archie, au juste ?

Pour une fois, il n'y avait pas la moindre trace d'humour dans sa voix.

— Notre frère, répondit Edie. Ce n'est que notre demi-frère, car nous n'avons pas la même mère. Il est très vieux, il a presque vingt ans !

— Vraiment ? Et quel âge avait-il lorsque votre père l'a frappé ?

— Père l'a battu très souvent.

— Oui, mais cette fois-là ?

— Dix ans, répondit Newingham d'une voix étranglée. Archibald devait avoir dix ans.

— Un jour, il sera baron ! claironna Fanny. Et évêque, aussi !

— Évêque ? répéta M. Pryor en se penchant vers elle.

— Oui. Il étudie pour entrer dans les ordres. Il sera d'abord vicaire, puis il deviendra évêque !

— Quand il sera évêque, Père ne pourra plus le frapper, ajouta Edie. N'est-ce pas, oncle Robert ?

— Non.

Newingham n'avait pas l'air content. Son expression était celle d'un homme qui vient de découvrir une vérité extrêmement difficile à accepter.

— J'espère bien que votre père n'osera jamais frapper un évêque, enchaîna M. Pryor. Où se trouve votre frère, en ce moment ?

— À Oxford, répondit Fanny. Il est très intelligent ! Il lit beaucoup de livres. Cela ne plaît pas à Père, il dit qu'Archie est une lavette. Et comme il le frappe souvent, Archie ne vient plus à la maison.

— Je vois, répondit M. Pryor, les mâchoires crispées.

— Que signifie « lavette », monsieur Pryor ?

— Une lavette est un gars très intelligent. Plus intelligent que tous les autres.

Lord Octavius poussa un imperceptible grognement. Pip lui lança un regard en coin et vit que ses lèvres étaient pincées.

Celles de Newingham l'étaient aussi. Il jeta un coup d'œil à la pâture, hocha légèrement la tête et pivota sur lui-même.

— Je vais faire don d'un terrain de vingt-trois hectares au nom d'Amelia, annonça-t-il.

Edie contint une exclamation et élargit les yeux.

— Vraiment ?

— Vraiment, répondit Newingham.

Fanny, aux anges, tapa dans ses mains en sautillant.

— Voulez-vous que nous en fassions le tour en rampant ? demanda Edie, le plus sérieusement du monde.

Newingham se mit à rire et tira sur le bord de son chapeau de paille.

— Non, je n'y tiens pas. Mais vous pourrez m'aider à le délimiter, si vous voulez. Nous en ferons le tour à pied avec votre frère.

— Oui, oui ! s'écrièrent Edie et Fanny en même temps.

Fanny tapa encore des mains. Ses yeux brillaient et ses joues étaient colorées.

— Nous ferons donc cela ensemble, promit Newingham. Allons nous entraîner.

Ils traversèrent la pâture. Le vicomte faisait de grandes enjambées comiques, et les fillettes riaient en courant pour rester à sa hauteur.

Pip leur emboîta le pas plus lentement. Elle suivait le vicomte des yeux, mais ses pensées étaient encore absorbées par la scène qu'Edie avait décrite. Amelia Rumpole sur son lit de mort, le baron battant son fils de dix ans.

— Eh bien, fit M. Pryor. Ce que nous avons appris...

Il ne termina pas sa phrase.

— Rumpole est un homme exécrable et un père abominable, laissa échapper lord Octavius d'un ton plat.

— Il n'y a aucun doute là-dessus, répondit son cousin.

Pip ne dit rien. Elle ne pouvait prononcer un mot. Elle était trop horrifiée à la pensée de ce garçon de dix ans souhaitant faire un acte charitable pour sa belle-mère mourante... et que son père avait corrigé pour cela.

Elle était horrifiée et furieuse. Elle avait envie de retourner à Rumpole Hall et de frapper elle-même le baron.

— Dommage que je n'aie pas été là, reprit lord Octavius. J'aurais assommé cette canaille. Je suis tenté de le faire en ce moment même.

Pip lui coula un regard de côté, étonnée que ses sentiments soient aussi semblables aux siens. Elle avait l'impression qu'il exprimait à haute voix ses propres pensées.

Lord Octavius croisa son regard, et son expression changea brusquement. Il rougit.

— Je vous demande pardon, mademoiselle Toogood. J'ai parlé sans réfléchir. Mon langage...

— Ne vous excusez pas, répondit-elle. Le baron n'est pas quelqu'un de respectable. Je ne serais pas choquée le moins du monde si vous le frappiez.

Lord Octavius cligna les yeux de surprise. M. Pryor éclata de rire.

— Bravo, mademoiselle Toogood !

Lord Octavius ne dit rien, mais il lui sourit. Ce n'était pas un de ces sourires enjôleurs dont il avait le secret, mais un petit sourire narquois qui lui donna l'impression étrange qu'il y avait une sorte de lien entre eux. Chacun semblait deviner les pensées les plus profondes de l'autre.

Le sourire de lord Octavius s'effaça doucement, mais il ne cessa pas de la regarder, et la sensation qu'il y avait une connexion entre eux se renforça. Le cœur de Pip se mit à battre plus fort, et elle éprouva un peu de difficulté à respirer.

— Dépêchez-vous ! cria une voix au loin.

Le charme fut rompu. Pip se sentit un peu étourdie, comme si elle manquait d'air. Elle regarda au loin et vit que le vicomte et les filles s'étaient arrêtés pour les attendre.

Elle inspira et se dirigea vers eux à travers la prairie. Sans s'en rendre compte, elle régla son pas sur celui de lord Octavius. Cela se fit naturellement, et cette impression bizarre de lien entre eux resurgit. Lord Octavius et elle étaient en phase. Ce n'était pas conscient mais purement instinctif. Deux personnes ayant la même pensée au même moment et marchant du même pas.

14

Ce soir-là, les trois hommes dînèrent de nouveau avec elles dans la nurserie. Ensuite, ils jouèrent aux cartes. L'étrange impression de complicité avec lord Octavius que Pip avait ressentie sur la colline persistait. Parfois elle était plus forte, d'autres fois à peine perceptible, mais elle était toujours là. La jeune femme sentait qu'un lien s'était noué entre lord Octavius et elle, invisible pour l'œil et cependant bien présent. Ainsi, même sans le regarder, elle savait où il était et ce qu'il faisait.

Elle se demanda s'il ressentait la même chose qu'elle.

Les filles allèrent se coucher et ce fut l'heure de la leçon de techniques de défense. Ils se rendirent tous les quatre dans la salle d'études. Les hommes repoussèrent les bureaux, ôtèrent leur redingote, retroussèrent leurs manches et firent tour à tour semblant d'attaquer Pip.

Celle-ci s'entraîna à leur arracher les yeux, à donner des coups de pied dans leurs tibias et des coups de poing sur leur nez. Pendant qu'elle frappait, l'impression de connexion avec lord Octavius se transforma. Elle devint physique. Chaque fois qu'ils se touchaient, elle frémissait. Quand elle lui donnait un coup de poing, elle avait l'impression que sa main s'enflammait. Quand il lui agrippait le poignet, ses doigts étaient si brûlants qu'elle s'attendait à ce qu'ils laissent sur sa peau des marques rouges.

Cela n'arrivait pas si c'étaient Newingham ou M. Pryor qui la touchaient.

Ils s'exercèrent pendant une heure. Au fur et à mesure, les mouvements de Pip devenaient plus naturels, et elle n'avait plus besoin de se concentrer autant. Ce qui était bien, car la présence de lord Octavius la troublait. Elle fit semblant d'écraser le nez de M. Pryor et de lui hurler dans les oreilles, mais son regard s'égarait vers le fils de marquis adossé au mur, les bras croisés. Elle fit mine de donner un coup de coude dans la gorge de Newingham et de lui enfoncer les pouces dans les yeux, mais son regard s'échappait sans cesse. Lord Octavius était tellement séduisant quand il se tenait ainsi, les manches retroussées de sa chemise laissant voir ses avant-bras musclés.

M. Newingham et M. Pryor les laisseraient-ils de nouveau en tête à tête, ce soir ?

Et si cela arrivait, lord Octavius l'embrasserait-il ?

Lui rendrait-elle son baiser ?

Elle ne se demanda pas si elle devait le faire. La réponse était évidente.

M. Pryor lui saisit les deux poignets.

— Je vous tiens, dit-il en feignant de ricaner.

Pip fit mine de lui mordre la main, de lui donner des coups de pied dans le genou et l'entrejambe… tout en se demandant si la prochaine fois qu'il l'embrasserait, lord Octavius lui demanderait de l'épouser.

C'était bien ce qu'il voulait dire en déclarant que ses intentions étaient honorables, n'est-ce pas ? C'était une allusion au mariage.

— Je suis estropié à vie ! s'exclama M. Pryor d'un ton mélodramatique en se laissant tomber dans un fauteuil.

Pip regarda de nouveau lord Octavius. Adossé au mur, celui-ci se moquait de son cousin.

Avait-elle envie de l'épouser ?

C'était une question simple, qui appelait une réponse simple. Oui ou non. Et cependant, ce n'était pas aussi simple que cela en avait l'air. C'était troublant et compliqué.

Voulait-elle épouser lord Octavius Pryor ? Le connaissait-elle assez pour prendre une telle décision ?

Newingham s'écarta du mur, plia et déplia les doigts, et s'approcha d'elle avec un grand sourire.

Réfléchis bien, Philippa Mary, s'enjoignit Pip avant de lancer les poings vers le vicomte.

Ce soir, elle voulait lord Octavius. Elle voulait sa compagnie, ses sourires, sa conversation, son rire... et ses baisers. Or, voudrait-elle encore tout cela dans cinq ans ? Dans dix ans ? En aurait-elle envie toute sa vie ? Car le mariage, c'était cela : deux personnes liées l'une à l'autre pour la vie.

Newingham lui agrippa le poignet. Elle n'essaya pas de se libérer. De sa main libre, elle le frappa sur le nez.

Newingham ne relâcha pas son étreinte. Il l'attira vers lui en grognant.

— Mordez-le, suggéra lord Octavius.

Pip feignit de le mordre, puis de lui griffer les yeux.

— Vous faites des progrès, remarqua Newingham en la relâchant.

— Merci.

Son regard glissa encore sur lord Octavius. C'était son compliment qu'elle attendait. Non, à dire vrai, elle ne voulait pas seulement un compliment. Elle voulait tout ce qu'il pouvait lui donner. Son attention, ses plaisanteries, ses taquineries, ses espoirs et ses rêves.

Mais désirer lord Octavius, ce n'était pas l'aimer. Et même si elle avait été amoureuse de lui, ce qui n'était pas encore tout à fait le cas, cela ne voulait pas dire qu'elle devrait l'épouser. En fait, il valait mieux pour eux deux qu'elle ne l'épouse pas.

Newingham s'approcha d'elle. Cette fois, il s'empara de ses deux poignets.

Elle fit semblant de lui donner un coup de tête.

Newingham la relâcha aussitôt.

— Bigre ! s'exclama-t-il d'un ton approbateur. Vous êtes devenue une véritable Amazone, mademoiselle Toogood.

— Merci, répondit-elle.

Une de ses épingles à cheveux s'étant détachée, elle la remit fermement en place dans son chignon puis jeta un coup d'œil à lord Octavius.

Quand il lui demanderait sa main, si jamais cela arrivait, elle devrait faire un choix raisonnable. Prendre une décision mûrement réfléchie. Non seulement pour elle, mais aussi pour lui.

Leurs pas s'accordaient sans qu'ils le veuillent, et ils pensaient parfois exactement la même chose, mais en vérité ils avaient très peu de choses en commun. Il valait mieux qu'il épouse une femme de son milieu, et elle ferait mieux d'épouser un pasteur.

À cette pensée, elle éprouva un douloureux pincement au cœur. Car bien qu'elle ne soit pas encore vraiment amoureuse de lord Octavius, elle était très tentée de l'aimer. Encore quelques heures en sa compagnie et elle ne pourrait plus résister. Il aurait ce sourire si attirant, et elle tomberait follement amoureuse.

Newingham fit mine de se jeter sur elle. Elle serra le poing et frappa.

— Non ! intervint lord Octavius en traversant la salle. Pas comme ça.

— Comment, alors ? demanda-t-elle.

Le coup était très précis. Elle aurait pu casser le nez du vicomte si elle n'avait pas retenu son geste au dernier moment.

— Regardez votre poing.

Elle obéit et vit qu'elle avait placé son pouce sous ses doigts. Elle rectifia aussitôt son erreur.

Lord Octavius secoua la tête, l'air désapprobateur.

— Après tout ce que je vous ai appris, mademoiselle Toogood... C'est très mal !

Il fronçait les sourcils, mais ses yeux étaient rieurs. Et c'est à ce moment que cela se produisit.

Le cœur de Pip bascula et dégringola tout le long d'une falaise. Le mal était fait. C'était irrévocable.

L'amour déferla telle une vague chaude, l'empêchant presque de respirer. Elle était amoureuse de lord Octavius. Non pas à cause de son sourire enjôleur, mais à cause d'un froncement de sourcils et de ses yeux bruns pétillant de malice.

Cette curieuse impression qu'il y avait entre eux un lien invisible refit surface, plus forte que jamais. Le froncement de sourcils de lord Octavius s'effaça. L'expression malicieuse de ses yeux changea, laissant apparaître un sentiment primaire et intense. Pip entendit vaguement M. Pryor s'éclaircir la gorge et déclarer :

— Eh bien, il me semble que cela suffit pour ce soir, n'est-ce pas, Bunny ?

— Euh... oui, répondit Newingham.

Lord Octavius ne dit rien. Il continua de la regarder avec cette expression étrange. M. Pryor lui donna un coup de coude.

— Otto, mon vieux, ôte-toi du chemin.

Lord Octavius cligna les yeux, vit que son cousin voulait remettre un bureau en place et recula.

— Ah, oui. Les bureaux, bien sûr.

Ses joues s'empourprèrent. Il tourna le dos et alla chercher les chaises alignées contre le mur.

Une fois les meubles rangés, Pip n'avait aucune raison de rester. Elle aurait dû leur souhaiter une bonne nuit et se retirer. Au lieu de quoi, elle attendit qu'ils aient remis leur redingote. Car elle savait que lorsque M. Pryor et Newingham partiraient, lord Octavius resterait avec elle.

Et qu'il l'embrasserait.

Et cette fois, elle lui rendrait son baiser.

Elle fit mine de ranger des livres sur son bureau. Ses doigts tremblaient, ses joues étaient enflammées. Son cœur n'avait jamais battu aussi fort.

Quelqu'un frappa à la porte de la salle d'études.

En un instant, le cœur de Pip se figea. Elle demeura clouée sur place. Lord Rumpole venait-il chercher ses invités ?

Ce n'était pas lord Rumpole. C'était une servante.

— Mademoiselle Toogood ? Vous êtes prête ?

— Prête pour quoi ? s'enquit M. Pryor.

Prête pour que la femme de chambre l'aide à ôter son corset, ce que Pip ne pouvait leur avouer.

— Oh, est-il déjà si tard ? s'exclama-t-elle. Je vous demande pardon, Jenny.

Elle jeta un coup d'œil aux trois hommes en s'efforçant de ne pas s'attarder sur lord Octavius.

— Messieurs, je dois vous souhaiter bonne nuit.

Ils eurent une hésitation, puis lord Octavius hocha la tête.

— Bonne nuit, mademoiselle Toogood, dit-il en gagnant la porte.

— Bonne nuit, renchérit M. Pryor en faisant une légère moue désolée.

— Bonne nuit, fit Newingham. Cette discussion sur le programme d'études des filles était très intéressante, mademoiselle Toogood.

Il lui adressa un signe de tête un peu maladroit et sortit derrière ses amis.

15

Octavius s'arrêta en arrivant devant l'escalier. Dex l'imita, ainsi que Newingham.

— Il s'en est fallu de peu, fit remarquer Newingham.

— Manque de chance, ajouta Dex.

Octavius émit un simple grognement.

Ils descendirent ensemble. Octavius était en proie à une terrible frustration. Bon sang, il avait été à deux doigts de rester seul avec Mlle Toogood ! Cela aurait peut-être été le moment décisif.

— Une partie de billard ? suggéra Newingham. Ou bien vous préférez gagner votre lit ?

— Je vais me coucher, déclara Octavius en lançant un regard entendu à Dex.

— Moi aussi, dit ce dernier.

Newingham soupira.

— Décidément, vous êtes tristes comme des bonnets de nuit.

Il secoua la tête, les salua et s'engagea dans le couloir qui menait à sa chambre.

Ils le regardèrent disparaître dans l'obscurité, puis Dex donna une bourrade à son cousin.

— Tu lui dois bien plus qu'un couple de pur-sang.

— Je sais.

— Tu as aussi une dette envers moi.

— Je te tricoterai une bourse pour tes pièces d'or.

Dex ricana.

— En fait, j'ai justement besoin d'une nouvelle bourse. Merci, Otto. J'adorerais que tu en tricotes une pour moi. Et je te regarderai le faire.

Octavius lui donna un coup de coude. Dex grimaça et se massa les côtes.

— Si je comprends bien, tu veux te mettre en chasse ?

— Oui, c'est cela.

Le valet d'Octavius l'attendait dans sa chambre.

— Je n'aurai pas besoin de vous ce soir, Staig, lança Octavius en fermant la porte à clé derrière lui.

Il se déshabilla, changea d'apparence et revêtit une tenue de servante. Dex avait raison. Octavius lui était redevable de l'aide qu'il lui apportait chaque soir pour sa transformation. Il ne lui offrirait pas de pur-sang ni de bourse, mais il trouverait quelque chose.

Tandis que Dex s'installait dans un fauteuil pour l'attendre, il descendit. Rumpole n'était pas dans la salle à manger, ni dans la bibliothèque, ni dans la salle de billard.

— Diantre, marmonna Octavius.

La voix de femme qui franchit ses lèvres le surprit tant qu'il grimaça. Il fit encore une fois le tour du rez-de-chaussée. Rumpole n'était nulle part.

Il s'attarda dix minutes dans l'escalier en espérant que le valet viendrait l'accoster. Personne ne parut.

— Bon sang…

Il soupira lourdement, remonta l'escalier et gagna sa chambre. Avant qu'il ait pu l'atteindre, une porte s'ouvrit. Le valet de Dex passa la tête dans l'embrasure.

— Eh, toi ! Va vider ça, commanda-t-il en tendant un objet à Octavius.

Celui-ci prit l'objet instinctivement… et découvrit que c'était un vase de nuit.

— Et dépêche-toi, précisa le valet en rentrant dans la chambre de Dex et en refermant derrière lui.

Octavius demeura dans le couloir, figé d'horreur.

Il tenait à la main le pot de chambre de quelqu'un d'autre.

Un pot de chambre *plein*.

Il risqua un coup d'œil sous le couvercle. Par chance, il n'y avait que du liquide.

Il passa devant deux autres portes pour regagner sa chambre, tenant le vase de nuit à bout de bras. Il ouvrit la porte avec précaution. Affalé dans un fauteuil près de la cheminée, Dex semblait s'ennuyer à mourir. Il leva les yeux dès qu'Octavius entra et haussa les sourcils.

— Que fais-tu avec ce pot de chambre ?

— Ton valet me l'a donné, répondit Octavius avec un mélange d'incrédulité et d'indignation. Il m'a ordonné d'aller le vider.

Dex éclata de rire. Sans quitter son fauteuil, il agita la main avec désinvolture.

— Eh bien, fais-le.

Octavius faillit suivre ce conseil et renverser le contenu du pot sur son cousin. Un détail l'en empêcha. Ils étaient dans sa chambre, et l'urine serait répandue sur son fauteuil et son tapis. Il tendit donc le vase de nuit à Dex.

— Tu n'as qu'à le vider, toi.

— Moi ? Je ne suis pas une servante, répliqua Dex en se calant dans le fauteuil d'un air indolent.

Octavius laissa échapper un sifflement exaspéré et Dex rit de nouveau.

— Ce n'est pas drôle ! s'exclama Octavius. Il attend que je le lui rapporte. Vide !

— Alors vide-le.

— Je ne sais pas où les servantes font cela !

Dex haussa les épaules.

— Échange-le avec un pot vide dans une chambre inoccupée.

L'idée était simple et géniale. Il aurait dû y penser lui-même, songea Octavius en gagnant la porte. Mais il s'immobilisa sur le seuil.

— Je ne peux pas. Une domestique sera réprimandée pour cela.

— Franchement, Otto, ta bonne conscience...

— Je ne vais pas abandonner un pot de chambre plein quelque part si cela doit attirer des ennuis à une servante. C'est le tien, c'est à toi de t'en débarrasser.

Dex fit la moue et ne bougea pas.

Octavius déposa le vase de nuit sur les genoux de son cousin, dans un équilibre précaire, et relâcha la poignée.

— Oh ! s'écria Dex en agrippant le récipient pour l'empêcher de basculer. Que fais-tu, idiot ?

Octavius l'ignora. Il passa dans le cabinet de toilette, prit son pot de chambre vide et retourna dans le couloir. Il frappa à la porte de Dex et attendit que le valet vienne lui ouvrir. Il attendit une bonne minute avant de frapper une deuxième fois. Puis il ouvrit.

Le valet n'était pas dans la chambre.

Octavius déposa le pot dans le cabinet de toilette et retourna dans sa chambre. Il entra sans frapper et fit claquer la porte derrière lui. Si Dex était encore là à sourire bêtement...

Dex était debout. Et il ricanait.

— Qu'as-tu fait ? demanda Octavius en plissant les yeux.

— Je l'ai vidé par la fenêtre.

— Quoi ?

Octavius se précipita et ouvrit la fenêtre. Le mur était couvert de lierre, et il en émanait une légère odeur d'urine. Il referma brusquement les vitres.

— Bon sang, Dex ! Ils vont croire que j'ai pissé par la fenêtre !

Dex haussa les épaules avec indifférence.

— Ne me dis pas que tu ne l'as jamais fait.

Octavius ne pouvait pas le dire. Il lança un regard noir à son cousin.

— Quoi ? dit Dex en écartant les mains. Tu ne me remercies pas ? Je pensais que cela te ferait plaisir. Je l'ai même essuyé.

— Avec quoi ? Dex, si tu t'es servi de ma serviette de toilette, je t'étranglerai avec !

— J'ai pris une cravate sale.

Dex montra la cheminée. Une cravate fumait au milieu des braises.

Octavius faillit s'indigner qu'une de ses cravates ait été sacrifiée, mais en réalité il était soulagé que le problème soit réglé. Il se rappela soudain que la porte de la chambre n'était pas fermée à clé, et il alla vivement faire tourner la clé dans la serrure.

— Merci, marmonna-t-il à contrecœur. C'était une bonne idée.

— Eh bien, je suis de loin le plus malin de la famille.

Octavius émit un ricanement en enlevant son bonnet.

— Non, c'est Sextus.

— Et je suis le plus beau, lâcha Dex en ignorant sa réponse.

— C'est aussi Sextus le plus beau. Mais tu es le plus dépravé de la bande, je te l'accorde.

La remarque n'offensa pas Dex. Il eut un sourire satisfait et aida Octavius à enlever sa robe.

— Tu as trouvé Rumpole ?

— Non.

Octavius finit de se déshabiller et changea d'apparence. Le frémissement magique se répandit dans tout son corps.

— Ce scélérat a dû aller se coucher tôt, morbleu ! J'avais bien envie de lui donner une bonne leçon, ce soir.

— J'ai réfléchi au problème, fit Dex en lui lançant sa chemise de nuit. Je crois que nous devrions avoir recours à la magie.

— C'est ce que je fais, répliqua Octavius en désignant d'un geste les vêtements féminins entassés sur le lit. Pourquoi crois-tu que j'entreprends tout cela ?

— Je pense que nous ne serons pas trop de deux.

— Comment cela ?

— Pour lui infliger la terreur de Dieu ! déclara Dex en agitant les doigts.

Octavius sentit ses pieds quitter le sol. Il battit des bras dans une vaine tentative pour redescendre.

— Dex ! Repose-moi sur le sol !

Dex l'ignora.

Octavius s'éleva encore plus haut, comme s'il n'était pas plus lourd qu'une plume. Il tendit les mains au-dessus de lui pour ne pas se cogner au plafond.

— Repose-moi ! ordonna-t-il, exaspéré.

Dex continua de l'ignorer. Il prit la robe de servante et la plia en sifflotant d'un air jovial.

Octavius poussa un grognement.

Toujours aussi indifférent, Dex plia les jupons et la chemise sans cesser de siffler.

Octavius agita les bras pour tenter de gagner la fenêtre et de redescendre en s'agrippant aux rideaux, mais il ne put bouger d'un centimètre. Impossible de poser un pied sur le sol, d'aller à la porte, à la fenêtre ou au lit. Il ne pouvait que flotter désespérément.

— Bon sang, Dex, fais-moi descendre. Je ne suis pas d'humeur à jouer.

Dex roula les bas de laine du costume de servante.

— Que ressens-tu ? s'enquit-il.

— J'ai envie de t'arracher la tête ! répondit-il, excédé.

— Parce que tu sais que c'est moi qui te fais cela. Si tu ne le savais pas, que ressentirais-tu ?

Octavius cessa de se battre contre ce tour de magie. Que ressentirait-il, s'il ne savait pas que son cousin était responsable de cela ?

— Je serais terrifié, avoua-t-il. En proie à une panique folle.

— La terreur de Dieu, déclara Dex en posant les bas à côté de la pile de vêtements.

Les cheveux d'Octavius effleurèrent le plafond.

— Donc… tu voudrais maintenir Rumpole au-dessus d'un brasier ?

— Non, pas de brasier, déclara fermement Dex. Ni d'étendue d'eau. Tu n'as peut-être pas peur de grand-père, mais moi si.

Octavius ne redoutait pas son grand-père, mais il ne voulait pas le décevoir. Ou pire encore, encourir son courroux.

— Il n'est pas nécessaire de balancer Rumpole au-dessus des flammes pour le terroriser, fit remarquer Dex.

Il reprit place dans le fauteuil, croisa les jambes et leva les yeux vers Octavius.

— Peu importe où il se trouve, si je lui fais cela, il aura une frousse bleue.

— Ce qui ne l'empêchera pas d'agresser des femmes.

— Non. Cela, c'est la mission qui te revient.

Octavius croisa les bras en fronçant les sourcils.

— Et que dois-je faire ?

— C'est la question, n'est-ce pas ? Il est vraiment dommage que tu ne puisses prendre l'aspect d'une créature de la mythologie. Si tu pouvais te métamorphoser en Méduse et menacer le baron de transformer ses parties génitales en pierre à la moindre incartade, il serait vraiment terrifié.

Octavius réfléchit un moment à cette idée.

— Je pourrais prendre l'apparence d'une créature très grande, tels les géants de la foire ou… Cela dit, il vaudrait mieux que je sois une femme. Ce serait plus adapté.

Dex haussa les épaules.

— Jeanne d'Arc ? suggéra Octavius en hésitant. Ou Boadicée ?

— Tu pourrais être n'importe quelle femme, répondit Dex en balançant distraitement son pied. La question est de savoir si l'une d'elles est assez terrifiante pour flanquer la frousse à Rumpole.

Une gorgone pouvait lui faire peur. Ou un griffon, cet animal mythique, moitié lion moitié aigle. Cependant, Octavius ne pouvait prendre l'aspect de créatures qui n'existaient pas dans la réalité. C'était la règle établie par sa Marraine la Fée.

— Il faut que j'y réfléchisse. Fais-moi redescendre.

Dex arqua un sourcil.

— S'il te plaît, dit Octavius, les dents serrées. Fais-moi redescendre.

Dex esquissa ce sourire narquois tellement irritant et ramena Octavius sur le sol.

— Merci, grommela ce dernier.

Dex se leva, s'étira et gagna la porte.

— Bonne nuit, Otto.

Octavius ne répondit pas. Il réfléchissait.

Quelle femme pourrait effrayer suffisamment Rumpole ?

16

Pip se réveilla encore plus tôt que d'habitude. Debout à sa fenêtre, elle regarda des centaines de nuances de gris faire place aux couleurs roses de l'aurore. Le soleil effleura les vastes pelouses, teintant d'or les brins d'herbe. Son enthousiasme augmenta au fur et à mesure que les couleurs devenaient plus vives. Elle était impatiente de voir cette journée commencer, de retrouver lord Octavius, d'entendre sa voix, d'échanger des sourires avec lui, de se promener et de parler avec lui.

On était dimanche, une journée dédiée au calme et à la contemplation. Ce n'était certainement pas un jour pour embrasser un homme auquel on n'était pas mariée, mais rien n'interdisait les demandes en mariage. Aussi Pip accorda-t-elle plus d'attention que d'ordinaire à son apparence. Elle tressa ses cheveux pour faire un chignon élaboré et décida de revêtir sa plus jolie robe.

L'église Sainte-Marie, avec sa tour normande, était celle dans laquelle le révérend Gilbert White avait autrefois été vicaire. Pip ignorait quel genre de pasteur avait été White, mais elle le soupçonnait d'avoir été enthousiaste. Le vicaire actuel ne l'était pas. La semaine dernière, elle avait été déçue par le sermon. Pire encore, elle s'était ennuyée. Elle avait réprimé plusieurs bâillements et avait dû fournir un effort pour paraître intéressée et donner l'exemple à ses élèves.

Le baron ne s'était pas donné cette peine et s'était tout simplement endormi, le menton enfoncé dans les plis de sa cravate. Même dans son sommeil, il avait une expression amère et insatisfaite. Et sa tête tombant en avant accentuait les plis irascibles de sa bouche.

Cette semaine, le sermon fut aussi long et banal que le dimanche précédent. Mais Pip ne s'en aperçut pas. Le bonheur coulait dans ses veines. La voix du vicaire était sèche et monotone, le baron dormait, les fidèles qui s'ennuyaient montraient des signes de nervosité, mais lord Octavius était assis à l'autre bout du banc et rien d'autre ne comptait. Elle ne pouvait l'apercevoir sans tourner la tête ; elle savait seulement qu'il était là.

Lord Octavius Pryor, avec ses yeux pétillants, son sourire trop séduisant et ses intentions honorables.

Le soleil filtrait à travers les vitraux colorés, enveloppant l'église de tons rubis, saphir et émeraude. Des grains de poussière tournoyaient, tels des brins d'or, et Pip avait la sensation que la petite église était réchauffée par les rayons de soleil et un sentiment de joie et d'harmonie. Le vicaire radotait, le baron de Rumpole ronflait, les fidèles s'agitaient, et le cœur de Pip n'avait jamais battu aussi joyeusement. Elle tapota trois fois son livre de prières du bout du doigt. Non pour se porter chance, mais parce qu'elle était heureuse. *Un, deux, trois, tout va bien dans le monde.*

Après la messe, le baron regagna Rumpole Hall en voiture. Tous les autres décidèrent d'effectuer le trajet à pied. Pip aligna son pas sur celui de lord Octavius, sans le moindre effort conscient de sa part. Cela se fit naturellement, comme la veille dans la prairie. Elle se demanda s'il en avait été ainsi dès le premier instant de leur rencontre, sans qu'elle le remarque.

Newingham et M. Pryor engagèrent une vive discussion sur les mérites d'un attelage à trois chevaux. Lord Octavius et Pip gardèrent le silence. Ils n'avaient pas besoin de parler. Il leur suffisait de marcher côte à côte en échangeant parfois un sourire, pendant que Fanny et Edie ramassaient des fleurs et que Pryor et Newingham se chamaillaient. Les choses qu'elle aurait voulu dire à lord Octavius, et qu'elle aurait aimé qu'il lui dise, étaient trop personnelles pour en parler sur cette route de campagne, à portée d'oreilles de leurs compagnons.

Dès qu'ils atteignirent les grilles de Rumpole Hall, lord Octavius marqua une pause.

— J'aimerais vous parler en tête à tête cet après-midi, lui dit-il. Serait-ce possible ?

Pip eut l'impression que son cœur avait des ailes et qu'il effectuait des pirouettes dans sa poitrine. « Oui, eut-elle envie de dire. Oui, mille fois oui ! »

— Je ne pense pas, répondit-elle à regret. Les filles passent le dimanche après-midi dans la salle d'études.

— Vraiment ? dit-il en haussant les sourcils.

— Elles écrivent à leur frère et lui préparent des cadeaux pour son anniversaire. Je pourrais leur suggérer de faire autre chose, mais…

— Mais après ce qu'elles nous ont révélé hier, vous pensez que leur frère mérite bien qu'elles lui consacrent du temps.

— Oui, avoua Pip, soulagée qu'il la comprenne. C'est exactement cela.

Lord Octavius la dévisagea un moment et sourit.

— J'avais raison. Vous êtes une gouvernante parfaite.

— Non, vraiment pas, protesta-t-elle en rougissant.

— Permettez-moi de ne pas être de votre avis.

La chaleur et l'approbation qu'elle décela dans son regard la firent rougir de plus belle. Elle pencha la tête et se remit à marcher, un absurde petit sourire jouant sur ses lèvres.

Ils franchirent ensemble le porche de pierre sculptée et remontèrent l'allée. Les fillettes avaient cessé de cueillir des fleurs. Newingham et M. Pryor parlaient toujours de chevaux et d'attelages.

Pip avait l'impression de flotter sur un nuage. Ses pieds ne touchaient plus le sol. Et pourtant si, puisqu'elle entendait le gravier crisser sous ses semelles.

Ses joues reprirent leur teint habituel, mais une chaleur persistait dans sa poitrine. Le petit sourire s'attardait aussi sur ses lèvres.

Lord Octavius voulait lui parler en privé.

Ce n'était pas possible cet après-midi, mais cela n'avait pas vraiment d'importance. L'important, c'était qu'il le souhaitait et que, bientôt, peut-être ce soir, peut-être demain, ils se verraient en privé.

Et quand cela arriverait, elle savait qu'il lui demanderait sa main.

Après le déjeuner, Pip disposa du papier et de l'encre sur les bureaux et aida les filles à tailler leurs plumes d'oie. La salle lui parut étrangement vide, sans les trois hommes. Comment pouvait-on ressentir une absence aussi profondément, alors qu'ils ne se connaissaient pas quelques jours auparavant ?

Ce n'était pas seulement lord Octavius qui lui manquait. C'était aussi M. Pryor avec son ricanement et ses fanfaronnades, et lord Newingham avec sa gaieté perpétuelle.

S'il manquait à ses nièces, celles-ci n'en dirent rien. Elles se chamaillaient au sujet des lettres.

— Je veux parler du don d'oncle Robert à Archie, annonça Edie.

— Non, c'est moi !

— Vous pouvez lui en parler toutes les deux, décida Pip. Mais pourquoi ne pas lui raconter d'abord la visite de votre oncle ? Commencez par...

— Les cerfs-volants !

— Oui, les cerfs-volants. Le moment où vous avez grimpé aux arbres, puis joué dans la crique, et ensuite le don de lord Newingham.

Les deux fillettes se mirent à écrire.

Pip décida de les imiter et de s'écrire une lettre à elle-même. Afin de mettre de l'ordre dans ses idées et de comprendre cet étrange bouleversement dans sa vie. Cet amour tout à fait inattendu. Elle posa une feuille de papier devant elle, trempa sa plume dans l'encre et aligna quelques phrases. La première, tout en haut de la page, annonçait : *Je suis amoureuse.* Puis, au-dessous : *Ce n'est pas du tout le genre d'homme dont je pensais tomber amoureuse. En fait, il est à l'opposé de ce que j'imaginais. Mais cela me paraît si juste que je n'ai aucun doute sur mes sentiments.*

Elle continuait ainsi :

Il a demandé à me parler en tête à tête. Je sais que, quand cela arrivera, il me demandera en mariage, car il m'a dit que ses intentions étaient honorables.

Je vais accepter.

Je n'arrive pas à imaginer à quel point ma vie sera changée. Je ne serai plus gouvernante. Je serai...

Elle cessa d'écrire. Elle regarda Edie et Fanny, penchées sur leur lettre, leurs doigts déjà tachés d'encre, terriblement sincères et cherchant désespérément des signes d'amour et d'encouragement.

Pip regarda ce qu'elle venait d'écrire. *Je ne serai plus gouvernante.*

Elle ne serait plus la gouvernante d'Edie et de Fanny.

Elle ne pourrait plus leur apprendre à avoir confiance en elles, à ignorer la désapprobation de leur père. Elle ne pourrait plus leur montrer qu'elles avaient de la valeur, que leurs pensées et leurs opinions comptaient, qu'elles étaient aimées.

Elle écrivit lentement :

Je ne peux pas les abandonner. Pas encore. N'est-ce pas ?

Elle contempla ces mots si longtemps que l'encre sécha sur sa plume. Elle trempa de nouveau celle-ci dans l'encrier et reprit :

Je dois trouver quelqu'un qui les aimera autant que je les aime. Quelqu'un qui sera en sécurité dans cette maison.

L'idéal serait une gouvernante robuste et d'âge mûr. Une femme qui leur servirait de mère et qui n'aurait pas à craindre les avances de Rumpole. Dieu seul savait si elle pourrait dénicher une telle personne. Combien de temps cela prendrait-il ? Pourrait-elle demander de l'aide à lord Octavius ? Consentirait-il à l'aider ou lui reprocherait-il de le charger d'une tâche aussi lourde ?

Si je lui demande d'attendre que j'aie trouvé une gouvernante pour les filles, m'en voudra-t-il ?

Je crois que ce sera un test. Le test suprême, pour tout.

Car si lord Octavius perdait patience, s'il refusait d'attendre, s'il plaçait son intérêt avant celui d'Edie et de Fanny, alors il n'était pas l'homme qu'elle souhaitait épouser.

Mais je pense qu'il attendra. Je l'espère. Il ne s'est pas fâché, cet après-midi, quand je n'ai pas pu lui parler tout de suite seule à seul.

Un coup très léger fut frappé à la porte de la salle.

— Puis-je entrer ? demanda lord Newingham.

— Bien sûr.

Pip plia rapidement la feuille de papier et la glissa dans le tiroir de son bureau.

Newingham entra en souriant.

— Lord Octavius m'a dit que les filles écrivaient à leur frère. J'ai eu envie de me joindre à elles pour lui écrire aussi. Je veux lui annoncer que je vais faire une donation au nom de ma sœur, et lui demander de venir mesurer le terrain avec nous.

— Oh, oui ! s'écria Edie. Venez vous asseoir avec nous, oncle Robert !

La fillette se leva pour aller chercher une chaise.

Pip trouva une plume, du papier, et donna le tout au vicomte. Celui-ci prit place entre ses nièces.

— Mes amis sont allés se promener dans la roseraie. Peut-être aimeriez-vous les rejoindre, mademoiselle Toogood ?

Pip hésita un instant.

— Je ne peux pas.

— Je tiendrai compagnie aux filles jusqu'à votre retour. Prenez votre temps. Nous ne sommes pas pressés. Je suis terriblement lent pour écrire. J'en ai au moins pour une heure.

Et sur ces mots, il lui adressa un clin d'œil.

Pip fut si déconcertée qu'elle le regarda un moment fixement. Le vicomte voulait-il les aider à se retrouver, lord Octavius et elle ?

C'était apparemment le cas car il fit un nouveau clin d'œil et lança :

— Allez-y vite, mademoiselle.

C'était presque un ordre, et Pip décida de l'écouter. Elle quitta la salle d'études et se dirigea vers l'escalier.

La roseraie, avait dit lord Newingham.

Très bien, elle rejoindrait les amis du vicomte dans la roseraie. M. Pryor s'éloignerait sans doute avec un sourire narquois, la laissant seule avec lord Octavius.

Ils parleraient, elle lui expliquerait qu'elle ne pouvait pas abandonner Fanny et Edie... et il serait fâché, ou non.

Elle s'arrêta au bas de l'escalier et tapota trois fois la rampe pour se porter chance. Puis elle inspira profondément et se dirigea vers la roseraie.

17

Octavius déambulait dans le jardin avec Dex, attendant que Mlle Toogood les rejoigne. Le ruisseau gargouillait, les feuilles des bouleaux bruissaient sous la brise et le gravier crissait sous ses chaussures. Dix minutes s'écoulèrent, puis vingt.

— Je pense qu'elle ne viendra pas, finit par dire Octavius en donnant un coup de pied dans un tas de graviers.

— En effet. Je suis désolé, mon vieux.

Octavius haussa les épaules comme si cela lui était égal. Ce qui n'était pas du tout le cas. Il avait espéré que Mlle Toogood viendrait, mais de toute évidence les gouvernantes parfaites n'abandonnaient pas leurs protégées. Même si celles-ci étaient en compagnie de leur oncle.

Il réprima un soupir.

Dex s'abstint de le taquiner et Octavius apprécia sa retenue. En fait, il appréciait de plus en plus son cousin. Dex pouvait être diablement agaçant, mais il était aussi un allié inestimable.

Octavius donna un nouveau coup de pied dans le gravier. Il devait bien plus qu'une bourse à Dex pour l'aide qu'il lui apportait. Peut-être une paire de pistolets de duel ?

Il lui offrirait aussi une bourse, rien que pour le voir rire. Une bourse rose, avec des pampilles.

— Veux-tu que nous essayions ce soir, pour Rumpole ? demanda Dex.

Octavius se concentra sur la question au prix d'un violent effort.

— Nous n'avons pas encore de plan.

— Il est temps d'en élaborer un.

Il n'avait pas envie de penser à Rumpole. Pas maintenant, alors qu'il attendait une opportunité pour demander sa main à Mlle Toogood.

Cela dit, c'était pour elle qu'il faisait cela, n'est-ce pas ? Pas seulement pour elle, mais aussi pour toutes les femmes qui travaillaient dans la maison du baron de Rumpole.

Il fallait qu'il élabore un plan et qu'il le mette à exécution. Le plus tôt serait le mieux. Ce soir, si possible.

— Quel dommage que tu ne puisses te transformer en harpie, fit remarquer Dex. Tu imagines ? Un monstre à corps de vautour et à tête de femme ! De quoi le rendre fou !

Octavius donna encore un coup de pied dans une pierre et s'arrêta.

— Je pourrais me transformer d'abord en lion, puis en une personne. Voilà ce que nous allons faire. Je me transformerai d'abord en lion, pour l'effrayer. Ensuite, je prendrai l'apparence d'une femme pour lui faire passer le message. Et pas n'importe quelle femme. J'incarnerai la Justice !

— As-tu pensé aux vêtements ? rétorqua Dex, telle la voix de la raison. Si tu passes directement du lion à une femme, tu seras nu.

— Diable, marmonna Octavius. Un lion aurait pourtant été parfait. Et si c'était toi qui parlais ? Il faudra que tu te tiennes à proximité pour le soulever dans les airs. Tu pourrais te cacher dans un placard. Je serai un lion, je grognerai en agitant la queue, et tu lui diras qu'il se retrouvera en enfer s'il violente de nouveau une femme. Penses-tu que tu pourras parler et le maintenir en l'air en même temps ?

— Oui, mais je ne le ferai pas.

— Pourquoi ?

— Il reconnaîtrait ma voix.

— Tu pourrais la déguiser ou…

— Non. Je ne suis pas acteur. Je le maintiendrai en l'air, et ce sera toi qui parleras.

Octavius s'efforça de réprimer son agacement, ce qui ne fut pas facile.

Ils se promenèrent encore quelques minutes en silence dans les allées ombragées.

— Allons-nous le punir de but en blanc, ou attendre qu'il essaie de t'agresser ? demanda Dex.

— Nous attendrons. Ainsi, la punition sera la conséquence directe de ses actions.

Dex acquiesça d'un hochement de tête.

— Quand, alors ? Dans la journée ? Pendant la nuit ?

— Peu importe.

Octavius s'arrêta et compta sur ses doigts.

— Pour commencer, il faut que Rumpole soit seul. Peu importe quand et où, il suffit qu'il soit seul. Ensuite, je me déguise en servante. Il m'agresse. Tu le soulèves du sol et le maintiens dans les airs. Je prends la forme de la Justice et je lui communique le message.

— Comment saura-t-il que tu incarnes la Justice ?

Bon sang ! Dex avait raison. Il fallait qu'il prenne l'aspect de quelqu'un que le baron reconnaîtrait aussitôt.

Une idée germa dans son esprit. Il réfléchit un moment et décida que cela pouvait marcher. Il imagina un homme… un homme qui aurait l'apparence et la voix de Rumpole. Et il prononça en lui-même la formule magique. La transformation s'accomplit. Soudain, sa cravate lui parut trop serrée.

— Qu'en dis-tu ?

Dex recula d'un bond, levant les mains devant lui comme pour se protéger d'une attaque.

Octavius éclata de rire. Ce n'était plus son rire, mais celui de Rumpole.

Baissant les bras, Dex darda sur lui un regard noir.

— Bon sang, Otto ! Préviens avant de faire ce genre de choses !

— Tu as eu peur ? demanda Octavius avec la voix du baron.

— C'est horrible. Pour l'amour du ciel, redeviens toi-même.

Octavius obtempéra.

— Tu crois que cela pourrait l'effrayer ? Si une force invisible le soulevait de terre et qu'il se trouvait confronté à son double ?

— Oui. Mais n'oublie pas que tu porteras le costume d'une servante.

— Je ne suis pas obligé de prendre l'apparence d'une servante.

— Alors il n'essaiera pas de t'agresser.

Octavius se rembrunit. Dex pouvait être diablement contrariant, parfois.

Il réfléchit encore.

Une femme.

Reconnaissable.

Effrayante.

Boadicée et Jeanne d'Arc n'étaient pas de bons choix, car il serait obligé de dire au baron qui il était. Il fallait prendre les traits de quelqu'un que Rumpole reconnaîtrait sur-le-champ.

— Pourquoi pas une sorcière ? suggéra Dex.

— Une sorcière ?

— Oui, tu sais bien. Une vieille sorcière édentée.

— Pourquoi voudrais-je prendre l'apparence d'une sorcière ? rétorqua Octavius, exaspéré.

— Tu serais une femme, et tu lui ferais peur. Si tu es une jeune femme et que tu te transformes en vieille sorcière devant le baron, il aura peur. Ensuite, je le soulève au-dessus du sol et tu lui annonces que s'il agresse de nouveau une femme, ses testicules tomberont en poussière...

— Cela pourrait fonctionner, convint Octavius sans enthousiasme.

Il imagina la tête qu'il voulait prendre : une vieille sorcière échevelée et ridée, avec des joues creusées, une bouche sans dents, des yeux enfoncés dans leurs orbites.

La magie ne fonctionna pas. Ce qui arrivait souvent dès qu'il dépassait les bornes. Car évidemment, une tête de sorcière sur un corps d'homme n'avait rien de naturel.

Il essaya de nouveau en imaginant un corps décharné. La magie se répandit dans ses os et à la surface de sa peau. Soudain, sa taille diminua et ses vêtements devinrent beaucoup trop volumineux.

Dex recula encore plus brusquement que la fois précédente. Il leva les mains devant lui, comme pour lui ordonner de ne pas s'approcher.

Octavius pointa vers son cousin un doigt accusateur.

— Si jamais tu agresses encore une femme, tes testicules tomberont en poussière ! dit-il avec la voix stridente et chevrotante d'une vieille femme.

Dex grimaça et fit encore un pas en arrière, les mains toujours levées dans un réflexe de défense.

— C'est terrifiant, Otto. Tu peux me croire.

Puis il jeta un coup d'œil derrière Octavius et lâcha :

— Oh, oh.

Octavius se retourna. Là, dans l'allée, se tenait Mlle Toogood, les yeux élargis d'horreur. En une seconde, il imagina ce qu'elle devait voir. Une vieille sorcière décharnée avec un costume d'homme.

Il se transforma et redevint lui-même.

Mlle Toogood réagit encore plus violemment que Dex. Elle eut un brusque mouvement de recul, tourna les talons et s'enfuit à toutes jambes.

18

— Mademoiselle Toogood ! s'écria Octavius en se lançant à sa poursuite. Attendez ! Je vais tout vous expliquer !

Mlle Toogood ne s'arrêta pas. Elle fila telle une flèche dans l'allée qui menait à la maison.

— Mademoiselle Toogood ! cria-t-il en dérapant dans le gravier, manquant s'étaler dans un massif de camélias. Attendez !

Dex passa en courant devant lui et le frôla.

Octavius perdit l'équilibre et tomba dans les camélias. Des branches lui éraflèrent les bras et le visage. Il parvint à se dégager, se lança de nouveau à la poursuite de Mlle Toogood et faillit renverser son cousin.

Dex se tenait immobile au milieu de l'allée. À quelques mètres de là, Mlle Toogood se tenait aussi immobile que lui. En fait, elle flottait à un mètre au-dessus du sol, les bras étendus sur les côtés, les mains tentant vainement d'accrocher quelque chose de solide, sa jupe flottant autour de ses chevilles.

— Dex ! Que diable…

Dex fit tourner Mlle Toogood sur elle-même afin qu'elle les voie.

Ses yeux étaient écarquillés, sa respiration haletante. Elle semblait retenir un cri de terreur.

— Dépose-la sur le sol, ordonna Octavius.

— Mais…

— Dépose-la !

Dex obéit.

— Mademoiselle Toogood ! s'écria Octavius. Je peux tout vous expliquer. Ne partez pas, je vous en prie.

Elle fit un pas en arrière et il sut qu'elle allait encore s'enfuir. Elle venait de voir une vieille femme se transformer en homme. Elle avait été soulevée et maintenue en lévitation à un mètre du sol. Et même si tout était maintenant rentré dans l'ordre, elle se trouvait face à deux hommes plus grands et plus robustes qu'elle.

Naturellement, elle allait prendre la fuite.

Octavius se mit maladroitement à genoux dans l'allée, les mains sur les côtés, paumes ouvertes, s'efforçant d'avoir l'air aussi inoffensif que possible.

— Mademoiselle Toogood, dit-il doucement. Je vous en supplie, ne vous enfuyez pas. Laissez-nous vous expliquer. Ce n'est pas ce que vous croyez.

Elle fit encore un pas en arrière.

— Vous êtes des démons, articula-t-elle d'une voix étranglée.

Octavius vit la peur dans ses yeux.

— Non ! s'exclama-t-il. Je vous assure que non. Nous ne sommes que des hommes ordinaires… et notre marraine est une fée.

Elle secoua la tête et recula prudemment d'un pas, faisant crisser le gravier sous ses chaussures.

— C'est la vérité, reprit Octavius, désespéré. Nous avons une marraine qui est une fée. Elle nous a accordé un vœu à chacun. Je peux changer d'apparence, et Dex peut soulever des objets et des personnes. C'est tout. Rien de plus. Rien de diabolique, je vous le jure.

Mlle Toogood recula encore prudemment de deux pas. Elle se préparait à tourner les talons et à fuir.

— C'était moi, à Londres ! La servante qui avait du sang sur son tablier. C'était moi.

Mlle Toogood se figea.

— Je vous ai dit que je m'appelais Lucy, et vous m'avez demandé si j'avais besoin d'aide. Vous vous en rappelez ?

Mlle Toogood le dévisagea, encore tendue, sur ses gardes, mais elle cessa de reculer.

— Tout a débuté à Vauxhall Gardens, expliqua-t-il. J'ai perdu un pari avec mon cousin Ned. Mon gage était de me rendre à Vauxhall sous l'apparence d'une femme. Le baron de Rumpole était là, il a essayé de m'obliger à avoir une relation avec lui. Je voulais lui donner une leçon, et donc je me suis rendu chez lui en prenant l'apparence d'une servante. Il a recommencé, aussi je l'ai frappé et je me suis enfui. C'est alors que je vous ai rencontrée.

Il parlait vite, en bredouillant, voulant désespérément lui faire comprendre la situation.

— Vous avez vu le sang sur mon tablier et vous m'avez demandé si j'avais besoin d'aide. Vous m'avez dit que vous vous appeliez Mlle Toogood, et je vous ai dit que mon nom état Lucy. Vous vous rappelez ?

Il attendit, le souffle court. Au bout d'un moment, Mlle Toogood hocha la tête avec raideur, l'air méfiant.

Octavius poussa un long soupir.

— Je suis venu dans le Hampshire pour vous. Pour que vous soyez en sécurité, car le baron est dangereux. Il faut que quelqu'un l'empêche de nuire. Je pense que Dex et moi pouvons le faire. En lui faisant éprouver la terreur de Dieu. C'est pour cela que nous nous entraînions. Nous cherchions la meilleure façon de lui faire peur, afin qu'il cesse d'importuner les femmes. Je vous promets que nous ne sommes pas des créatures du diable. Nous ne sommes pas des démons. Nous voulons simplement trouver un moyen d'empêcher Rumpole de nuire.

Il prit conscience que le gravier s'incrustait douloureusement dans ses genoux. Dex se tenait à côté de lui, silencieux.

— Je vous en prie, mademoiselle Toogood, ne vous enfuyez pas. Restez avec nous, nous allons vous expliquer.

Elle secoua la tête mais ne fit pas de pas en arrière.

— Nous ne vous toucherons pas, promit Octavius. Et Dex ne vous soulèvera plus. N'est-ce pas, Dex ?

— Vous avez ma parole, mademoiselle Toogood, affirma Dex.

— Nous resterons où nous sommes, et vous aussi, et nous allons discuter. Vous devez avoir des questions. Vous voulez sûrement savoir pourquoi notre marraine est une fée, de quelle façon cela fonctionne, et... et tout.

Il se tut et attendit.

Mlle Toogood ne semblait plus aussi terrifiée. Elle était toujours méfiante, mais ne paraissait pas terrorisée. Elle les dévisageait et réfléchissait.

— Comment puis-je être sûre que vous n'êtes pas des démons ?

— Je vous donne ma parole d'honneur que nous n'en sommes pas. Nous pouvons le jurer sur la Bible.

Mlle Toogood ne parut pas impressionnée. De fait, ce n'étaient que des mots, et n'importe qui aurait pu les prononcer.

Désemparé, Octavius jeta un coup d'œil à son cousin. Dex haussa les épaules.

— Nous ne sommes pas des créatures du Malin, reprit Octavius. Nous avons des... facultés que les autres n'ont pas, mais nous ne sommes pas diaboliques. J'espère que vous avez assez confiance en nous pour me croire.

Mlle Toogood fronça légèrement les sourcils.

— Nous avons donné notre parole d'honneur que nos pouvoirs magiques ne serviraient jamais à faire le mal. Notre grand-père nous l'a fait promettre, et il sait que nous sommes sincères.

Octavius marqua une pause et ajouta avec une pointe d'espoir :

— Aimeriez-vous faire la connaissance de Grand-père ?

Elle élargit légèrement les yeux sans répondre.

— Vous vous rappelez, je vous ai dit qu'il avait une opinion très ferme sur l'orgueil, poursuivit-il. Il a aussi des idées bien arrêtées au sujet de ces dons. Car sa mère, qui perdait la tête, voulait qu'il les utilise pour régner sur l'Angleterre. Il a refusé et a exigé de ses fils la promesse qu'ils ne feraient jamais de mal, qu'ils ne chercheraient jamais à accroître leur pouvoir. Nous lui avons promis aussi de ne jamais faire mauvais usage de cette magie. Et nous tenons parole, car si nous désobéissions, Grand-père le saurait.

Octavius s'interrompit, conscient de parler à tort et à travers, et de ne pas vraiment plaider sa cause. Il inspira profondément, regarda Mlle Toogood dans les yeux et reprit d'un ton ferme :

— Nous ne sommes pas des démons. Toutefois, je ne peux vous en donner la preuve, sinon en affirmant que la servante que vous avez vue à Londres était moi-même, que j'ai frappé Rumpole parce qu'il voulait abuser de son pouvoir de maître, et que nous sommes venus dans le Hampshire pour vous protéger. Vous et toutes les femmes qui vivent dans cette maison. Nous voulons qu'il comprenne qu'il n'a pas le droit de forcer ses domestiques ou n'importe quelle autre femme à lui accorder des faveurs.

Il se tut et attendit que Mlle Toogood parle à son tour. Elle n'en fit rien. Elle fronçait les sourcils, l'air perplexe, mais ne semblait pas en colère.

— Aimeriez-vous faire la connaissance de Grand-père ? proposa-t-il de nouveau. Je suis sûr qu'il serait content de vous rencontrer. J'aimerais que vous acceptiez.

— Pourquoi ? répliqua-t-elle, incrédule.

— Parce que je veux vous épouser, avoua Octavius en rougissant un peu.

Mlle Toogood baissa les yeux et contempla ses chaussures.

— À condition que vous soyez d'accord pour épouser un homme dont la marraine est une fée, ajouta-t-il.

Elle le regarda sans rien dire.

— Je pense que le fait de parler avec Grand-père nous aiderait beaucoup, que vous acceptiez ma demande ou non. Il a une forte moralité. Un avis tranché sur ce qui est bien et ce qui est mal. Si vous parliez avec lui, vous verriez que malgré nos pouvoirs magiques, nous n'avons rien de maléfique.

Elle le dévisagea longuement, mais continua de se taire.

— Asseyons-nous, suggéra Dex. Il y a un banc par là, et je suis sûr que vous avez beaucoup de questions à nous poser, mademoiselle Toogood. Tout cela doit vous paraître très étrange.

Mlle Toogood regarda Dex et répéta :

— Étrange ?

Octavius devina au ton de sa voix qu'elle trouvait tout cela beaucoup plus qu'étrange.

— Extraordinaire ? suggéra-t-il. Fantastique ?

— Oui, tout cela, confirma-t-elle.

Octavius décela dans le ton sec de sa voix une note d'humour.

Tu vois, Dex, eut-il envie de dire à son cousin, *même quand elle a peur, elle garde le sens de l'humour. N'est-elle pas fascinante ?*

— C'est pire qu'un roman gothique, n'est-ce pas ? lança-t-il à haute voix.

— Ou qu'un conte de fées, ajouta Dex pour ne pas être en reste.

— C'est un conte de fées, reprit Octavius. Notre conte de fées. Et nous devrions le raconter à Mlle Toogood.

Celle-ci plissa les yeux un moment. Puis elle fit la moue et hocha la tête.

— Très bien, dit-elle.

19

Octavius laissa échapper un long soupir de soulagement. Il se redressa et balaya de la main les graviers accrochés à son pantalon.

Dex alla s'asseoir à une extrémité du banc. Octavius prit place à côté de lui, si près que leurs épaules se touchaient. Il voulait laisser autant d'espace que possible à Mlle Toogood.

Au bout d'un moment, elle les suivit et s'installa à l'autre extrémité. Un mètre au moins les séparait.

Octavius se rendit compte qu'il se tordait les mains et s'obligea à arrêter.

— Qu'aimeriez-vous savoir ? s'enquit-il.

Mlle Toogood le dévisagea un instant avant de demander :

— Pourquoi votre marraine est-elle une fée ? Les fées existent donc vraiment ?

— Pour tout dire, nous n'en savons rien.

Mlle Toogood se rembrunit.

— Mais je vais vous dire ce que nous savons, ajouta-t-il aussitôt. Nous ne savons pas comment ni pourquoi nous avons eu une marraine qui était une fée. Ce phénomène existe depuis des siècles. Elle apparaît lors de notre vingt-cinquième anniversaire et nous accorde un vœu.

Il frissonna à ce souvenir et précisa :

— Elle n'est pas très agréable. En fait, elle est terrifiante.

Mlle Toogood haussa les sourcils.

— Terrifiante ?

Dex et Octavius acquiescèrent d'un signe de tête.

— Il y a des contraintes, nous ne pouvons pas demander n'importe quoi. Grand-père fixe des limites et Baletongue aussi. C'est le nom que nous lui donnons. Personne ne connaît son vrai nom.

— Les humains ne sont pas censés savoir que les fées existent, fit remarquer Dex. Et encore moins connaître leur nom.

— Baletongue fixe des limites à l'étendue de nos dons, expliqua Octavius. Par exemple, je ne peux prendre l'apparence que de créatures qui existent dans le monde réel. Je ne peux pas devenir un griffon, une hydre ou un dragon. Et Baletongue ne peut pas non plus nous accorder des dons trop importants. Notre oncle Tertius souhaitait qu'elle mette un terme aux guerres, mais Baletongue a déclaré que cela dépassait son pouvoir. Il a donc demandé qu'elle fasse cesser les famines, et elle a dit qu'elle ne pouvait pas le faire non plus. Alors, il a demandé la fin de l'esclavage. Or cela aussi, c'était impossible.

Mlle Toogood réfléchit en hochant la tête.

— Les limites imposées par Grand-père sont différentes. Il nous fait promettre de ne pas choisir des pouvoirs qui pourraient faire du mal ou qui nous permettraient de nous élever au dessus de nos semblables. À cause de sa mère. Son vœu a mal tourné et quatre personnes sont mortes à cause d'elle. Grand-père ne tolérera pas que cela se reproduise.

— Pouvez-vous m'expliquer cela plus clairement ?

Octavius fit la moue.

— Elle avait fait un vœu qui ne plaisait pas à Baletongue, et celle-ci l'a punie. C'est une autre chose que vous devez savoir sur les fées. Elles détestent les humains, et si elles peuvent nous faire du mal, elles le font. Par exemple, une de nos ancêtres était sourde d'une oreille, ce qui la gênait. Mais elle a mal formulé son vœu. Elle a dit : « Je ne veux pas être sourde d'une oreille », et Baletongue l'a rendue sourde des deux oreilles.

Mlle Toogood haussa les sourcils.

— C'est vrai, assura Octavius. Du moins, nous croyons que c'est vrai. Mon arrière-grand-mère possédait un cahier qui se transmettait d'une génération à l'autre dans la famille, et cette anecdote y est citée. Toutefois, Grand-père prétend que nous ne devons pas tout croire. Il sait reconnaître un mensonge proféré à voix haute, mais il ne peut les distinguer quand c'est écrit.

Mlle Toogood fit un signe de tête, l'air pensif.

— Notre arrière-grand-mère a choisi un vœu qui ne plaisait pas à Baletongue. Sa punition fut que Grand-père devienne le même jour duc de Linwood, et comme il était cinquième dans l'ordre de succession, quatre personnes moururent. Deux de ces personnes étaient des enfants.

— Seigneur ! s'exclama Mlle Toogood en portant une main à sa gorge. Votre arrière-grand-mère devait être effondrée.

Octavius et Dex échangèrent un coup d'œil.

— En fait, elle était très contente que son vœu ait été exaucé.

— « Contente » ?

— Ce n'était pas une très gentille personne. Grand-père dit qu'elle n'avait aucun scrupule. Lui, il a une conscience, et nous aussi. Nous savons que les choses ne sont pas ce qu'elles devraient être.

Octavius désigna son cousin et lui-même d'un geste de la main.

— Nous ne devrions pas avoir ce que nous avons. Grand-père n'aurait jamais dû devenir duc. Dex et moi aurions dû travailler pour vivre, entrer dans l'armée ou devenir ecclésiastiques. Nous avons eu de la chance... parce que d'autres personnes sont mortes. Des enfants sont morts.

Mlle Toogood acquiesça d'un air compréhensif.

— Grand-père dit que nous ne devons jamais oublier ce qui s'est passé et qu'il nous incombe, à toute la famille, de faire en sorte que cela n'arrive plus jamais. Et nous y veillerons. Tous. Nos enfants et les enfants de nos enfants feront comme nous.

— Amen, murmura Dex.

— Votre grand-père paraît... admirable.

— Il l'est, confirma Octavius. C'est la personne la plus intègre que je connaisse.

Il marqua une pause et ajouta :

— Il est aussi un peu intimidant.

— Ah oui, on peut le dire ! s'exclama Dex en étouffant un rire.

Octavius posa sur Mlle Toogood un regard empreint d'espoir.

— Y a-t-il autre chose que vous aimeriez savoir ?

Elle fit la moue, pensive.

— Donc, tout le monde dans votre famille possède des pouvoirs magiques ?

— Non, répondit Octavius. Autrefois, les vœux étaient accordés aux femmes de la lignée. Pendant des siècles, seules les femmes en ont bénéficié. C'est notre arrière-grand-mère qui a décidé de transférer ce don à la lignée mâle de la famille. C'est ce vœu qui a rendu Baletongue furieuse. Elle n'aime pas les humains. Surtout les hommes. Alors, elle a puni notre arrière-grand-mère en tuant quatre personnes. Mais notre arrière-grand-mère n'a pas considéré cela comme une punition.

Mlle Toogood le regarda d'un air un peu perplexe.

— Ai-je bien compris ? Seules les femmes bénéficiaient d'un don, et maintenant ce sont les hommes ?

— Oui. Voulez-vous savoir autre chose ?

— Combien de gens savent cela ?

— Personne, en dehors de la famille.

Mlle Toogood inclina la tête de côté.

— Cela représente combien de personnes ? Vous formez une grande famille.

— Notre famille est grande maintenant, mais autrefois il n'y avait qu'une fille par génération.

— Oncle Tertius a étudié l'arbre généalogique de notre arrière-grand-mère et il n'a pas trouvé d'autres branches, précisa Dex. D'après ce que nous savons, il n'y a que nous.

Octavius acquiesça.

— Nos mères sont au courant, naturellement. Ainsi que grand-mère et la sœur de Dex. C'est tout. Et maintenant, il y a vous, ajouta-t-il avec un petit sourire.

— J'ai du mal à croire que personne ne sait que vous avez des pouvoirs magiques. Vous en faites usage sans grande discrétion, fit sèchement remarquer Mlle Toogood.

Octavius sentit son visage s'enflammer. Il avait pris énormément de risques en changeant d'apparence dans le jardin. Grand-père ne lui pardonnerait jamais, s'il l'apprenait.

— Nous sommes généralement très prudents, affirma-t-il. Grand-père nous a fait promettre d'observer toutes les précautions nécessaires.

Toutefois, il avait négligé de le faire aujourd'hui. Il s'était montré impulsif et irresponsable.

— Nous pensions que vous ne viendriez pas, dit-il.

— Lord Newingham m'a dit que vous m'attendiez dans la roseraie.

Octavius secoua la tête. Ce maudit Bunny était une tête de linotte. Tout cela était arrivé par sa faute.

— Nous étions dans le bosquet.

Mais dans le fond, Newingham n'était pas fautif. C'était lui qui s'était montré stupide en changeant d'apparence là où n'importe qui pouvait le voir.

— Que faisiez-vous ? s'enquit Mlle Toogood. Pourquoi aviez-vous... cette apparence ?

— Nous voudrions effrayer le baron. Je ne peux prendre la forme de Méduse ou d'une harpie, alors Dex m'a suggéré de me transformer en sorcière.

Un pli se forma entre les sourcils de Mlle Toogood.

— Nous aimerions lui infliger une frousse mortelle, expliqua-t-il. J'apparaîtrai habillée en servante puis, quand il m'agressera, Dex le soulèvera du sol et le maintiendra en l'air. Je me transformerai alors en créature effrayante et le menacerai d'un destin horrible. Rumpole croira entendre la voix de Dieu et, avec un peu de chance, il aura si peur qu'il ne recommencera jamais.

Mlle Toogood opina d'un air songeur.

— Nous ne parvenons pas à décider quelle apparence je devrais prendre, poursuivit-il. Il faut que ce soit un être humain afin que je puisse parler. Une femme, car je porterai des habits de servante, et un être effrayant, afin de le terroriser. Nous avons décidé qu'une vieille femme à l'allure de sorcière serait le meilleur choix, conclut-il en haussant les épaules.

Mlle Toogood réfléchit encore quelques secondes.

— Et pourquoi pas une de ses épouses décédées ? suggéra-t-elle. Ou sa mère ?

Octavius resta sans voix et la dévisagea longuement.

— C'est cela ! s'exclama-t-il en se tournant vers Dex. Je serai sa femme ou sa mère. Il aura une peur bleue.

Dex eut un sourire féroce.

— L'idée me plaît.

— Les portraits de ses épouses disparues se trouvent dans la galerie, dit Mlle Toogood. Ainsi que celui de sa mère.

— Vous êtes la femme la plus géniale de toute l'Angleterre ! déclara Octavius.

Les joues de Mlle Toogood se teintèrent d'un rose délicat.

— Y a-t-il des armures dans cette maison ? voulut savoir Dex. Je pense que nous aurons besoin d'une épée ou deux. Pour donner un peu de mordant à nos menaces.

— Je n'en ai pas vu, mais il se peut qu'il y en ait une quelque part.

— Peu importe, décréta Octavius. Nous donnerons à Rumpole la frousse de sa vie.

— Je n'en doute pas, répondit Dex. Et son valet ? Nous ne savons pas à quoi ressemble sa mère, ni même si elle est morte.

— Son valet ? répéta Mlle Toogood, interloquée.

— Le valet de Rumpole m'a attaqué, l'autre nuit. Enfin... pas moi, mais la domestique dont j'avais pris l'apparence.

— Il vous a attaqué ?

— Oui, confirma Octavius en frottant l'hématome qu'il avait gardé sur le crâne à la suite de cette rencontre. Il était plus violent que Rumpole. En fait, je pense que, des deux hommes, le valet est le plus dangereux.

— Tu crois ? interrogea Dex, dubitatif.

Octavius se frotta de nouveau le crâne en songeant à la sauvagerie du valet.

— Oui. Rumpole m'a malmené à Vauxhall car il croyait que j'étais une prostituée. Avec les servantes, il s'est contenté de menaces de renvoi, sans faire usage de violence. Le valet, lui, m'a agressé sans prévenir et m'a frappé si fort que j'ai vu des étoiles. Si j'avais été une vraie femme, je n'aurais eu aucune chance de lui échapper.

Un long moment de silence suivit ces mots. Octavius entendit les abeilles bourdonner dans les massifs, les feuilles bruire sous la brise, l'eau gargouiller dans le ruisseau.

— Ce sont des prédateurs, reprit-il. Tous les deux. Rumpole n'est qu'un vieux fou, mais le valet est plus dangereux.

— Dans ce cas, nous devrions utiliser une épée pour menacer le valet, décida Dex. Même s'il est inutile de s'en servir avec Rumpole.

— Une épée ? répéta Mlle Toogood.

— Uniquement pour le menacer, précisa Octavius. Nous ne le blesserons pas, vous avez ma parole.

Même s'il pensait que le valet méritait une petite castration.

— Vous avez ma parole aussi, ajouta Dex. Grand-père ne nous pardonnerait pas d'utiliser nos pouvoirs magiques pour blesser quelqu'un.

Mlle Toogood les observa tour à tour. Cet examen dut la satisfaire car elle finit par hocher la tête. Octavius en profita pour la regarder à la dérobée. Elle ne paraissait plus aussi méfiante. Elle était vive, curieuse, intéressée.

Il se détendit. Cette marque d'intérêt était positive, n'est-ce pas ? Cela signifiait qu'elle ne croyait plus ses pouvoirs magiques diaboliques.

S'il lui demandait sa main, il y avait encore une chance pour qu'elle réfléchisse à sa proposition.

Il ne le ferait toutefois pas aujourd'hui.

Il n'était pas assez stupide pour entreprendre une telle démarche alors qu'elle venait de le voir changer d'apparence. Elle avait été tellement effrayée qu'elle avait peut-être encore envie de le fuir.

Il posa les mains sur ses genoux et l'interrogea avec circonspection :

— Sommes-nous donc bien d'accord, mademoiselle Toogood ?

Il n'aurait su dire précisément ce qu'il entendait par « d'accord ». Elle sembla comprendre, car elle hocha la tête. Avec fermeté.

C'était l'expression de quelqu'un qui ne les prenait pas, Dex et lui, pour des créatures maléfiques.

Il se détendit encore un peu.

— Auriez-vous l'amabilité de nous conduire jusqu'à la galerie des portraits ?

20

Pip jeta un coup d'œil dans la salle d'études, où les filles montraient à lord Newingham le cadeau qu'elles préparaient pour l'anniversaire de leur demi-frère : une paire de chaussons, dont le gauche serait brodé par Fanny et le droit par Edie.

— Sapristi ! disait Newingham. Ces chaussons sont épatants ! Absolument épatants.

Il leva les yeux et les vit tous trois sur le seuil.

— Oh, ça par exemple ! Que faites-vous tous ici ?

— Nous allons voir la galerie des portraits, répondit Pip. Voulez-vous nous accompagner ?

Le vicomte et ses nièces acceptèrent volontiers l'invitation. Ils se rendirent donc tous les six dans la galerie, à l'étage inférieur. C'était une longue salle obscure contenant un grand nombre de portraits.

— Voilà Mère ! s'écria Edie en courant devant eux pour leur montrer un tableau.

Bien que l'ayant déjà vu en arrivant dans le Hampshire, Pip l'examina de nouveau. Le baron y figurait, avec ses sourcils froncés, le pli amer de sa bouche et son visage rougeaud. Il était accompagné de sa deuxième épouse et de son fils.

— Mon Dieu, elle a l'air si jeune..., murmura M. Pryor. Quel âge avait-elle lorsqu'elle s'est mariée ?

— Dix-sept ans, répondit Newingham avec tristesse. Elle en avait vingt et un quand elle est morte.

Pip observa encore le tableau. Le visage d'Amelia Rumpole était rond et pâle ; elle avait des cheveux blonds et des yeux noisette.

— Ce portrait est-il ressemblant ?

— Non, répondit Newingham.

Pip vit les deux cousins Pryor échanger un coup d'œil.

— En existe-t-il d'autres d'elle ? s'enquit lord Octavius.

Il y en avait deux autres. L'un d'eux, assez fade, représentait Amelia assise devant un bureau. Dans l'autre, elle tenait un bébé dans ses bras.

— C'est moi ! annonça fièrement Edie.

— J'étais là aussi, ajouta Fanny. À l'intérieur d'elle.

M. Pryor étouffa un rire.

— Lequel de ces portraits est le plus ressemblant ? demanda lord Octavius.

— Ce n'est pas celui-là, répondit Newingham en montrant le tableau devant le bureau. Cela ne ressemble pas du tout à Amelia. Sur celui-ci, en revanche...

Pip décela une pointe de tristesse dans sa voix. Il contemplait le visage de sa sœur avec un air de regret. Visiblement, elle lui manquait.

— Étiez-vous à peu près du même âge ?

— Elle avait quatre ans de plus que moi, mais elle en paraissait davantage.

Il eut une brève hésitation avant de continuer :

— Ma mère est morte quand j'étais petit. C'est Amelia qui m'a élevé. Elle a été plus une mère qu'une sœur, pour moi.

— Archie dit aussi qu'elle était sa mère ! claironna Fanny. Elle ne l'était pas vraiment, bien sûr. Mais elle lui chantait des berceuses, lui racontait des histoires, le cajolait et l'embrassait avant qu'il s'endorme.

Newingham sourit aux fillettes.

— Votre mère aimait beaucoup les enfants. Je n'ai jamais connu quelqu'un qui avait aussi bon cœur qu'elle.

Pip examina le portrait. Amelia Rumpole n'était pas d'une grande beauté. Comme son frère, elle avait un visage trop rond, un nez trop court. Mais tous deux avaient grand cœur. Les filles avaient hérité de ces trois caractéristiques : un visage rond, un nez court et un cœur généreux.

Elle retourna se camper devant le tableau représentant Amelia avec son époux et son beau-fils. Archibald Rumpole avait les cheveux blond cendré de son père. Sa ressemblance avec le baron s'arrêtait là. Il était mince et avait l'air timide.

Il a bon cœur aussi, songea Pip en étudiant son visage au teint pâle. Archibald Rumpole deviendrait vicaire. Ce n'était pas une brute, il désirait aider ses semblables et non les rudoyer. Peut-être devait-il ce trait de caractère à Amelia, qui lui avait servi de mère pendant quatre ans. Elle l'avait aimé, avait formé son tempérament et lui avait appris à éprouver de la compassion pour son prochain.

Quelqu'un vint se tenir à côté d'elle. Elle s'attendait à voir lord Octavius. C'était Newingham.

— Mon père a perdu sa fortune au jeu, déclara-t-il en regardant le tableau. Il l'a récupérée en vendant Amelia au plus offrant.

Pip nota le ton amer de sa voix.

— Quand votre père est-il mort ?

— Six mois après le mariage d'Amelia avec Rumpole, répondit Newingham avec encore plus d'amertume.

— Je suis désolée.

— Grâce à cette pauvre Amelia, j'ai hérité d'une fortune, fit-il d'un ton plat.

Pip réfléchit à ces paroles et secoua la tête.

— Archibald y a gagné aussi. Il méritait de connaître l'amour d'une mère, ne serait-ce que pour très peu de temps.

Newingham garda le silence un moment.

— C'est vrai, convint-il avec un pâle sourire. Vous êtes d'une grande sagesse, mademoiselle Toogood.

Son regard glissa sur leurs compagnons et il se rembrunit.

— Les filles...

Pip attendit un instant. Comme il ne disait rien, elle l'encouragea à poursuivre :

— Les filles ?

— Je souhaiterais...

Elle ne sut jamais ce que souhaitait le vicomte, car à ce moment Edie lança joyeusement :

— Nous allons chercher des armures !

Ils dénichèrent deux armures complètes, avec des haches de guerre. Les armes étaient énormes. L'une comportait des pointes pour assommer l'adversaire, et l'autre était munie d'une lame recourbée. M. Pryor retira l'une d'elles du gant métallique qui la retenait.

— Oh, c'est lourd !

Il la brandit à grand-peine, échangea un coup d'œil avec son cousin et secoua la tête.

Edie et Fanny voulurent soulever la hache à leur tour.

Pip ouvrit la bouche pour protester, mais Newingham la devança.

— Il faut avoir dix-huit ans pour être autorisé à manier une arme de guerre, dit-il d'un ton léger. C'est la loi de ce pays. Mais vous pouvez les soupeser avant que nous ne les remettions à leur place.

Pip regarda Newingham s'occuper des fillettes, les laissant tenir l'énorme poignée noire, tandis que la tête hérissée de pointes reposait sur le sol. Elle espéra en son for intérieur que l'arme n'avait jamais été utilisée sur un champ de bataille, que personne n'avait été assommé ou transpercé par la lame.

— Voulez-vous essayer, mademoiselle ? lui demanda Newingham.

Pip souleva brièvement l'arme, qui était effectivement très lourde, et la passa à lord Octavius. Ce dernier la mania d'une main.

— Ce n'est pas un objet très délicat, n'est-ce pas ?

Non, il n'y avait rien de délicat dans cet objet. Il était fait pour tuer ou pour mutiler.

Lord Octavius remit le manche de la hache entre les doigts métalliques de l'armure.

— Qu'allons-nous faire, maintenant ? demanda M. Pryor. J'ai une idée ! Allons explorer les combles.

Ils passèrent une heure dans les vastes greniers poussiéreux de Rumpole Hall. Ils n'y trouvèrent pas d'autres armures, ni d'épées. Une fois qu'ils eurent exploré le dernier recoin et ouvert la dernière malle, les fillettes retournèrent dans la salle d'études pour broder les chaussons, et les hommes descendirent lire les journaux, ou jouer au billard, ou faire ce que faisaient les jeunes nobles le dimanche après-midi. Pip s'assit à son bureau et tenta de mettre de l'ordre dans ses pensées. Celles-ci étaient aussi embrouillées que les branches d'un massif de bruyère, et ses émotions confuses. Ce qu'elle avait découvert était trop déstabilisant.

La magie existait donc ? Les fées aussi ?

Impossible, répondit une petite voix intérieure. Or, ce n'était pas impossible puisqu'elle l'avait vu de ses yeux. Elle l'avait vécu. M. Pryor l'avait soulevée sans la toucher et l'avait maintenue dans les airs.

Elle resta assise à son bureau tandis que ses pensées tourbillonnaient dans sa tête. Lentement, certains nœuds inextricables commencèrent à se défaire. Les événements qui s'étaient enchaînés dans le jardin...

Le choc qu'elle avait éprouvé en voyant lord Octavius changer de forme... Sa terreur quand M. Pryor avait exercé son pouvoir magique sur elle... Tout cela se déroula comme un ruban. Un ruban un peu froissé et déconcertant.

Les révélations sur les cousins Pryor constituaient un autre ruban.

Leur marraine était une fée ? Et leur arrière-grand-mère avait espéré régner sur l'Angleterre ?

Elle aurait aimé en apprendre davantage à ce sujet. Lire le cahier qu'il avait évoqué. Et elle voulait parler encore avec lord Octavius, peut-être aussi avec ce grand-père qu'il semblait tant redouter. Car tout cela était inconcevable et fascinant, et elle avait des milliers de questions à poser.

Elle fut sur le point de prendre une plume et une feuille de papier pour établir la liste de ses questions. Mais si elle commençait, elle ne pourrait jamais s'arrêter. Et il y avait d'autres énigmes à démêler avant cela.

Notamment la révélation qu'avait faite lord Octavius au sujet de ses accrochages avec le baron. Et sa rencontre avec le valet. Lord Octavius avait mentionné une attaque. Une violente attaque.

Ces sujets étaient graves et perturbants. Elle avait du mal à imaginer que de tels événements aient pu se produire ici. Elle vivait sous le même toit que ces deux hommes épouvantables ! Elle parvint cependant à écarter son inquiétude, car elle savait que lord Octavius et M. Pryor allaient s'occuper du baron et de son valet.

Cette pensée en suscita une autre et fit passer au second plan sa terreur d'avoir été confrontée aux pouvoirs magiques de lord Octavius et M. Pryor.

Ils allaient utiliser leurs dons pour mettre un terme aux activités de Rumpole et de son valet.

Cela l'intriguait. Elle éprouvait même un petit frisson d'excitation à cette idée.

Elle avait envie de connaître leur plan. Qu'allaient-ils faire ? Mais il restait encore une affaire très compliquée à dénouer : ses sentiments pour lord Octavius.

Elle balaya la salle du regard. Assises côte à côte, Edie et Fanny cousaient des perles de verre colorées sur les chaussons de leur demi-frère.

Elle s'attarda un moment sur leurs petites têtes penchées sur l'ouvrage, puis ses yeux glissèrent vers les fenêtres.

Comment cette journée avait-elle changé ses sentiments pour lord Octavius ?

Car ses sentiments avaient changé, n'est-ce pas ?

Elle en avait l'impression, en effet. Lord Octavius n'était pas l'homme qu'elle avait cru… mais il était toujours le même qu'hier. La seule différence était qu'elle connaissait son secret. Son immense et incroyable secret.

Mais cela ne changeait rien à l'opinion qu'elle avait de lui. Il était toujours aussi patient, aussi gentil, aussi bienveillant. Il n'était ni fanfaron ni narquois, il apprenait à deux petites filles à fabriquer des cerfs-volants et à grimper aux arbres. Ses intentions envers les gouvernantes étaient honorables.

Pip réfléchit quelques minutes. La découverte du secret de lord Octavius avait changé l'opinion qu'elle avait de lui. Car il était venu dans le Hampshire pour donner une leçon au baron de Rumpole. Il était venu dans ce but précis.

Ce qui faisait de lui un héros.

21

Les hommes dînèrent avec elles dans la nurserie, et ensuite ils jouèrent tous au mikado. Pip aurait sans doute dû lire la Bible puisque c'était le jour du Seigneur, mais son père avait toujours toléré les divertissements paisibles le dimanche après-midi. Et quel mal y avait-il à rire et à jouer au jeu de jonchets[1] ? Cela faisait du bien aux filles. À tout le monde.

Dès qu'Edie et Fanny furent parties se coucher, Newingham joua distraitement avec les bâtonnets du jonchet étalés sur la table. Il fronçait les sourcils. Non pas pour rire, comme lorsque Fanny l'avait battu un peu plus tôt. Il était vraiment soucieux.

— J'aimerais…

— Oui ? fit M. Pryor en se renversant dans son fauteuil.

Newingham se rembrunit encore davantage et pinça les lèvres.

— Allons, Bunny, parle ! s'exclama lord Octavius.

— J'aimerais que les filles n'habitent plus avec Rumpole.

Il y eut un silence, puis M. Pryor fit doucement remarquer :

— C'est leur père.

1. Ancien nom du mikado.

— Je sais, répondit Newingham en repoussant les bâtonnets. Je le sais bien. Cependant… il s'est conduit de façon ignoble avec Amelia, et il sera ignoble aussi avec Fanny et Edie. Je préférerais… qu'elles ne soient pas obligées de vivre sous son toit.

Personne ne répéta qu'il était leur père, mais Pip voyait bien que tout le monde le pensait.

— Ne pourriez-vous devenir leur tuteur ? suggéra-t-elle.

Newingham fit un signe de tête négatif.

— Il leur interdit de me rendre visite car je suis célibataire. Il ne m'en confiera sûrement jamais la garde, se lamenta-t-il en se massant le front. Un pensionnat, peut-être ? En connaissez-vous de bons, mademoiselle Toogood ?

— J'ai entendu parler de quelques écoles, mais je ne peux me prononcer à leur sujet. Il faudrait se renseigner.

— Pensez-vous que Rumpole paiera pour envoyer ses filles dans une école ? s'enquit lord Octavius en ramassant les bâtonnets éparpillés. Il les mettra sans doute dans une de ces écoles du Yorkshire, et il sera bien content d'en être débarrassé.

Pip avait entendu parler de ces établissements, connus pour leur brutalité. Elle réprima un frisson.

— Je paierai le pensionnat, déclara Newingham. Je le choisirai, je réglerai les frais et je dirai que c'est un don que je fais à mes nièces. Il n'aura pas son mot à dire, si ce n'est de leur accorder la permission de quitter la maison. Ce qu'il ferait… vous ne croyez pas ?

Il posa sur Pip un regard plein d'espoir avant de poursuivre :

— Il n'aurait pas besoin de débourser de l'argent pour donner une éducation à ses filles. Il sauterait sur l'occasion ! Vous n'êtes pas d'accord, mademoiselle Toogood ?

— Je ne vois pas pourquoi il refuserait. À moins de vouloir à tout prix vous contrarier.

Elle savait que le baron en était capable.

— Il faudrait une école où les filles puissent s'épanouir, fit-elle remarquer. Elles sont très timides. Elles ont besoin d'être encouragées gentiment. Une école trop sévère les broierait.

Elle se rendit compte, un peu tard, qu'elle aurait dû émettre une simple suggestion. Une modeste gouvernante ne disait pas à un vicomte ce qu'il devait faire.

Cependant, Newingham ne parut pas se formaliser.

— M'aiderez-vous à choisir cette école ?

— Oui, j'écrirai quelques lettres pour demander conseil.

Newingham lui sourit avec reconnaissance.

Lorsque le jeu de jonchets fut rangé, ils préparèrent la salle d'études pour une nouvelle leçon de techniques de défense. Pip, qui gardait à l'esprit la description que lord Octavius avait faite de l'attaque brutale du valet, s'entraîna avec zèle. Lord Octavius dut aussi penser au valet car, quand elle eut feint d'arracher les yeux de M. Pryor, il déclara :

— Je veux vous montrer autre chose. C'est une prise d'étranglement, expliqua-t-il en passant derrière son cousin et en repliant un bras autour de son cou. Comment feriez-vous pour vous défendre, dans ce cas ?

Pip examina la prise. M. Pryor ne pouvait mordre le bras de son cousin, ni donner de coup de poing ou de pied.

— Un coup de coude dans l'estomac ? suggéra-t-elle. Ou bien, je pourrais lui marcher sur les pieds.

— Ce sont deux possibilités. Venez prendre la place de Dex, dit Octavius en relâchant son cousin.

Pip s'avança avec précaution.

Lord Octavius avait retroussé les manches de sa chemise un peu plus tôt. Il les rabattit et vint se camper derrière elle. Il lui passa un bras autour du cou, et elle eut la sensation d'être prise au piège. Tous ses sens furent en alerte. Elle éprouva un frisson de peur et fut troublée par la proximité de lord Octavius. Il était si près d'elle qu'elle respirait l'odeur fraîche de son linge. Elle percevait les battements de son cœur. Son bras était pressé contre sa gorge telle une barrière, et sa manche de lin froissée se pressait sur sa peau. Son dos touchait presque son torse, et cette pensée la fit frissonner.

— Si quelqu'un vous attrape ainsi, il vous serrera le cou beaucoup plus fort.

Lord Octavius plia le bras et, pendant une seconde, Pip sentit une pression désagréable sur sa gorge. Son cœur se mit à battre plus vite, son appréhension se transforma en panique. Puis la pression se relâcha.

— Quelle serait votre première réaction dans ce cas ? demanda lord Octavius.

Pip était tiraillée entre deux instincts contradictoires. L'un, totalement inconvenant, la poussait à se presser contre le torse de lord Octavius pour se rapprocher de lui. L'autre, beaucoup plus puissant, exigeait qu'elle fasse exactement le contraire ; elle n'aimait pas ce bras enroulé autour de sa gorge, la sensation d'être prise au piège, impuissante, et de savoir que sa respiration était contrôlée par quelqu'un d'autre. C'était à cet instinct-là que lord Octavius faisait allusion. Elle tenta de repousser son bras ; hélas, sans succès. Ensuite, elle voulut lui assener un coup de coude dans l'estomac, mais il fit un pas de côté et l'entraîna avec lui, lui faisant perdre l'équilibre. Elle essaya alors de trouver son pied pour l'écraser. Une fois encore, il s'écarta.

— Notre cousin Ned faisait souvent cela, lui souffla-t-il à l'oreille. Il ne se passait pas un jour sans qu'il tente d'attraper l'un de nous de cette façon.

M. Pryor ricana.

— Ce furent les six mois les plus agaçants de ma vie. Cet idiot n'a cessé de le faire que lorsqu'il cassa un bras en se battant contre Sextus.

— Ned a cassé le bras de Sextus ? s'exclama Newingham en haussant les sourcils.

— Non. Sextus a cassé le bras de Ned.

— Vraiment ? s'écria Newingham, stupéfait.

— Et il a bien fait, déclara Octavius. J'aurais fini par tordre le cou à ce crétin de Ned. Je vous demande pardon, mademoiselle Toogood.

Le langage d'Octavius ne la dérangeait pas. Son bras, en revanche, la gênait. Elle voulait se libérer et respirer librement. Elle faillit le supplier de la relâcher. Seule sa fierté la retint.

— Que doit-on faire pour échapper à une prise d'étranglement ? s'enquit-elle.

Son pouls battait la chamade, mais sa voix était posée.

— Sextus a résolu le problème en roulant dans l'escalier avec Ned, expliqua M. Pryor.

Newingham éclata de rire.

— C'est ainsi que Ned s'est cassé le bras ?

— Oui. La manœuvre a été très efficace. Depuis, Ned n'a plus jamais essayé d'étrangler quiconque.

— C'est l'effet que vous fait un bras cassé, répliqua sèchement lord Octavius. Cependant je ne vous recommande pas cette solution si vous êtes attaquée dans un escalier, mademoiselle Toogood. C'est trop dangereux. Vous pourriez vous tuer.

— Que me conseillez-vous, alors ? demanda Pip en résistant à l'envie de repousser son bras.

— Il existe deux façons pour se libérer.

— Les doigts, fit observer M. Pryor.

Pip sentait les muscles puissants de lord Octavius, sa force implacable. Puis elle chercha ses doigts. Ils ne furent pas faciles à trouver ni à attraper.

— Si vous pouvez vous emparer d'un doigt et le tirer en arrière, vous pourrez le déboîter, ou même le casser, expliqua lord Octavius. Votre agresseur vous relâchera en un clin d'œil.

Il joignit le geste à la parole et libéra Pip en s'écartant sur le côté.

— Ensuite, vous aurez le choix entre vous enfuir ou vous battre. Tout dépend de ce que fait votre assaillant.

Pip hocha la tête et se massa la gorge. Celle-ci n'était pas douloureuse, mais la position avait été très inconfortable.

— Quelle est l'autre solution ? demanda-t-elle.

Lord Octavius fit signe à son cousin.

— Fais-moi une prise d'étranglement, Dex.

M. Pryor s'avança et passa le bras autour du cou de son cousin.

— Son bras est trop fort pour que je puisse me libérer, constata lord Octavius en tirant en vain sur le bras de M. Pryor.

Pip hocha la tête.

— Mon menton m'empêche de m'échapper. Vous voyez ? Il est maintenu par le bras de Dex.

Pip acquiesça de nouveau.

— Mais si je fais ceci… Regardez bien.

Ébahie, Pip vit lord Octavius tourner la tête vers son épaule, pousser légèrement le bras de son cousin et s'échapper en pliant les genoux.

Il se redressa un mètre plus loin en souriant.

— Et voilà !

Pip demeura un instant bouche bée et se ressaisit aussitôt.

— Sapristi ! s'exclama Newingham. C'est extraordinaire. Puis-je essayer ?

Newingham fit un essai, puis ce fut au tour de Pip.

— Il n'est pas toujours nécessaire de tourner le menton pour vous libérer, précisa alors lord Octavius. Montrons-leur, Dex.

Les deux cousins reprirent la pose.

— Là, du côté du coude, se trouve un minuscule espace, expliqua lord Octavius en montrant le bras replié de son cousin. Glissez votre menton dans cet espace et vous aurez une chance de vous échapper par là.

Il fit une démonstration en appliquant cette méthode pour se libérer.

Pip et le vicomte essayèrent à leur tour. Ils exécutèrent plusieurs fois cette manœuvre, puis lord Octavius reprit la parole :

— Parfois, rien de tout cela ne marche. Mais il faut savoir, mademoiselle Toogood, que si quelqu'un vous tient ainsi, il s'attendra à ce que vous donniez des coups de pied en agitant les bras. Si vous ne cédez pas à la panique, vous avez une bonne chance de vous en sortir.

Pip approuva de la tête.

— Bien. Une dernière démonstration. Dex, viens ici.

M. Pryor obéit.

Lord Octavius se glissa derrière lui, passa les bras sous ses aisselles et ramena les mains sur sa nuque. La tête de M. Pryor était penchée en avant, ses bras écartés, et il semblait totalement impuissant.

— Mademoiselle Toogood, que feriez-vous si vous vous retrouviez ainsi ?

M. Pryor ne pouvait absolument pas frapper, ni mordre, ni même griffer son adversaire.

— Un coup de pied ? suggéra-t-elle.

Le vicomte approuva d'un signe de tête. Mais lord Octavius sourit en secouant la tête.

— C'est très simple. Montre-leur, Dex.

M. Pryor leva les bras en pliant les genoux et glissa hors d'atteinte de son agresseur. Pip cligna les yeux, incrédule. Le geste avait été fluide et rapide.

— Voulez-vous faire un essai ?

Elle le voulait absolument.

— Placez-vous dos à moi. Je vais aller lentement... Mes bras glissent sous les vôtres... Ensuite, je croise les doigts sur votre nuque...

Les coutures de son corsage protestèrent bruyamment.

— Désolé, dit lord Octavius en relâchant légèrement son étreinte. C'est mieux ainsi ?

— Oui, répondit-elle d'une voix étouffée.

Même ainsi, elle se sentait complètement prisonnière. Sa tête était penchée en avant et elle était immobilisée.

— Pliez les genoux et levez les bras en même temps. Vous glisserez en un clin d'œil.

Cela paraissait impossible, mais Pip leva les bras et se laissa tomber. En un instant, elle fut libre.

— Bravo, mademoiselle Toogood, s'exclama le vicomte en applaudissant.

En proie à une sensation de triomphe, Pip sentit ses joues s'empourprer.

Newingham et elle répétèrent l'exercice plusieurs fois.

— Votre cousin vous faisait-il cela aussi ? demanda-t-elle quand elle se fut libérée pour la troisième fois.

— Pendant une semaine, répondit M. Pryor. Jusqu'à ce que nous ayons trouvé la façon de lui échapper. Avons-nous fini, Otto ? Remettons les meubles à leur place.

Pip les aida à transporter les chaises et les tables sans cesser de penser aux exercices qu'ils venaient de faire. Comment lord Octavius et M. Pryor avaient-ils appris à se libérer ?

— À quoi pensez-vous ? s'enquit lord Octavius.

— Votre cousin... celui qui vous faisait toutes ces prises... est-ce une brute ?

— Ned ? s'écria lord Octavius en riant. Non. Ce n'est qu'un gros balourd qui aime nous taquiner. Dex, dirais-tu que Ned est une brute ?

— Non, mais il est idiot.

Newingham étouffa un rire.

— Vous vous rappelez le jour où il est tombé dans la Serpentine ?

— Quel jour ? demanda sèchement lord Octavius. C'est arrivé deux fois. Est-ce que cela vous rassure ? ajouta-t-il en souriant à Pip.

— Oui.

Des rires et des cris étouffés résonnèrent derrière elle. Elle se retourna et vit Newingham et M. Pryor faire semblant de se battre.

— Ne cassez rien, espèces d'idiots ! leur lança lord Octavius. Veuillez excuser mon cousin, mademoiselle Toogood. Il est...

Il y eut un grand fracas et Pip sentit les lames de parquet vibrer sous ses pieds. Le vicomte de Newingham venait de s'affaler sur le sol.

— Que diable avez-vous fait ? s'exclama lord Octavius.

— Je l'ai fait passer par-dessus mon épaule, avoua M. Pryor en faisant la moue.

— Pour l'amour du ciel, Dex ! Le coup a dû résonner jusque dans la cave. Tu te sens bien, Bunny ? ajouta-t-il en tendant la main au vicomte pour l'aider à se relever.

— Il m'a eu par surprise. Sinon, il n'aurait pas pu me jeter au sol, répondit Newingham en époussetant ses vêtements. Mais je vais prendre ma revanche.

— Pas ici ! protesta lord Octavius en leur montrant la porte. Dehors, vous deux !

22

— Pourrais-je me défendre de cette manière ? demanda Pip, une fois que M. Pryor et lord Newingham furent sortis en maugréant.

Lord Octavius secoua la tête.

— Sûrement pas. Il est impossible pour une femme de jeter un homme à terre. Vous n'êtes ni assez grande ni assez lourde.

Il regarda autour de lui, vérifiant qu'ils étaient bien seuls dans la salle d'études, et reprit en baissant la voix :

— J'ai jeté le baron à terre l'autre soir, mais cela n'a pas été facile. Je n'ai réussi que parce que je m'entraîne depuis des années.

— Vous avez fait *quoi* au baron ?

— Je l'ai jeté au sol et je lui ai vidé un broc d'eau sur la tête.

Pip ouvrit la bouche, mais aucun son n'en sortit. Lord Octavius sourit.

— Je vais vous montrer de quelle manière il faut s'y prendre. D'accord ? dit-il en lui prenant le poignet. Vous l'agrippez, le tirez vers vous, et vous vous retournez en même temps. De cette manière. Ensuite, vous le projetez par-dessus votre hanche. Comme ça.

Il n'alla pas jusqu'à la faire basculer, mais il l'attira vers lui et lui tordit doucement le poignet. Même ainsi, elle perdit l'équilibre. Elle se rattrapa en plaquant une main sur le torse de lord Octavius. Elle la retira aussitôt, car il n'était pas convenable de poser la main sur un homme, même si l'homme en question allait vous demander en mariage. Puis elle dut s'appuyer sur lui pour éviter de tomber.

Elle fixa ses doigts étalés sur son gilet de soie, puis risqua un coup d'œil vers son visage.

Lord Octavius l'observait. Son regard était intense. Troublant. Si troublant qu'elle éprouva des picotements dans la colonne vertébrale.

Une vague de chaleur déferla en elle, la rendant nerveuse. Il lui était impossible de déglutir, presque impossible de respirer. Son cœur se mit à battre la chamade. Ils étaient presque enlacés, elle avait conscience de ses doigts sur son poignet, de la chaleur de sa peau contre la sienne...

Elle aurait dû prendre ses distances. C'est ce qu'aurait fait une gouvernante respectable. Seulement, en ce moment elle n'était plus une gouvernante respectable. Elle n'était qu'une femme qui espérait être embrassée par l'homme qu'elle aimait.

Lord Octavius dut comprendre cela car il se pencha et effleura ses lèvres. Ce fut le plus léger et le plus bref des baisers. Il fit pourtant battre son cœur.

Doucement, il recula et la regarda, jaugeant sa réaction.

Pip lui sourit timidement.

Il lui rendit son sourire et l'embrassa de nouveau. Un baiser léger, plus long que le premier. Elle sentit ses lèvres douces et chaudes, son souffle sur sa joue... Et son pouls s'emballa de bonheur.

Lord Octavius l'embrassait. Il l'embrassait vraiment. Une demi-douzaine de baisers furent déposés sur ses lèvres, comme s'il voulait en graver les contours dans sa mémoire. Puis, du bout de la langue, il toucha sa lèvre inférieure en une merveilleuse caresse intime.

C'était délicieux. Frissonnant de plaisir, Pip entrouvrit la bouche.

Lord Octavius lui lâcha le poignet et l'attira vers lui. Il passa les bras autour d'elle et, cette fois, elle n'eut aucune envie de se libérer. Elle agrippa son gilet et se pressa contre lui. Il caressa ses lèvres du bout de la langue, puis s'aventura en elle. La sensation, surprenante, fut merveilleuse.

Elle sentait le sang bourdonner dans ses oreilles. Elle avait l'impression d'être la Belle au bois dormant éveillée par un baiser de son prince. Comme si elle avait dormi toute sa vie et qu'elle s'éveillait soudain à la vie. Le sang courait dans ses veines, une douce chaleur se répandait dans son corps.

Lord Octavius ne cessa de l'embrasser que lorsqu'ils furent tous deux à bout de souffle. Leurs lèvres se séparèrent à regret. Toujours à regret, ils s'écartèrent l'un de l'autre. Pip leva les yeux vers lui. Son visage était rouge, son regard ardent. Ardent et sombre.

Ils n'avaient pas tout à fait relâché leur étreinte. Ses mains viriles reposaient légèrement sur sa taille. Et les doigts de Pip étaient toujours crispés sur le gilet de soie. Elle savait qu'elle aurait dû reculer, mais elle n'en avait pas envie. Elle voulait rester là, face à lui, le visage enflammé, les lèvres en feu. Toujours.

— Voulez-vous m'épouser ? demanda-t-il.

Puis il fit la moue et recula d'un pas.

— Je vous demande pardon. Après ce qui s'est passé dans le jardin, je sais que je devrais attendre...

— Oui.

Lord Octavius cessa de parler. Il se figea, un mot encore au bord des lèvres, et haussa les sourcils, n'en croyant visiblement pas ses oreilles.

— Oui, répéta-t-elle.

L'expression incrédule d'Octavius laissa place à un regard brillant, empli d'espoir.

— Oui, vous voulez m'épouser ?

— Oui, je veux vous épouser, confirma-t-elle.

Lord Octavius laissa fuser un petit rire joyeux, puis lui enserra la taille et la souleva pour la faire tournoyer.

Pip lui agrippa les épaules. Il rit encore et elle rit avec lui, étourdie de bonheur et d'amour.

Lord Octavius fit un tour complet sur lui-même et la reposa avec précaution sur le sol.

— En êtes-vous sûre ? demanda-t-il en lui encerclant toujours la taille de ses mains.

— J'en suis sûre.

Il sourit, elle aussi, et l'espace d'un instant elle sentit la tête lui tourner. Comment une chose aussi extraordinaire pouvait-elle se produire ? Une semaine auparavant, elle ignorait encore son existence. Et maintenant, elle allait l'épouser.

Quelqu'un frappa bruyamment à la porte. Ils s'écartèrent vivement l'un de l'autre.

La porte s'ouvrit et M. Pryor passa la tête dans l'embrasure.

— Je pensais vous trouver encore ici, déclara-t-il avec un sourire en coin.

Les joues de Pip s'empourprèrent.

— Que veux-tu ? demanda lord Octavius.

— Allons-nous nous occuper de Rumpole ce soir ? Tu avais oublié son existence ?

Lord Octavius prit soudain l'air penaud. De toute évidence, il avait oublié.

— Le baron de Rumpole, reprit M. Pryor d'un ton aussi pompeux qu'agaçant. Le méchant de cette pièce de théâtre, à qui il faut donner une bonne leçon. Tu te souviens de lui ? Ou le fait d'embrasser Mlle Toogood t'a-t-il fait perdre la tête ?

— En voilà assez, Dex, grommela lord Octavius.

— Donc, allons-nous faire cela ce soir ? s'enquit M. Pryor en souriant de plus belle.

— Oui… En fait, non. Nous ne sommes pas prêts.

Lord Octavius se massa le front.

— Il faut que je m'habitue au personnage d'Amelia et que je prépare mon discours.

— Commençons tout de suite, décida M. Pryor en se laissant tomber dans un fauteuil.

— Non, pas ici, protesta Pip.

Troublée par le baiser de lord Octavius, elle avait complètement oublié qu'une servante allait bientôt venir la chercher pour l'aider à se déshabiller.

Par chance, M. Pryor les avait interrompus avant la servante, et elle fit une brève prière pour remercier le ciel.

M. Pryor se releva.

— Dans ce cas, allons dans ta chambre, Otto.

Lord Octavius se pencha et embrassa Pip sur la joue.

— Bonne nuit, lui chuchota-t-il.

— Bonne nuit.

Les deux hommes gagnèrent la porte.

— Je pense tout de même que nous aurons besoin d'une épée, entendit-elle M. Pryor dire alors que le battant se refermait derrière eux.

Elle demeura immobile, écoutant les battements sourds de son cœur dans le silence. Elle pressa les doigts contre ses lèvres encore brûlantes.

Lord Octavius l'avait embrassée.

Lord Octavius l'avait demandée en mariage.

Il lui avait demandé sa main, et elle avait dit oui.

Cette suite d'événements était aussi fantastique que les pouvoirs magiques de sa famille. Elle, fille de pasteur, allait épouser lord Octavius Pryor, petit-fils de duc. C'était stupéfiant, miraculeux et presque incroyable… et la famille Pryor ne serait pas contente.

Une petite inquiétude s'insinua dans son esprit.

Que diraient les parents de lord Octavius en apprenant que leur fils avait décidé d'épouser une pauvre gouvernante ?

La porte s'ouvrit et lord Octavius entra précipitamment. Il traversa la salle en trois enjambées et lui prit les mains.

— Je dois partir à Londres demain matin, à la première heure.

— À Londres ?

— Je serai de retour le jour suivant. Parole d'honneur.

— Londres ? répéta-t-elle encore. Mais pourquoi ?

— Pour prendre une épée, répondit M. Pryor depuis le seuil. Je lui ai dit qu'il n'avait pas besoin d'aller jusqu'à Londres, mais il y tient.

Il lui fit un clin d'œil et Pip le regarda, abasourdie. Que diable cela signifiait-il ?

— Il se rend à Doctors' Commons, ajouta-t-il.

Pip ne voyait pas du tout de quoi il parlait.

— Pour une licence spéciale, précisa-t-il.

Pip se tourna vers lord Octavius qui lui sourit.

— Une licence spéciale, répéta-t-il.

— Mais... pensez-vous que ce soit raisonnable ? Votre famille...

— Oh, le mariage aura lieu à Linwood Castle, dit-il joyeusement. Tout le monde sera là. La licence spéciale signifie seulement que nous pourrons nous marier dès que nous le souhaiterons et où il nous plaira.

Pip retira ses mains.

— Vos parents ne voudront peut-être pas d'une gouvernante comme belle-fille.

Octavius lui reprit les mains.

— Vous vous inquiétez pour cela. N'y pensez plus. Ils vont vous adorer. N'est-ce pas, Dex ?

M. Pryor opina du chef.

Lord Octavius porta la main de Pip à ses lèvres et en embrassa la paume.

— Je partirai pour Londres demain matin, je serai de retour le jour suivant. Nous nous occuperons alors de Rumpole et de son valet. Ensuite, nous pourrons penser à nous.

— Je ne peux pas abandonner les filles, protesta Pip.

— Nous trouverons une solution, je vous le promets, dit lord Octavius en lui embrassant l'autre main. Quel est votre nom complet ?

— Philippa Mary Toogood, répondit Pip, un peu chamboulée.

— Fille de Llewellyn et de Mary. C'est bien cela ?

Elle acquiesça.

— Parfait !

Lord Octavius l'embrassa sur la joue, lui relâcha les mains et gagna la porte. Sur le seuil, il lui sourit puis s'engouffra dans le couloir où il disparut avec son cousin.

Pip pressa une main contre sa joue, où il venait de déposer un baiser. Elle avait l'impression d'avoir été emportée dans un tourbillon et de redescendre sur terre.

Elle éprouvait aussi une minuscule inquiétude. Tout cela allait trop vite.

23

Octavius partit au point du jour. C'est-à-dire un peu plus tôt qu'il ne l'aurait voulu. Mais plus vite il partirait, plus vite il serait de retour. Dès qu'il aurait réglé l'affaire de Rumpole et de son valet, il pourrait emmener Mlle Toogood à Linwood Castle. Il somnola pendant les trente premiers kilomètres, puis passa le reste du trajet à élaborer un plan. En arrivant aux abords de Londres, il avait enfin une petite idée de ce que feu Amelia Rumpole allait dire à son mari. La menace serait simple et directe : la castration. Et la lame qu'elle tiendrait entre ses mains aiderait à la renforcer. C'est pourquoi l'épée était aussi importante. Cela serait efficace avec Rumpole, et avec le valet. Quand le carrosse traversa le pont pour entrer dans Londres, il s'adressa à Staig, son valet, assis face à lui.

— Je veux que vous alliez acheter deux objets pour moi, cet après-midi.

— Très bien, monsieur.

— Le premier est une épée. Je ne veux pas d'un fleuret ou d'une rapière. Trouvez quelque chose qui ressemble à l'épée d'un officier de cavalerie, ou même à un glaive, l'arme dont se servaient les Romains.

Apparemment, Staig n'avait aucune idée de ce qu'était un glaive romain.

— Une lame à peu près de cette longueur et de cette largeur, expliqua Octavius en dessinant une forme avec ses mains.

— Très bien, monsieur.

— Il y a une boutique qui en vend à Piccadilly, et une autre dans Bond Street.

Plongeant la main dans sa poche, il en sortit une liasse de billets.

— Il n'est pas nécessaire qu'elle soit décorée. Une lame simple fera l'affaire, il suffit qu'elle paraisse dangereuse. Ce doit être le genre de choses que vous n'aimeriez pas que l'on vous brandisse sous le nez.

Ou devant vos attributs virils, s'abstint-il d'ajouter.

— Compris, monsieur.

— Je veux aussi que vous achetiez deux cerfs-volants. Les plus beaux que vous trouverez. Je veux qu'ils soient en soie, avec de longs rubans et des couleurs vives. Et solides. Il faut qu'ils durent plus de cinq minutes.

Il fit une pause, réfléchit un moment et ajouta :

— Réflexion faite, prenez-en six. Quatre ordinaires et deux parmi les plus beaux.

Il tendit à Staig plusieurs billets de banque. Staig empocha l'argent.

— Six cerfs-volants et une épée, répéta-t-il.

S'il pensait que son maître était devenu fou, il n'en laissa rien paraître.

Le carrosse s'arrêta.

Octavius jeta un coup d'œil à l'extérieur et vit qu'ils se trouvaient devant Doctors' Commons.

— Vous pouvez disposer de la voiture pendant le reste de la journée, Staig.

Il ne lui fallut que quelques minutes pour acheter la licence spéciale. Mais l'employé mit plus de temps qu'il ne semblait nécessaire pour inscrire laborieusement les noms sur le document. Octavius attendit en se balançant d'un pied sur l'autre. Il consulta sa montre de gousset et eut le plus grand mal à dissimuler son impatience. Enfin ce fut terminé, les noms étaient inscrits et l'encre sèche. Il glissa le précieux document dans sa poche et put passer à la prochaine étape sur sa liste. Qui était très importante.

Il dévala les marches deux à deux et héla un fiacre dans la rue. Vingt minutes plus tard, la voiture le déposait à Hanover Square.

Il contempla la somptueuse résidence de ses parents et prit une inspiration avant d'entrer.

— Mes parents sont-ils là ? demanda-t-il à Titmus, le majordome.

Sa voix résonna dans le vaste hall d'entrée.

— Monsieur le marquis est dans son bureau, et Madame est dans la salle de musique.

— Merci, Titmus.

Il se dirigea vers le bureau de son père, toqua à la porte et entra. Le marquis de Stanaway leva les yeux des documents qu'il étudiait.

— Otto ? Je vous croyais dans le Hampshire.

— J'en viens. Et j'y retournerai demain. J'ai besoin de vous parler, ainsi qu'à Mère.

Son père l'observa un moment et reposa sa plume.

— J'imagine que c'est important ?

— Oui, père. Très important.

Le marquis repoussa son fauteuil et se leva. Ils montèrent ensemble dans la lumineuse salle de musique où la mère d'Octavius passait le plus clair de son temps.

Lady Stanaway était en train d'accorder son violon quand ils entrèrent. Elle reposa l'instrument, l'air un peu alarmé.

— Otto, mon cher, vous êtes déjà de retour à Londres ? Que se passe-t-il ?

— Rien de grave, Mère. Bien au contraire.

Et alors, il leur parla de Mlle Toogood.

Le prochain sur sa liste était Quintus. Et ensuite Sextus et Ned. Par chance, ils se trouvaient tous les trois chez son frère, à Curzon Street. Ned avait, à son habitude, posé les pieds sur le guéridon de merisier.

Ils levèrent tous les yeux à son entrée, et la surprise s'inscrivit sur leur visage.

— Nous te croyions absent pour la semaine, fit remarquer Quintus.

Octavius se laissa tomber sur le canapé à côté de Ned et poussa les pieds de son cousin de la table.

— Je suis revenu pour acheter une licence spéciale.

— Quoi ? s'exclamèrent-ils d'une seule voix.

— Je vais me marier.

Ils le regardèrent, les yeux écarquillés, la bouche ouverte. Sextus fut le premier à recouvrer l'usage de la voix.

— Ne me dis pas que tu vas épouser cette fameuse gouvernante que tu souhaitais protéger ?

Octavius confirma d'un signe de tête.

— Père et Mère sont-ils au courant ? s'enquit Quintus.

— Je viens de les voir.

— Et ?

— Ils veulent faire sa connaissance. Ils fermeront la résidence londonienne et se rendront dans le Gloucestershire à la fin de la semaine.

Octavius se leva et alla se servir un verre de vin. Quand il se retourna, ils le regardaient tous en fronçant les sourcils. Même Ned.

— Nous nous marierons dans le courant du mois. Donc, si vous voulez assister au mariage, je vous conseille de partir dans le Gloucestershire.

— Cela paraît un peu rapide, fit remarquer son frère.

Sa voix et son expression étaient parfaitement neutres. Il semblait fournir un réel effort pour ne pas paraître désapprobateur.

— Je l'admets, répondit Octavius. Mais nous sommes faits l'un pour l'autre.

Trois paires d'yeux le dévisagèrent. Il y eut un long silence, puis Sextus prit la parole :

— Mais enfin, qui est-elle, cette gouvernante ?

— Elle s'appelle Mlle Toogood. Son père était pasteur.

— Quel genre de femme est-ce ? demanda Ned.

— Elle est épatante. Elle a du cran. Et elle est aussi terriblement futée. C'est elle qui m'a suggéré de me faire passer pour le fantôme d'Amelia Rumpole.

— Le fantôme d'Amelia Rumpole ? répéta Sextus en haussant les sourcils.

— Elle a appris à donner des coups de poing, à grimper aux arbres, à faire voler les cerfs-volants. Elle a la tête sur les épaules. Elle n'a même pas paniqué en découvrant mes pouvoirs magiques.

— Revenons-en au fantôme, fit Sextus.

Octavius avala une gorgée de vin, s'appuya à la desserte et leur raconta ses multiples tentatives de donner une bonne leçon au baron de Rumpole. Puis il leur exposa le plan qu'il avait conçu avec Dex et Mlle Toogood.

— C'est un bon plan, admit Quintus.

— C'est un plan génial, rectifia Octavius en se servant un nouveau verre de vin. Et Mère a eu aussi une excellente idée. Le fantôme d'Amelia va obliger Rumpole à confier ses filles à Newingham.

Cette annonce suscita un long silence.

— Je suppose que ce serait une bonne chose ? s'interrogea Quintus au bout d'un moment.

— Absolument. Rumpole n'est pas quelqu'un à qui l'on peut confier des enfants, répondit Octavius.

— Contrairement à Newingham ? demanda Ned en reposant les pieds sur le guéridon.

Octavius retourna vers le canapé et enleva les pieds de Ned du meuble.

— Tout à fait. Si tu le voyais avec ses nièces ! Il est très paternel.

— Bunny ? « Paternel » ? fit Ned en remettant les pieds sur la table.

Octavius le poussa de nouveau.

— Oui, paternel.

Ils se dévisagèrent d'un air dur.

— Et donc, ce mariage ? intervint Sextus. Il aurait lieu ce mois-ci ?

— Dans le courant du mois.

— Dans ce cas, nous devrions partir tout de suite dans le Gloucestershire, décréta Quintus d'un ton toujours aussi neutre.

De toute évidence, son frère pensait qu'il commettait une erreur. Ils le pensaient tous. Mais lorsqu'ils auraient fait la connaissance de Mlle Toogood, ils comprendraient que l'erreur serait de ne pas l'épouser.

— Qu'y a-t-il de neuf à Londres ? s'enquit Octavius pour changer de sujet.

— Pas grand-chose, répondit Ned en haussant les épaules.

— Vigueur, déclara Sextus d'un ton mystérieux.

Ned étouffa un ricanement et Quintus grimaça.

— Vigueur ? répéta Octavius.

— C'est le nouveau surnom de Dex, expliqua Sextus.

— Vraiment ? Pourquoi ?

— De la vigueur, mais pas de finesse.

Un vague souvenir refit surface dans l'esprit d'Octavius.

— C'est ce que la dernière veuve a dit à son sujet ?

— Exactement. Et tu imagines bien que tout le monde a repris le mot. Cela fait partie des derniers potins.

— C'est une chance qu'il se trouve dans le Hampshire, précisa Sextus. Il vaut mieux qu'il ne soit pas en ville, en ce moment.

— C'est si grave que cela ?

— Je n'irais pas jusqu'à dire qu'il fait l'objet de moqueries, mais… nous n'en sommes pas loin.

— Soixante-douze fois, lâcha Ned en bâillant. J'ai compté, hier. J'ai entendu cette remarque soixante-douze fois.

Octavius fit la moue. C'était pire que ce qu'il croyait.

— Quelle aubaine qu'il soit dans le Hampshire en ce moment ! s'exclama-t-il.

Avec un peu de chance, quand Dex reviendrait à Londres, la bonne société l'aurait oublié et les commères persécuteraient un autre pauvre gars. Dex avait beau être agaçant, c'était un excellent compagnon. À eux deux, ils formaient une équipe de choc.

Tout à coup, il lui parut évident qu'à cinq ils formeraient une équipe encore plus performante.

Il laissa son regard glisser sur son frère, puis sur Sextus et enfin sur Ned.

— Avez-vous déjà pensé qu'à nous cinq, avec nos pouvoirs magiques, nous pourrions… faire beaucoup de choses ?

— Tu veux dire pour peindre les statues de Spencer House en rose vif, par exemple ? lança Ned. J'y pensais justement l'autre jour. Dex pourrait me soulever à la hauteur des statues et…

— Non, idiot. Je parlais d'aider les gens. D'utiliser nos pouvoirs pour devenir des redresseurs de torts. Comme nous le faisons dans le Hampshire, Dex et moi.

Ils le regardèrent tous, bouche bée. Ned fut le premier à recouvrer sa voix.

— Tu voudrais que nous soyons des sortes de… chevaliers de la Table ronde ? Que nous portions secours, sur nos blancs destriers, aux demoiselles en détresse ? Grâce à nos pouvoirs magiques ?

C'était bien le genre de Ned, de tout tourner en dérision. Octavius sentit son visage s'enflammer.

— Pourquoi pas ?

Ned laissa éclater un gros rire.

— Il voudrait que nous soyons des héros !

Résistant à l'envie de le réprimander, Octavius se tourna vers son frère. Comme souvent, Quintus fronçait les sourcils, à la fois inquiet et dubitatif. Aussi loin qu'Octavius s'en souvienne, cette expression avait toujours été l'une de ses favorites. Car l'héritier d'un duc se devait de prendre la vie très au sérieux.

Sextus semblait moins grave. Il regardait Octavius d'un air surpris et en proie à un autre sentiment qu'Octavius ne parvint pas à définir mais qui, selon lui, s'approchait de l'approbation.

— Nous devrions faire cela ! s'exclama Ned d'une voix sonore. Quintus persécutera les méchants. Dex, Otto et moi porterons secours aux demoiselles. Et une fois qu'elles seront en sécurité, Narcisse pourra rendre leurs dents plus blanches, leurs cils plus longs, ou quel que soit le pouvoir qu'il a choisi.

Sextus ne mordit pas à l'hameçon et se contenta de passer la main sur sa chevelure luisante comme de la soie.

— Des cheveux brillants, dit-il simplement.

Octavius avait une idée assez précise de ce que Sextus avait dû demander pour son vingt-cinquième anniversaire, et ce n'était pas d'avoir les cheveux brillants. Mais si Ned ne l'avait pas encore compris, ce n'était pas lui qui le lui révélerait.

Il regarda les deux frères échanger des sourires crispés. Il aurait aimé que Ned ne soit pas aussi idiot, et que Sextus soit un peu moins susceptible.

— Quel nom prendrons-nous ? lança Ned en reposant les pieds sur la table. Que diriez-vous des Pryor héroïques ?

Octavius ne prit pas la peine de répondre. Il se contenta de donner un nouveau coup de pied dans les bottes de son cousin.

— Les Formidables Pryor ! suggéra Ned. Et puis non, nous devrions être des chevaliers, vous ne croyez pas ? Et il nous faudra une table bien à nous.

Son regard se posa sur le frêle guéridon.

— Les Chevaliers du guéridon ! Non, cela ne sonne pas très bien. Que pensez-vous de… les Chevaliers du guéridon ovale ? Ou les Chevaliers du guéridon d'acajou ovale ?

— C'est du merisier, imbécile.

— Encore mieux ! Les Chevaliers du guéridon de merisier ovale ! Cela me paraît bien, non ?

La meilleure stratégie, quand Ned débitait ce genre de sornettes, était de l'ignorer. Octavius reporta son attention sur son frère.

— Que s'est-il passé d'autre en ville ?

Quintus haussa les épaules.

— Pas grand-chose. Grantley était tellement ivre qu'il a provoqué Fasthugh en duel, et celui-ci a eu le choix des armes. Il a choisi les plumeaux.

Octavius émit un petit rire étonné.

— Quoi ? Pourquoi diable les gens parlent-ils de Dex, alors ? C'est ce duel qui devrait les occuper !

— Parce que le duel n'a jamais eu lieu. Grantley a dit que Fasthugh se moquait de lui, ce qui était vrai. Il a fait une crise de nerfs et est parti à Brighton.

Octavius ricana en buvant son vin. Grantley était comte, mais c'était un idiot qui avait mauvais caractère.

— Quoi d'autre ?

— Tout le monde parle d'une nouvelle danseuse d'opéra.

Octavius secoua la tête. Les danseuses ne l'intéressaient pas.

— Et encore ?

— Southport prétend que sa maison est hantée, répondit Quintus en haussant les épaules. Il me semble que c'est tout.

— Hantée ?

— Il dit qu'il entend des pas dans les chambres vides.

Octavius jeta un coup d'œil de côté à Ned, affalé dans le canapé.

— Quoi ? protesta Ned. Ce n'est pas moi. Mais... l'idée n'est pas mauvaise, ajouta-t-il avec un sourire en coin.

— C'est une très mauvaise idée, déclara Quintus avec un froncement de sourcils hautement désapprobateur.

— C'est une idée fantastique ! s'exclama Ned en bondissant sur ses pieds. Transformons-nous en fantômes. Je sais ! Nous allons ressusciter le fantôme du Cavalier de Londres !

— Le Cavalier de Londres ? répéta Quintus d'un ton chagrin.

— Le fantôme inventé par nos pères. Ne me dites pas que vous avez oublié !

— Je n'ai pas oublié, répondit Quintus. Je me souviens aussi que Grand-père leur avait formellement interdit ce jeu.

— Il l'a interdit à eux. Pas à nous.

Ned sautillait sur place.

— Il nous l'interdirait s'il savait que nous avions l'intention de...

— Oh, allons, Quin ! Ne sois pas aussi rabat-joie !

— Grand-père serait très mécontent..., commença Quintus d'un ton pompeux.

— Je suis sûr que le costume est toujours caché dans le grenier de Hanover Square. Va voir s'il y est.

— Non, répliqua Quintus en secouant la tête.

Ned soupira, l'air excédé.

— Tu n'es même pas un peu curieux ?

Octavius, lui, était curieux. Si le costume existait toujours, il aurait bien aimé le voir.

— Voyons au moins s'il est dans le grenier, continua Ned. Allons, Quin. Il ne te faut que deux minutes pour le vérifier.

— Le costume a dû être mangé par les mites il y a belle lurette, marmonna Quintus.

— Peut-être. Mais peut-être pas. J'ai tellement envie de savoir. Allez... s'il te plaît !

— Non. Pas si tu comptes le mettre pour te promener dans Londres et faire peur aux gens !

— Je veux le voir.

Ned trépignait tel un enfant.

— Allez, Quin ! Ne me dis pas que tu n'as pas envie de le voir ?

Quintus soupira lourdement. Mais il devait être un peu curieux aussi, car il alla vers la desserte et s'empara du bol d'argent dont il se servait pour exercer son don. Il vida la carafe de vin dans le récipient et contempla le liquide sombre.

Ned attendit, sans cesser de trépigner. Au bout d'une trentaine de secondes, Quintus annonça :

— Le costume est dans le grenier de Hanover Square.

— Je le savais ! s'écria Ned en brandissant le poing. À quel endroit, exactement ?

— Angle sud-ouest, avoua Quintus en soupirant. Dans une malle.

— Tu pourras trouver la malle ?

— Oui.

— Alors, allons-y !

Octavius vit l'hésitation s'inscrire sur les traits de Quintus. Parfois, son frère n'avait pas envie de se comporter en digne héritier d'un duc. Parfois, il avait simplement envie de s'amuser.

— Il n'y a pas de mal à le regarder, dit doucement Octavius. Après tout, il est probablement mangé aux mites.

Quintus regarda Sextus, qui était généralement de son côté. Mais Sextus devait aussi avoir envie de voir le costume, car il haussa simplement les épaules et dit :

— Pourquoi pas ?

24

Les greniers de la demeure familiale dans le Gloucestershire étaient immenses. On aurait pu s'y perdre pendant des jours. Ceux de la résidence de Hanover Square étaient beaucoup plus petits et ne contenaient bizarrement que très peu d'objets. Les cinq jeunes hommes découvrirent plusieurs malles et cartons à chapeaux, deux vieux miroirs, quelques tableaux recouverts de housses en toile de Hollande et une pile de chaises dont le style n'était plus en vogue. Quintus alla directement vers la malle qui contenait le costume. Elle se trouvait dans l'angle le plus reculé, derrière les chaises, les miroirs et les tableaux.

— Apparemment, quelqu'un a voulu la cacher, fit remarquer Sextus.

C'était aussi l'opinion d'Octavius.

Ils défirent les boucles de cuir et soulevèrent le couvercle. Une forte odeur de camphre s'échappa. Ned poussa un cri de joie.

— Il n'est pas mangé aux mites !

La malle était pleine à ras bord. Octavius aperçut du velours, de la dentelle et des plumes d'autruche avant que Ned ne commence à sortir les habits du coffre : d'abord un pourpoint de velours bleu garni de galons dorés, puis le corsage d'une robe.

— C'est pour toi, Otto ! déclara Ned en lui lançant le corsage. Tu pourras incarner le fantôme d'une dame.

Octavius lui renvoya le vêtement qui atteignit Ned en plein visage.

— Non, merci.

— Pourquoi ?

— Parce que j'ai horreur de me transformer en femme.

Ned haussa les épaules, jeta le corsage sur le sol et se remit à fouiller dans la malle.

— Horreur ? souligna Sextus en s'adressant à Octavius. Le mot est fort.

— Je maintiens. Être une femme est tout simplement horrible. Tu n'as pas idée.

— Qu'est-ce qui est horrible ?

— Tout.

Quintus éternua en examinant un chapeau de cavalier à larges bords, orné d'une plume d'autruche.

— Tout ?

— Je me suis transformé en femme une demi-douzaine de fois, et je peux te dire qu'il n'y a rien de bon dans cette condition.

— Ce n'est pas possible, répliqua Quintus alors que Ned extrayait de la malle une perruque avec de longues boucles noires.

— Puisque je te le dis.

— Les seins ! s'exclama Ned en posant la perruque sur sa tête. Les seins sont une excellente chose.

— Pour nous, répondit Octavius en s'emparant d'une botte. Mais pas pour elles.

— Pourquoi pas ?

— Parce que les hommes veulent tout le temps les toucher.

— Il doit bien y avoir quelques avantages à être une femme, protesta Sextus avec la ténacité d'un ratier devant un terrier.

— Les seins, répéta Ned en jouant avec les boucles de la perruque.

Octavius décida de l'ignorer et examina la botte. Elle avait un haut talon et une grosse boucle brillante.

— Les femmes ne deviennent pas chauves, fit remarquer Quintus avant d'éternuer encore une fois.

— Et elles n'ont pas besoin de se raser tous les matins, ajouta Sextus.

Il farfouilla dans la malle et en sortit un pantalon du même velours bleu que le pourpoint.

— Ah, j'ai trouvé autre chose, dit Ned. Elles n'ont pas peur d'avoir une érection en public. C'est un énorme avantage. Mais je pense quand même que les seins sont leur meilleur atout.

Octavius lui lança la botte à la tête et manqua son but. Il chercha la deuxième botte dans la malle mais ne trouva qu'un jupon, qu'il jeta sur le sol. Il fouina encore, dénicha ce qu'il crut être la cape du cavalier. Mais en dépliant le vêtement, il vit que c'était une jupe. Il la replia en pensant à toutes les fois où il s'était transformé en femme. Puis il pensa à Mlle Toogood, à sa cousine Phoebe, à sa mère, à ses tantes, à sa grand-mère.

— Sérieusement, vous croyez qu'être une femme présente des avantages ? Si c'est le cas, je ne vois pas lesquels.

— Sérieusement ? répéta Sextus.

— En toute honnêteté.

Sextus ôta le gant de cavalier qu'il avait essayé et se rembrunit. Octavius tenta d'éclaircir sa pensée.

— Il me semble que la plus grande différence entre elles et nous, c'est que nous avons la chance d'être nés hommes. Et qu'elles ont eu la malchance de naître femmes.

— La malchance ? dit Quintus en éternuant pour la troisième fois.

— Tu ne crois pas ? Tu penses qu'il existe au moins un avantage à naître femme ?

Quintus se massa le nez.

— Elles sont plus malignes que nous, déclara Ned.

Tout le monde se tourna vers lui.

— Quoi ? dit-il en extrayant de la malle un col de dentelle. C'est vrai.

— Plus malignes que nous ? répéta Sextus.

— Peut-être pas plus que toi. Mais la plupart d'entre elles sont plus futées que moi, et au moins aussi intelligentes que Quin et Otto.

Tous les regards étaient braqués sur lui.

— Si tu partais à la recherche des mille personnes les plus intelligentes d'Angleterre, je parie que la moitié seraient des femmes, expliqua-t-il. Le problème, c'est qu'elles ne peuvent pas aller à l'université, ni voter, ni... Et encore autre chose, tiens ! Je parie que si la Chambre des lords était la Chambre des ladies, il n'y aurait pas autant de guerres.

Pour renforcer son argument, Ned agita le col de dentelle.

— C'est évident, n'est-ce pas ? Elles ne sont pas assoiffées de sang, comme nous. Elles préfèrent bavarder que d'aller tuer des gens.

Il y eut un long silence étonné. Octavius était particulièrement perplexe.

— Quoi ? fit encore Ned. Je suis peut-être stupide comparé à Narcisse, mais je ne suis pas obtus. Les femmes sont intelligentes. Au moins autant que les hommes, si ce n'est plus.

Il ôta la perruque et posa le col sur sa veste.

— Elles sont aussi beaucoup plus fourbes que nous.

— Fourbes ? répéta Octavius d'une voix blanche.

— Elles sont obligées de l'être, dit Ned en arrangeant le col autour de son cou. Si une femme veut progresser dans la société, elle doit savoir quoi dire, et de quelle manière le dire.

— Être... manipulatrice ? demanda Quintus, abasourdi.

— Rusée, manipulatrice, persuasive.

Ned haussa les épaules et se coiffa de la perruque.

— Peu importe le terme que tu choisis, les femmes sont fortes pour cela. Elles ont moins d'opportunités que nous pour se mettre en avant, donc elles obtiennent ce qu'elles veulent par des mots plutôt que par la force.

Il y eut encore un long silence, brisé par un éternuement de Quintus.

Octavius regarda Ned, avec sa perruque et son col de dentelle. Son cousin faisait peut-être l'imbécile, mais il n'était pas complètement stupide.

— Les femmes feraient de meilleures espionnes que les hommes, déclara Ned en se retournant vers la malle. Si j'étais chef des services secrets, je recruterais des femmes. Pourquoi n'y a-t-il qu'une seule botte dans la malle ?

— L'autre est sur le sol, juste derrière toi, dit Quintus.

Ned s'assit sur le parquet poussiéreux et essaya d'ôter ses bottes. Mais elles étaient trop serrées.

— Otto, mon vieux, donne-moi un coup de main.

Otto s'accroupit devant son cousin et lui retira ses bottes.

— Donc, tu penses que les femmes savent mieux que les hommes manier les mots ?

— Bien sûr, répondit Ned comme si c'était une évidence.

Octavius se tourna vers Sextus qui dit en haussant les épaules :

— Les personnes les plus spirituelles que je connaisse sont des femmes.

Octavius réfléchit un instant et s'aperçut que c'était vrai pour lui aussi.

— Dans quels autres domaines sont-elles meilleures que nous ? s'enquit-il.

— Eh bien, pour commencer, elles sont plus observatrices. Elles remarquent tous les détails, déclara Ned en se levant pour faire quelques pas. Ah ! Ces bottes sont à ma taille.

— Elles ont plus d'intuition que nous, renchérit Sextus en sortant un baudrier de cuir de la malle.

— Elles ont plus de compassion, ajouta Quintus en enroulant une large ceinture de soie autour de sa taille. Elles sont plus douces.

— Elles ont l'esprit pratique et du bon sens, reprit Ned en plaçant le chapeau à plumes sur la perruque. Et elles sont organisées. Beaucoup plus que nous.

Octavius réfléchit à toutes ces suggestions et hocha la tête.

— Quoi d'autre ?

— Elles ont de la patience, dit Sextus. En général, du moins. Et elles ont plus d'endurance que nous.

— De l'endurance ? répéta Quintus en éternuant de nouveau.

— Tu te rappelles l'année dernière, quand Dex et Phoebe sont tombés malades en même temps ? Lequel des deux s'est plaint le plus ?

— Dex, répondirent-ils tous en même temps.

Sextus se rengorgea, content d'avoir fait valoir son argument, et se remit à fouiller dans la malle.

— Regardez ça ! s'exclama-t-il en brandissant une épée dans son fourreau.

— Fais voir !

Octavius prit l'épée et la sortit de son étui.

La lame était émoussée et piquée de rouille. Déçu, il la rendit à Sextus.

— Les femmes ont beau être plus patientes, plus spirituelles, plus organisées, et je ne sais quoi encore, je n'ai toujours pas envie d'en être une, décréta-t-il. Les hommes ont tous les avantages.

— Naturellement, répondit Sextus en faisant glisser la lame dans le fourreau. Le monde appartient aux hommes. Nous avons le pouvoir. Les femmes sont à peine mieux traitées que des enfants.

— Tu es un peu dur, protesta Quintus.

— Tu crois ? Regarde Phoebe. Elle a vingt ans. Rappelle-toi tout ce que Dex avait le droit de faire à son âge, et ce que Phoebe a le droit de faire.

Octavius prit le jupon pour le replier et pensa à Dex quand il avait vingt ans. Il n'avait aucun interdit. C'était pareil pour eux tous. Ils pouvaient passer la nuit dehors s'ils en avaient envie. Faire la fête, se soûler. Partir à Bath en voiture sur un coup de tête et revenir dans la nuit.

Phoebe ne pouvait rien faire de tout cela, car elle était une femme.

— Elle n'est toutefois pas traitée comme une enfant, remarqua Quintus.

Sextus haussa les épaules.

— Je n'aimerais pas que mon père gère mon argent et prenne toutes les décisions à ma place.

— Oncle Deuce[1] ne prend pas toutes les décisions à sa place, protesta Quintus avant un nouvel éternuement.

— Non, seulement les plus importantes, souligna Sextus en reposant l'épée dans la malle. Et une fois qu'elle sera mariée, c'est son époux qui le fera.

— Elle pourra choisir son futur mari, dit Quintus. C'est une décision importante.

— En effet, Phoebe pourra choisir. Mais beaucoup de femmes n'ont pas cette possibilité.

Octavius pensa au tableau accroché dans la galerie du baron de Rumpole qui représentait Amelia Rumpole avec son époux et son beau-fils. Le baron contrôlait sans doute tous les aspects de la vie d'Amelia. S'il

1. En anglais, *deuce* désigne le chiffre deux.

avait voulu la battre, il aurait pu le faire. La loi lui en donnait le droit. De même, il avait le droit de disposer de son corps quand il en avait envie.

Cette idée était terrible. Il n'y avait encore jamais pensé. Il regarda Ned parader avec sa perruque et son chapeau à plumes. Sextus sortit un coffret de bois caché au fond de la malle, Quintus éternua encore une fois.

— Les femmes ne peuvent refuser à leur époux d'entrer dans leur lit, n'est-ce pas ? demanda Octavius.

— Non, elles ne peuvent pas, confirma Sextus en ouvrant le coffret. Oh, regardez ! Une barbe et une moustache !

La barbe était petite, noire et pointue, et les pointes de la moustache étaient retroussées. Sextus les maintint devant son visage.

— Il me semble que les pointes de la moustache rebiquent vers le haut, fit remarquer Quintus.

Octavius rangea le jupon dans la malle. Comment pouvait-on admettre qu'un homme s'impose dans le lit de son épouse pour la posséder ? La simple idée que quelqu'un puisse avoir un tel pouvoir sur lui le terrifiait.

Ce n'était pas juste. De plus, il n'était pas normal qu'un employeur exige des faveurs sexuelles de ses servantes, ou qu'un valet essaie de violer une domestique.

Il se pencha pour ramasser le corsage que Ned avait jeté de côté. Il était décolleté, mais pas autant que celui qu'il avait porté à Vauxhall Gardens. Encore une chose qui n'était pas normale. Les hommes n'auraient pas dû avoir le droit de forcer des femmes légères à coucher avec eux. Car même les prostituées avaient le droit de dire non.

Il ouvrit la bouche pour demander aux autres ce qu'ils pensaient de ce dernier point, avant d'y renoncer. Ned se pavanait avec sa perruque, son chapeau et ses bottes de cavalier. Sextus contemplait son reflet dans un vieux miroir, en tenant la moustache sous son nez dans un sens, puis dans l'autre. Quintus agrafait une cape sur ses épaules. Des hommes adultes qui s'amusaient comme des enfants pendant que des femmes étaient soumises aux exigences sexuelles de leur mari, que des servantes étaient agressées par leur patron et que des prostituées se faisaient violer à Vauxhall Gardens.

Soudain, Octavius ne put en supporter davantage.

— Je m'en vais, annonça-t-il en jetant le corsage dans la malle.

25

Octavius marcha un moment au hasard, parcourant les rues et les jardins de Londres avant de diriger ses pas vers son logement de Albemarle Street afin d'accomplir la prochaine tâche inscrite sur sa liste, qui consistait à écrire une lettre à ses grands-parents.

Après avoir contemplé la feuille blanche pendant dix minutes, il se servit un verre de brandy, ce qui ne l'aida pas du tout. Ou peut-être un peu. Il décida de ne plus essayer d'être froid et concis, et de simplement tout avouer à ses grands-parents. Sa lettre était sans doute un peu confuse, expansive et enthousiaste, mais elle leur disait ce qu'ils devaient savoir sur Mlle Toogood.

S'étant acquitté de cette tâche, il examina l'épée et les cerfs-volants que Staig s'était procurés, et décida que tout était parfait. Puis il envoya le valet leur chercher un repas dans la taverne la plus proche.

Pendant qu'il mangeait une tranche de bœuf et une tourte aux pigeons, il songea que cette soirée était peut-être la dernière qu'il passait dans ce logement. Si tout se déroulait selon ses espérances, il serait marié la prochaine fois qu'il viendrait à Londres. Mlle Toogood et lui occuperaient une des suites de Hanover Square en attendant d'acquérir une résidence.

Une maison qui leur appartiendrait. Qu'ils choisiraient ensemble, et où ils vivraient ensemble. Lui et Mlle Toogood.

Il avait le vague sentiment qu'il aurait dû se sentir nerveux à l'idée d'avoir une épouse, une maison, et de tout ce qu'impliquait le mariage. Mais il n'éprouvait aucune appréhension. Il était un peu excité, plein d'impatience et d'enthousiasme. Sa vie allait changer, beaucoup changer. Et il avait hâte que ces changements surviennent. Car quoi qu'il arrive, que ce soit bon ou mauvais, il ne serait plus seul pour affronter les événements. Mlle Toogood serait à ses côtés. Certes, il avait ses parents, son frère, ses cousins, ses oncles et tantes, et ses grands-parents. Mais Mlle Toogood serait sa partenaire. Elle était la seule avec qui il voulait partager sa vie. Et curieusement, cette pensée lui nouait la gorge.

Il poussa son verre sur le côté. Il avait l'horrible sensation que s'il continuait à boire et à penser à Mlle Toogood, il allait sombrer dans une sentimentalité excessive et se mettre à pleurer comme une madeleine. Mais il était diablement difficile de ne pas penser à Mlle Toogood. Il avait hâte de retourner dans le Hampshire et de la revoir. Hâte de lui parler, de se promener avec elle, de grimper aux arbres, de dîner, de jouer au mikado. Et de l'embrasser.

Il avait hâte que leur vie ensemble commence.

Et bon sang, voilà qu'il avait de nouveau la gorge nouée !

Il alla se coucher tôt, car il voulait quitter Londres à la première heure le lendemain. Mais alors qu'il se glissait entre les draps, il se rappela qu'il avait une autre tâche à effectuer à Londres. Il devait rechercher les gouvernantes qui avaient travaillé dans la maison du baron de Rumpole avant Mlle Toogood, et leur demander pourquoi elles avaient quitté leur poste.

— Bon sang, marmonna-t-il en se passant les mains dans les cheveux.

Il n'avait pas envie de rester une journée de plus à Londres. Il voulait retourner dans le Hampshire aussi vite que possible pour s'assurer que Mlle Toogood n'avait rien à redouter.

Il sortit du lit, fouilla dans ses tiroirs, y trouva une plume et du papier, et écrivit un message à son frère.

Quin, vieille branche, accepterais-tu de rechercher les noms des gouvernantes qui ont quitté leur emploi chez Rumpole ? Si certaines sont encore à Londres, pourrais-tu leur demander s'il s'est attaqué à elles ? J'aurais aimé les interroger moi-même, mais je dois retourner dans le Hampshire de toute urgence, pour m'assurer que Mlle Toogood est en sécurité.

Ton frère reconnaissant,

Otto

Il retourna se coucher, éteignit sa bougie et tenta de dormir. Mais les pensées tourbillonnaient dans sa tête, comme des abeilles dans une ruche.

La prochaine fois qu'il viendrait à Londres, il serait marié.

Mlle Toogood et lui se rendraient ensemble dans des bals et des réceptions. Ils chercheraient une maison. Ils partageraient un lit.

Cette dernière idée le fit frissonner d'impatience. Et presque aussitôt, il éprouva un brin de nervosité.

Et si elle trouvait qu'il avait plus de vigueur que de finesse ? Comment le saurait-il ? Après tout, Dex ne s'en était pas rendu compte, et pourtant il passait le plus clair de son temps dans le lit des femmes.

En fait, si Dex manquait de finesse, il était vraisemblable qu'Octavius en manquait encore plus. Car il pratiquait ce genre d'exercice moins souvent que son cousin.

Que se passerait-il si Mlle Toogood n'aimait pas faire l'amour avec lui ? Si elle trouvait ses caresses plus ennuyeuses qu'excitantes ? Toutes les femmes avec lesquelles il avait couché étaient des professionnelles. Elles avaient pu feindre d'aimer ses caresses. Comment aurait-il pu le savoir ? Ce n'est pas comme s'il avait des seins, lui aussi.

Ses pensées se figèrent brusquement.

Il pouvait avoir de la poitrine, s'il le voulait. Et aussi un sexe féminin. Et il pouvait savoir ce qu'une femme éprouvait quand on la touchait. Savoir si c'était bon ou mauvais, excitant ou ennuyeux.

Il se leva et ôta sa chemise de nuit. Il réfléchit un moment puis se représenta un tableau de Vénus qu'il avait vu un jour. La magie se répandit à la surface de sa peau et dans son squelette... et il prit la forme d'une femme. Il passa une main sur sa poitrine, découvrit des seins et un ventre doux.

C'était la première fois qu'il touchait délibérément ses seins. Il éprouva deux sensations contradictoires. La première était la curiosité. Il adorait les seins de femmes. Il aimait les regarder, les toucher, les embrasser. La deuxième était l'embarras. Car ces seins étaient les siens. Les caresser était bizarre. Les femmes se caressaient-elles les seins ?

Sa curiosité l'aida à surmonter sa gêne. Il s'allongea sur le lit et explora sa poitrine. Il fut soulagé de constater que c'était assez agréable. Il passa plusieurs minutes à caresser, pincer, chatouiller, apprenant ce qui était bon et ce qui ne l'était pas. Mais même lorsque c'était bon, ce n'était pas extraordinaire. Ce n'était pas aussi agréable que de caresser son propre sexe masculin, par exemple. Il trouva cela décevant.

Il fit donc glisser sa main le long de son ventre et trouva la fente de son sexe.

Un frémissement désagréable se répandit dans son corps.

Il retira sa main et frissonna encore une fois. Il n'aurait su dire pourquoi il frissonnait, car le fait de ne pas sentir son pénis et ses testicules lui semblait terrible. Si terrible qu'il eut envie de réintégrer son corps d'homme sur-le-champ.

Une seule chose le retint. La pensée de Mlle Toogood. Comment pourrait-il apprendre la délicatesse sexuelle s'il n'explorait pas ce sexe de femme ? S'il voulait qu'elle éprouve du plaisir à partager son lit, il devait le faire.

Il s'obligea à toucher de nouveau son sexe féminin. Il éprouva la même sensation d'inconvenance, le même malaise, et un frémissement d'horreur. Il ne trouva rien sous ses doigts et eut l'impression terrifiante d'avoir été amputé d'une partie essentielle de son être. C'était ridicule. Sa personne ne se limitait pas à des attributs masculins, il n'aurait pas dû éprouver cela.

Il serra les mâchoires et se donna dix minutes. Il passerait dix minutes à explorer ce sexe, à apprendre ce qui était bon et ce qui ne l'était pas. Ensuite, il redeviendrait lui-même et récupérerait son pénis et ses testicules.

Avec une certaine réticence, il entreprit de se familiariser avec son corps de femme. Dans un recoin de son esprit, il admit que sa réticence était ridicule. Il aimait le sexe des femmes. C'était une chose merveilleuse, fascinante, tentante et sublime. Il n'avait encore jamais eu l'occasion d'explorer l'intimité féminine aussi minutieusement, et il devait se réjouir de cette opportunité.

Cela ne lui plaisait pas spécialement, mais il n'était pas question d'arrêter. Il se concentra, traçant du bout du doigt les contours de chaque pli, explorant la forme et la texture. Il avait déjà fait cela avec des femmes, cependant il était un peu déroutant de recevoir ces caresses et de découvrir qu'elles n'avaient rien d'enivrant. S'il avait passé deux minutes à toucher son pénis, il serait déjà dur comme de la pierre et sur le point de jouir. Ces deux minutes passées à caresser les pétales d'un sexe féminin aboutissaient à… pas grand-chose. Une vague sensation de chaleur, rien de plus. Rien qui s'approche de l'excitation qu'il connaissait. En fait, si on lui avait demandé ce qu'il ressentait, il aurait dit… qu'il s'ennuyait.

Était-ce encore un des désavantages de naître femme ? L'impossibilité d'éprouver un fort plaisir sexuel ? Cette pensée le perturba. Il ne voulait pas faire l'amour avec Mlle Toogood si elle n'aimait pas cela.

Trois minutes plus tard, ses doigts trouvèrent quelque chose d'assez plaisant. Ce n'était pas aussi agréable que s'il avait touché son pénis, mais c'était mieux que rien.

Il continua, et au bout de quelques minutes trouva autre chose qui lui parut attrayant. Il fut soulagé de découvrir que les femmes pouvaient éprouver une excitation sexuelle. Il commençait à croire que ce n'était pas le cas. Or cette sensation ressemblait nettement à de l'excitation. Il lui sembla même qu'un orgasme était possible.

Il poursuivit ses recherches avec application. La sensation devint plus forte. Et très plaisante. Une vague de chaleur déferla en lui. Et soudain, il comprit que l'orgasme était inévitable. Tout son corps tendait vers lui.

Enfin, il atteignit le but qu'il cherchait : l'orgasme. Celui-ci était différent de ceux qu'il avait connus. Il sentit des spasmes de plaisir dans son sexe, et ses muscles se tendirent délicieusement à l'intérieur de son corps. La sensation était étrange… et extrêmement agréable.

Ensuite, il se laissa aller, porté par une vague de bien-être. Cette satisfaction qui engourdissait le corps était la même pour un homme, après le plaisir.

En revanche, ses draps étaient propres. Cela faisait assurément partie des avantages d'être une femme.

Il réintégra son corps d'homme, et son premier réflexe fut de porter la main à ses attributs virils. Il éprouva un profond soulagement lorsque ses doigts se refermèrent sur son pénis. C'était un peu gênant. Son être ne se limitait pas à son appareil génital mais, quelque part dans un recoin de son esprit, il semblait croire le contraire.

Il enfila sa chemise de nuit, rabattit les couvertures sur lui et réfléchit à ce qu'il venait d'apprendre.

Premièrement : les femmes pouvaient retirer du plaisir des caresses qu'on leur prodiguait.

Deuxièmement : elles mettaient plus longtemps que les hommes à atteindre l'orgasme.

S'il avait touché son pénis, il ne lui aurait fallu que deux minutes pour jouir, au lieu de vingt. Cela s'expliquait peut-être par le fait qu'il n'était pas familiarisé avec son corps de femme ? Avec un peu d'entraînement, il apprendrait à caresser un sexe de femme plus adroitement.

C'était la leçon la plus importante qu'il avait apprise ce soir. Les gens atteignaient l'orgasme différemment. Son corps de femme n'aimait pas les mêmes choses que son corps d'homme. Il était possible que Mlle Toogood aime encore d'autres choses. Tous les hommes étaient différents, il en allait de même pour les femmes.

S'il voulait que Mlle Toogood apprécie de partager son lit, il devait adapter sa façon de faire l'amour. Il devait se laisser guider par ses réactions. S'il était très attentif, il saurait exactement où elle aimait qu'il la touche, et de quelle façon.

Il pressa les mains sur ses testicules pour s'assurer qu'elles étaient toujours là, puis se tourna sur le côté et s'endormit. Il n'avait plus aucune inquiétude au sujet de sa nuit de noces.

26

Lord Newingham avait suggéré que la leçon de français de Fanny et Edie ait lieu à l'extérieur. Elles jouèrent donc en apprenant du vocabulaire dans l'écurie, puis dans le potager et enfin dans les massifs fleuris du jardin. La leçon de français se transforma en leçon de botanique, puis en cours de sciences sur les insectes. Newingham, M. Pryor et les filles retournèrent les feuilles des buissons avec enthousiasme pour découvrir des vers, des scarabées et des centipèdes.

— Par exemple ! s'exclama le vicomte. Regardez celui-là ! Il est énorme.

Les fillettes s'approchèrent.

— Savez-vous ce que c'est, mademoiselle Toogood ? demanda Newingham.

Pip fit un signe négatif.

— Il faut lui donner un nom, décréta le vicomte. Qu'en pensez-vous, les filles ? Le Scarabée à la forme monstrueuse ?

Edie et Fanny gloussèrent.

— Il a des antennes, fit remarquer M. Pryor. Nous devrions l'appeler le Béhémoth à Cornes.

— Qu'est-ce qu'un Béhémoth ? demanda Fanny.

— Quelque chose de très grand, expliqua Pip.

— Appelons-le Myrte, suggéra lord Newingham. Myrte le scarabée monstrueusement grand !

— Non, c'est un Béhémoth à cornes, protesta M. Pryor.

— Il y a des livres sur les insectes, dans la classe, lança Pip. Je vais les chercher, et nous trouverons quel est son vrai nom.

— Rien ne sera aussi bien que Myrte le scarabée monstrueusement grand, dit Newingham alors qu'elle s'éloignait.

Pip était de son avis. Elle entra par une porte de service et gravit rapidement l'escalier des domestiques. Au deuxième étage, elle croisa le valet du baron qui descendait. Il s'arrêta pour la saluer.

— Mademoiselle Toogood.

— Bonjour, monsieur Donald.

M. Donald était un homme remarquablement ordinaire. Ni beau ni laid, simplement quelconque. Jusqu'à présent, elle n'y avait jamais fait attention. Or depuis peu, elle savait qui il était, et elle réprima avec effort un mouvement de recul.

Il paraissait à peine croyable que cet homme d'allure banale soit capable d'attaquer violemment une femme. Mais elle savait que lord Octavius disait la vérité, aussi salua-t-elle poliment M. Donald sans s'arrêter. Le valet lui rendit son salut et s'écarta sur le côté, pas suffisamment cependant. Son bras effleura celui de Pip. Quelques jours plus tôt, Pip aurait pensé que ce geste était accidentel. Aujourd'hui, elle était certaine qu'il était délibéré.

Ses cheveux se hérissèrent sur sa nuque. Elle continua son chemin sans regarder en arrière et sans se presser, bien qu'elle soit tentée de se retourner.

Après avoir atteint le palier, elle jeta un coup d'œil derrière elle. M. Donald n'avait pas bougé. Il se tenait toujours au même endroit.

Elle fut parcourue d'un frisson. Malgré son allure quelconque, elle savait que M. Donald était un homme dangereux.

Un prédateur, chuchota une petite voix dans sa tête.

Elle traversa le palier et continua de monter d'un pas un peu plus rapide en regardant par-dessus son épaule. M. Donald ne fit pas mine de la suivre, mais elle avait tout de même un peu peur. Une fois entrée dans la salle d'études, elle hésita. Devait-elle fermer la porte à clé ? C'était plus prudent... ou non. La porte constituait une barrière contre un agresseur, mais elle se retrouverait prise au piège dans la classe.

Elle tapota trois fois le chambranle du bout de son pouce. Ces trois petits coups l'aidèrent à se calmer et la rassurèrent. Elle décida de laisser la porte ouverte, ce qui lui permettrait, le cas échéant, de s'enfuir.

Elle alla vers la bibliothèque et examina les étagères, cherchant l'*Histoire naturelle* de Harris et *Le Catalogue des insectes britanniques* de Forster. Un rapide coup d'œil dans celui-ci lui apprit que l'insecte trouvé par Newingham était un scarabée rhinocéros.

Deux minutes s'étaient écoulées depuis sa rencontre avec M. Donald, mais elle était encore à cran. Elle guettait un bruit de pas dans le couloir. C'était ce que devaient éprouver les souris quand elles savaient qu'un chat rôdait dans les parages.

Elle tapota trois fois la couverture cartonnée du livre. C'était absurde, mais ce geste à peine audible la réconforta et apaisa ses craintes.

C'était absurde. Puéril. Irrationnel. Idiot.

Elle devrait cesser de faire cela. Si lord Octavius s'en apercevait, il penserait qu'elle avait perdu la tête.

Elle grimaça et posa *Le Catalogue des insectes britanniques* sur le côté. Elle continua de fureter dans la bibliothèque, hésitant à prendre un manuel de William Curtis sur la façon de collecter et préserver les insectes. Puis elle découvrit un exemplaire du *Compagnon du voyageur et naturaliste* de John Coakley Lettsom. Elle feuilleta ce volume en admirant les superbes illustrations. Et alors qu'elle était absorbée par ces images, quelqu'un lui enlaça la taille et l'embrassa sur l'oreille.

Elle poussa un cri de frayeur et brandit le livre pour l'abattre sur la tête de son agresseur.

L'homme cria également et relâcha son étreinte.

Pip se retourna vers lui, s'apprêtant à lui assener un nouveau coup de livre sur le visage, et se rendit compte que ce n'était pas M. Donald qu'elle avait frappé. C'était lord Octavius. Et il saignait.

Elle laissa tomber l'ouvrage et plaqua les mains devant sa bouche.

— Oh, mon Dieu !

Lord Octavius pressa les mains sur ses lèvres.

— Aïe, fit-il, les yeux embués par la douleur.

— Je suis désolée ! Je vous ai pris pour M. Donald ! Tenez, dit-elle en lui tendant son mouchoir, les doigts tremblants.

Lord Octavius laissa lentement retomber ses mains. Sa lèvre supérieure était gonflée et du sang coulait de son nez.

— Vous ai-je cassé le nez ? s'enquit-elle, horrifiée.

— Non.

— Mais vous saignez.

Lord Octavius toucha délicatement son nez et grimaça.

— Il n'est pas cassé, affirma-t-il en prenant le mouchoir pour éponger le sang.

— Je suis tellement désolée.

Elle en était malade. Elle l'avait frappé. Elle lui avait fait mal.

— C'est ma faute, déclara-t-il. J'aurais dû m'annoncer. Cela dit, vous avez très bien réagi, ajouta-t-il en souriant.

— Vraiment ?

— Excellent réflexe. Rumpole se serait retrouvé à terre.

— J'ai croisé M. Donald dans l'escalier, expliqua-t-elle à voix basse. Il y a quelques minutes.

— Vraiment ?

Elle confirma d'un signe de tête.

— Qu'a-t-il fait ?

— Il s'est montré très poli, mais il a fait en sorte que son bras touche le mien au passage. J'ai cru que c'était lui, ajouta-t-elle en ramassant le livre.

— M. Donald aurait aussi battu en retraite, l'assura lord Octavius en se tamponnant le nez.

— Vous croyez ?

— Je vous ai surprise et vous avez réagi avec force. Bien joué, fit-il en souriant.

Pip ne lui rendit pas son sourire. Elle était consciente d'avoir su se défendre, mais horrifiée à l'idée d'avoir frappé quelqu'un. Au point de faire jaillir du sang.

Elle avait considéré les leçons de lord Octavius comme un jeu. Mais cela était bien réel. Elle avait réellement éprouvé de la peur quand il avait refermé les bras sur elle. Et du sang avait réellement jailli lorsqu'elle l'avait frappé.

— Mademoiselle Toogood ? Vous vous sentez bien ?

— Je n'avais jamais frappé quelqu'un, murmura-t-elle en serrant le livre contre elle.

— Ce n'est rien. Regardez, je ne saigne déjà plus.

Elle jeta un coup d'œil et vit qu'il disait vrai.

— Vous voulez reprendre votre mouchoir ? Non ?

Lord Octavius glissa le mouchoir taché dans sa poche, lui prit le livre des mains et le posa sur le côté. Il passa les bras autour d'elle. Cette fois, elle ne fut pas effrayée. Son étreinte était réconfortante.

Elle se détendit contre son torse.

— Je suis désolée de vous avoir fait mal, chuchota-t-elle, les lèvres contre les revers de sa veste.

— Et moi, je suis désolé de vous avoir fait peur. Il faut que vous sachiez que je suis très fier de vous.

J'espère que vous l'êtes aussi, dit-il en l'embrassant sur la tempe.

Elle réfléchit un moment.

— Je suis soulagée, répondit-elle.

Soulagée de ne pas avoir été paralysée par la peur, d'avoir su se défendre, d'avoir assez d'entraînement pour réagir sans hésitation.

— Merci pour les leçons...

— Je suis content qu'elles aient été utiles... bien que j'en aie fait les frais, ajouta-t-il en riant.

— Je suis désolée...

— Non, c'est ma faute. Je n'aurais pas dû entrer sans bruit. C'est le genre de farce qu'aime faire mon cousin Ned. Lui, vous l'auriez sûrement entendu. Il est aussi discret qu'un éléphant.

Il marqua une pause et enchaîna :

— Je lui ai parlé de vous. J'ai parlé de vous à tout le monde.

— Même à vos parents ?

Il acquiesça en silence. L'appréhension noua la gorge de Pip.

— Qu'ont-ils dit ?

— Ils ont hâte de faire votre connaissance.

— Vous... leur avez dit que j'étais gouvernante ?

— Oui, et ils s'en moquent. Tout le monde s'en moque.

Elle doutait fort que cela soit vrai. Ses parents avaient dû être horrifiés d'apprendre qu'il voulait épouser une gouvernante. Son frère aussi. Et dès qu'il l'apprendrait, son grand-père serait épouvanté...

Lord Octavius la secoua légèrement.

— Je sais ce que vous pensez. Arrêtez.

Pouvait-il lire en elle ? Apparemment oui, car il continua :

— Vous croyez que vous ne serez pas la bienvenue dans ma famille ? Que vous provoquerez un désaccord entre mes parents et moi ? Eh bien, vous vous trompez. Tout le monde vous aimera. J'ai dit à mes parents que le jour où je vous ai rencontrée était mon jour de chance.

Pip ignorait ce que ses parents avaient pensé en entendant cela, mais elle sentit aussitôt des larmes lui picoter les yeux.

— J'ai hâte de vous présenter à mes grands-parents, poursuivit gaiement lord Octavius. Je pense que vous vous entendrez merveilleusement avec Grand-père.

Pip parvint à réprimer ses larmes.

— Vraiment ? Pourquoi ?

— Pour commencer, il va adorer vos cheveux.

Elle ouvrit la bouche pour argumenter que bien que son épouse ait eu les cheveux roux, cela ne voulait pas dire qu'elle lui plairait, mais il ne lui laissa pas le temps de parler.

— Mais ce qu'il aimera par-dessus tout, c'est votre personnalité.

— Ma personnalité ?

— Oui, votre personnalité.

Il y avait tant d'admiration dans sa voix et de chaleur dans ses yeux que les joues de Pip s'enflammèrent. Elle nicha la tête au creux de son épaule et il l'enlaça de nouveau.

— Philippa… Puis-je vous appeler « Philippa » ?

— Je préfère « Pip », répondit-elle sans lever la tête.

— Pip. Ce nom me plaît. Il vous va bien. Il convient à merveille à quelqu'un qui grimpe aux arbres, s'amuse avec des cerfs-volants et cueille des fleurs dans les champs. Vous devez m'appeler « Octavius ». Ou « Otto », si vous voulez. À votre convenance.

Pip préférait « Octavius ». C'était à la fois formel et désuet.

Elle baissa les paupières. Lord Octavius sentait le linge frais, le savon, la laine et quelque chose d'autre de très masculin. Un parfum boisé, citronné et absolument délicieux.

— Vous êtes revenu plus tôt que prévu, fit-elle remarquer.

— J'ai quitté Londres avant l'aube. J'ai quelque chose à vous montrer.

Il la relâcha, plongea la main dans sa poche et lui tendit un papier.

Pip savait qu'il était allé chercher une licence spéciale à Londres. Seulement, il y avait une différence entre le savoir et voir de ses yeux le document en question. L'espace d'un instant, elle eut l'impression de ne plus pouvoir parler ou respirer. Puis elle se ressaisit et murmura :

— Les filles... je ne peux pas partir avant de...

— La licence est valable trois mois. Mais je ne pense pas qu'il nous faudra aussi longtemps. J'ai un plan.

— Vraiment ?

— En fait, ma mère est très rusée, et elle a eu une idée. Je crois que cela fonctionnera.

Il marqua une pause pour ménager son effet, puis annonça :

— Rumpole nommera Newingham tuteur de ses filles.

— Vous pensez qu'il fera cela ?

— Oui. Car le fantôme d'Amelia Rumpole sera très clair sur ce point. Elle insistera avec véhémence pour qu'il obéisse.

— Vous avez raison, c'est très rusé.

Elle replia la licence de mariage et la lui rendit.

— J'ai préparé le discours d'Amelia, poursuivit Octavius. Elle le traitera d'agresseur de femmes, de débauché et lui dira qu'il n'est qu'un misérable vermisseau. Voulez-vous l'entendre en entier ?

— Avec plaisir, mais pas maintenant. Les autres m'attendent dans le jardin.

— Ce soir après dîner, dans ce cas. Je répéterai mon rôle. Avez-vous besoin de ce livre ? l'interrogea-t-il en soulevant le *Compagnon du voyageur et naturaliste*.

— Oui, et aussi du *Catalogue des insectes britanniques*.

Lord Octavius s'empara de l'autre volume, gagna la porte et s'immobilisa sur le seuil.

— Ai-je du sang sur le nez ?

Pip l'examina. Sa lèvre supérieure était un peu enflée, mais rien n'indiquait qu'il avait reçu un coup.

— Il n'y a pas de sang.

— Et ma cravate ? demanda-t-il en baissant les yeux pour essayer de regarder son col.

— Pas de sang non plus.

— Bien.

Il lui sourit et déposa un léger baiser sur ses lèvres. Pip regretta que quatre personnes attendent son retour dans le jardin.

Fanny et Edie passèrent une demi-heure à identifier les insectes qu'elles avaient trouvés. Quand leur enthousiasme finit par s'estomper, lord Octavius annonça :

— J'ai passé des heures dans ma voiture, j'ai besoin de me dégourdir les jambes. Allons nous promener !

Ils se promenèrent donc le long des chemins de campagne, escaladant des barrières, traversant des vergers et des prairies. Les fillettes ramassaient des brassées de fleurs, essayant de repérer autant de couleurs différentes que possible. Lord Newingham gambadait avec elles. Au bout de quelques minutes, M. Pryor se joignit à leur petit groupe.

— Je vais trouver plus de fleurs que vous ! s'exclama-t-il d'un air important.

Newingham et les filles se mirent à courir un peu plus vite.

— Mademoiselle Toogood..., commença lord Octavius.

Pip crut qu'il allait suggérer de cueillir des fleurs avec les autres, mais il demanda très sérieusement :

— Pensez-vous qu'il y a des avantages à être une femme ?

La question était si bizarre et si inattendue que Pip s'immobilisa. Lord Octavius cessa lui aussi de marcher.

— Ou pensez-vous qu'il n'y en a aucun ?

Pip ouvrit la bouche mais garda le silence.

— J'ai réfléchi et je ne vois pas un seul avantage à être une femme, dit-il. Et franchement, cela me tracasse.

Il semblait sincère. Une ride barrait son front et il pinçait les lèvres.

— Devrait-il y en avoir ? demanda Pip.

— Il me semble que oui. Je veux dire... être un homme présente beaucoup d'avantages. Donc il devrait aussi y en avoir à être une femme. Ce serait plus équitable.

Pip laissa échapper un petit rire de surprise.

— Je ne crois pas qu'il faille s'attendre à ce que ce le soit. C'est ainsi, voilà tout.

Lord Octavius ne rit pas. Sa mine était grave.

— Êtes-vous heureuse d'être une femme ? Ne préféreriez-vous pas être un homme ?

Elle cligna les yeux.

— Je n'y ai jamais pensé.

Lord Octavius ne dit rien et continua de la regarder en fronçant les sourcils. Au bout d'un moment, elle comprit qu'il attendait une réponse.

Aurait-elle préféré être un homme ?

Elle détourna les yeux. Les filles sautillaient dans l'herbe haute. Newingham s'était glissé à quatre pattes sous une haie et M. Pryor se frayait un chemin au milieu des buissons.

Était-elle heureuse d'être une femme ?

Serait-elle plus heureuse si elle était un homme ?

Elle soupesa longuement le pour et le contre.

— Je suis heureuse d'être ce que je suis, dit-elle enfin.

La ride sur le front de lord Octavius se creusa.

— Vraiment ?

— Vous pensez que je ne devrais pas être contente de mon sort ?

— Je ne le serais pas, si j'étais une femme.

— C'est parce que vous pensez à toutes les choses que vous perdriez si cela arrivait. Et non à ce que vous gagneriez.

— Vous croyez que j'y gagnerais quelque chose ?

— Naturellement.

— Et quoi donc ?

— Tout d'abord, la possibilité d'avoir des enfants. En tant qu'homme, vous ne pourrez jamais sentir un enfant se développer en vous, et cela...

Elle plissa les lèvres, cherchant comment exprimer ce qu'elle ressentait.

— Je suis désolée pour vous, fit-elle enfin. Car vous ne vivrez jamais cette expérience.

— Désolée pour moi ? répéta-t-il, un peu surpris.

— Oui.

Il ne trouva rien à répondre. Pip lui lança un regard en coin et le vit faire la moue.

— À quoi pensez-vous ? s'enquit-elle.

Il haussa les épaules d'un air gêné.

— Je n'aimerais pas porter un enfant. Cela paraît bigrement... inconfortable.

Sa franchise la fit rire.

— Je pense que c'est inconfortable, douloureux et parfois dangereux, reconnut-elle. Mais ne croyez-vous pas que le résultat en vaut la peine ?

Il haussa de nouveau les épaules.

— Peut-être ?

— Certainement, répondit-elle avec assurance. Et pour cette raison au moins, je suis contente d'être une femme. Mais il y a d'autres raisons.

— Lesquelles ?

Elle continua d'avancer en silence pendant quelques secondes, cherchant les mots pour exprimer un sentiment assez confus et mystérieux.

— Je crois... que le monde dans lequel je vis est plus doux et plus rassurant que le vôtre. Les femmes sont moins confrontées à la violence que les hommes. Nous ne sommes pas censées nous battre, nous ne pouvons pas être enrôlées de force dans l'armée ou envoyées à la guerre. Vous aimez peut-être la bagarre, mais ce n'est pas mon cas. Et donc, je préfère être une femme.

Lord Octavius réfléchit un moment, puis opina.

— Les hommes sont plus agressifs que les femmes, constata-t-il. En général.

— En général.

— C'est donc un avantage à la condition de femme.

Toutefois, il ne paraissait pas entièrement convaincu.

— Il n'y a pas de doute, reprit-elle, c'est un gros avantage. Comme le fait de pouvoir avoir des enfants.

— Si vous le dites, répondit-il avec un haussement d'épaules.

— Je le pense.

Ils firent encore quelques pas en silence.

— Cela fait déjà deux avantages, déclara lord Octavius. Du moins, de votre point de vue.

— Oui.

— Y en a-t-il d'autres ?

— Eh bien, je pense que les femmes ont généralement moins d'esprit de compétition que les hommes.

— Ah oui ?

— Oui. J'ai l'impression que les hommes se disputent souvent pour obtenir la première place, alors que les femmes s'entraident.

— Vous avez peut-être raison, avoua lord Octavius, un peu perplexe.

— Et les femmes sont plus sensibles à la beauté du monde. Je crois même que nous ajoutons de la beauté au monde. Et cela me plaît. J'aime contempler ce qui est beau... et le mettre en valeur.

— Vous voulez dire... composer des bouquets, ce genre de choses ?

Elle éclata de rire.

— Les fleurs, oui, et beaucoup d'autres choses encore. Les yeux des femmes sont plus sensibles à la beauté que ceux des hommes.

Lord Octavius parut encore plus interloqué.

— Et donc... le monde est plus beau pour vous que pour moi ? s'enquit-il.

— Oui.

Ils firent encore quelques pas avant que lord Octavius ne reprenne :

— Vous pensez que ces avantages compensent tous les inconvénients ? Car pour autant que je puisse en juger, ces inconvénients sont nombreux.

— Quels sont-ils ? demanda-t-elle, curieuse de savoir ce qu'il considérait comme des désavantages.

— Le manque de liberté. Le manque d'indépendance, l'impossibilité de faire des choix.

— Quels choix ?

— Presque tous. Vous ne pouvez pas aller à l'université. Vous ne pouvez pas voter. La plupart des professions sont inaccessibles pour vous. Votre monde est peut-être moins dangereux que le mien, mais sa taille est bigrement réduite.

— En Angleterre, la plupart des hommes n'ont pas le droit de vote, fit-elle remarquer.

Lord Octavius se rembrunit, puis haussa les épaules.

— C'est vrai. Néanmoins, les femmes prennent moins de décisions concernant leur vie que les hommes. Tout d'abord, leur père décide pour elles.

Ensuite, elles passent sous l'autorité de leur époux. Encore une chose bizarre ! Savez-vous que lorsque vous m'aurez épousé, vous deviendrez ma propriété ?

— Oui, je le sais.

— Pourquoi devriez-vous m'appartenir ? Ce n'est pas juste !

Son indignation la fit sourire.

— Ce n'est peut-être pas juste, mais c'est ainsi et je ne vais pas tempêter contre cet ordre des choses. Cela ne servirait à rien, à part me rendre malheureuse.

Lord Octavius parut déconcerté. Son indignation céda la place à l'étonnement.

— Je suis une femme. Je ne peux rien y changer, et je ne veux pas être contrariée en pensant aux choses que je n'ai pas. Je veux vivre en me réjouissant d'avoir ce que j'ai. Je veux être heureuse d'être ce que je suis.

Elle réfléchit un instant et corrigea sa phrase :

— Je suis heureuse d'être moi.

Lord Octavius s'immobilisa au milieu du chemin.

Pip s'arrêta également. Était-il agacé qu'elle exprime son opinion ?

— Vous ai-je déjà dit que j'étais follement amoureux de vous ? demanda-t-il.

Elle sentit ses joues s'enflammer. Elle secoua la tête en fixant son gilet.

— Je suis fou de vous, déclara-t-il en lui prenant les mains. Vous êtes la voix de la sagesse, Pip Toogood.

Elle secoua la tête encore une fois.

— Je suis simplement... pragmatique.

— J'aime les femmes pragmatiques. J'adore les femmes pragmatiques. Voulez-vous m'épouser ?

— Je vous ai déjà dit oui, lui rappela-t-elle.

— Je sais. Mais je voulais vous le demander de nouveau, car je vous aime encore plus follement qu'hier.

Ses mots, son regard, son sourire chaleureux la firent fondre. Son cœur se gonfla de bonheur. Elle avait elle aussi l'impression d'aimer lord Octavius encore plus qu'hier. Il avait un esprit curieux et une façon très peu conventionnelle de considérer la vie.

— Vous êtes un homme singulier.

— Moi ? s'exclama-t-il en haussant les sourcils. Je suis quelqu'un de très ordinaire. Enfin, à part...

Il regarda prudemment par-dessus son épaule avant de murmurer :

— À part mes pouvoirs magiques.

Un déclic se fit dans la tête de Pip. Les pouvoirs magiques de lord Octavius faisaient de lui un homme intéressant et peu conventionnel. Mais pas dans le sens qu'il croyait. Grâce à son don, il pouvait voir le monde avec les yeux d'autres personnes. Et ces expériences l'avaient changé. Elles avaient changé sa façon de penser.

En était-il conscient ? Avait-il remarqué qu'il ne raisonnait pas comme la plupart des Anglais ? Ses parents l'avaient-ils constaté ? Et son grand-père ?

Sans doute pour appuyer le fait qu'il était différent des autres hommes, il choisit ce moment pour dire :

— Je veux que vous sachiez que quand je serai votre mari, je ne prendrai pas de décisions à votre place. Et vous ne serez pas ma propriété.

Elle n'avait jamais pensé cela de lui. Mais elle le remercia tout de même.

Il rougit un peu, avant de continuer :

— Je veux que vous sachiez également que je ne vous obligerai jamais à faire quelque chose qui vous déplaît. Jamais. Je vous le promets.

Le sens de ce « quelque chose » était un peu vague et, à en juger par le ton de lord Octavius et la rougeur de ses joues, on pouvait penser qu'il faisait allusion au lit conjugal.

Pip se sentit rougir aussi. Elle fixa de nouveau son gilet.

— Merci, dit-elle simplement.

Lord Octavius lui pressa les mains un peu plus fort.

— Je veux que vous soyez heureuse d'être ma femme, déclara-t-il avec une évidente sincérité.

— Je veux que vous soyez heureux aussi.

Elle leva les yeux vers lui et ne put plus les détourner. Le regard de lord Octavius exprimait une intense passion.

Elle était incapable de bouger ou de parler. À peine pouvait-elle respirer. Elle demeura figée, à le regarder.

Quand il pencha la tête pour l'embrasser, elle n'eut pas la moindre hésitation. Elle lui rendit son baiser de tout son cœur, avec toute la ferveur, l'enthousiasme et la passion dont elle était capable.

— Tss tss, fit une voix derrière eux.

Jamais ces deux syllabes n'avaient produit autant d'effet sur Pip. Elle eut l'impression de recevoir un seau d'eau glacée sur la tête. Elle sursauta violemment, libéra ses mains et recula précipitamment.

— Tss tss, répéta M. Pryor.

Il se tenait à côté d'eux et secouait la tête en souriant.

Pip chercha son chapeau et s'aperçut qu'il était sur sa tête. Elle était confuse et désarçonnée. Les filles cueillaient toujours des fleurs dans la prairie, et Newingham rampait dans l'herbe.

— Choquant, déclara M. Pryor. Tout simplement choquant.

Ça l'était, en effet. Pip n'avait jamais fait quelque chose d'aussi déplacé de toute sa vie. C'était plus choquant que de grimper aux arbres, d'apprendre des techniques de défense ou d'embrasser lord Octavius dans une salle d'études vide.

Elle avait embrassé un homme dans un lieu public. Alors qu'Edie et Fanny étaient à portée de vue.

Les fillettes n'avaient rien remarqué, et lord Newingham non plus. Mais cela ne changeait rien au fait qu'elle venait de commettre une terrible erreur de jugement.

— Je suis choqué, insista M. Pryor en hochant la tête.

— Tais-toi, Dex, ordonna lord Octavius.

Pip n'avait jamais été aussi déconfite de sa vie. Elle ne comprenait pas comment elle avait pu se laisser aller à embrasser lord Octavius en public, alors que les filles et lord Newingham se trouvaient à moins de cinquante mètres de là. Où avait-elle la tête ?

— C'est scandaleux, même, reprit M. Pryor. Un tel étalage de passion...

— En voilà assez, Dex.

Lord Octavius semblait aussi mortifié que Pip. De toute évidence, il n'avait pas eu l'intention de l'embrasser dans un lieu public.

M. Pryor n'accorda aucune attention aux paroles de son cousin.

— Il faut espérer que tu aies obtenu une licence spéciale à Londres, car un tel comportement ne peut être réparé que par...

Lord Octavius l'interrompit.

— Je l'ai achetée. Et j'ai aussi acheté une épée, donc si tu ne te tais pas, je m'en servirai pour te couper la tête.

M. Pryor éclata de rire.

— C'est une lame très tranchante, précisa lord Octavius.

— Tant mieux. Profitons-en pour aller nous entraîner, suggéra M. Pryor, retrouvant brusquement tout son sérieux.

— Quoi ? Tout de suite ?

— Nous voulons donner une leçon à Rumpole le plus vite possible, n'est-ce pas ?

— Eh bien, oui, mais...

— Ce soir même, si possible.

— Oui, mais...

— Dans ce cas, nous devons nous exercer.

Lord Octavius regarda Pip, les filles puis son cousin.

— Maintenant ?

M. Pryor poussa un soupir excédé.

— Nous ne pouvons pas rester ici indéfiniment, Otto. Cela fait déjà six jours. Tu n'as peut-être pas envie de reprendre le cours normal de ta vie, mais Bunny et moi, si !

— Bien sûr. Je te demande pardon. Allons-y tout de suite.

Il se tourna vers Pip, hésita avant de déclarer :

— Mademoiselle Toogood, je suis désolé pour…

Il fit un geste gauche qui pouvait faire référence à mille choses, mais Pip devina qu'il voulait parler du baiser.

Elle hocha la tête pour dire qu'elle avait compris.

M. Pryor lui tendit les fleurs qu'il avait cueillies.

— Pour vous, mademoiselle Toogood.

Elle accepta machinalement le bouquet composé de boutons d'or et de pâquerettes.

M. Pryor se dirigea vers Rumpole Hall de sa démarche assurée. Lord Octavius ne fit pas mine de le suivre. Il demeura planté au milieu du chemin, les yeux fixés sur Pip.

Celle-ci le regarda en serrant le bouquet contre sa poitrine. Elle était toujours chamboulée par ce qui venait de se passer.

— Vas-tu te décider à bouger ? lança M. Pryor d'une voix chantante.

— Nous parlerons plus tard, promit lord Octavius à voix basse avant de rejoindre son cousin à grands pas.

27

Ils visitèrent la Longue Galerie, passèrent plusieurs minutes à examiner le meilleur portrait d'Amelia Rumpole, puis se retirèrent dans la chambre d'Octavius. Ce dernier ôta ses vêtements, changea d'apparence, revêtit les habits de servante et se campa devant le miroir pour parfaire la ressemblance avec Amelia pendant que Dex faisait voler l'épée autour de la chambre.

— Lève la main droite, ordonna-t-il à Octavius.

Ce dernier obtempéra. L'épée vint se caler dans sa main et le fourreau s'éleva, tel un oiseau prenant son envol. Soudain, Octavius brandit une lame nue.

— Impressionnant, siffla-t-il.

— Je sais.

Ils répétèrent deux fois cette partie de l'exercice. Puis Dex souleva un fauteuil, comme si c'était Rumpole.

— Très bien. Prononce ton discours.

— Toi, vil et méprisable vermisseau ! s'écria Octavius en faisant tourner l'épée.

Il poussa un petit cri étranglé quand ses pieds s'élevèrent au-dessus du sol.

— Il faut que tu sois aussi suspendu dans les airs, expliqua Dex. Tu paraîtras plus menaçant si tu le domines, tu ne crois pas ?

Octavius en était persuadé, seulement il n'aimait pas flotter dans les airs. Il sentait le vide sous ses pieds et trouvait cela très déplaisant. D'autant plus qu'une jupe virevoltait autour de ses chevilles et qu'il ne portait pas de pantalon. Le moindre courant d'air risquait d'exposer ses parties intimes au premier venu. Et bon sang, voilà ce qu'il avait oublié d'acheter à Londres ! Un caleçon pour homme.

Il agrippa l'épée et reprit son discours :

— Toi, vil et méprisable...

— Il faudrait que tes cheveux flottent sur tes épaules. Attends voir si je peux...

Octavius demeura immobile, tandis que son bonnet se soulevait. Les épingles à cheveux disparurent. La longue chevelure d'Amelia Rumpole se déroula tel un ruban dans son dos.

— C'est très bien, déclara Dex. Cela paraît surnaturel.

Octavius pointa de nouveau l'épée vers le fauteuil d'un air menaçant.

— Toi, vil et méprisable vermisseau ! cria-t-il.

Il poussa un hurlement en voyant ses jupes se mettre à bouger.

— Ne soulève pas ma robe !

— Ce n'est pas ce que je veux faire, idiot, marmonna Dex en fronçant les sourcils d'un air concentré.

Octavius vit son reflet dans le miroir. Son cœur fit un bond. Il était à la fois choqué et effrayé. Cette personne qui flottait, habillée en servante, avec le visage d'une morte, ses cheveux et sa jupe tournoyant sous une brise imaginaire... c'était lui !

Dex avait raison. Il avait l'air surnaturel. C'était un fantôme.

Cette morte, avec ses cheveux dénoués.

— Très bien, dit Dex. Allons-y.

Octavius détourna les yeux du miroir. Il prononça son discours du début à la fin, le ponctuant de mouvements menaçants de son épée.

— Bravo ! s'exclama Dex. Je pense que grâce à toi, Rumpole renoncera jusqu'à sa mort à agresser les femmes.

Octavius posa son épée en espérant que son cousin ne se trompait pas.

28

Quand Pip regagna la maison avec les filles et lord Newingham, elle s'était enfin ressaisie. Elle ne comprenait toujours pas ce qui l'avait poussée à embrasser lord Octavius dans un lieu public, mais son esprit s'était remis à fonctionner. Elle confirma à Edie que les papillons et certains insectes passaient un certain temps dans des cocons, et dit à lord Newingham qu'il serait le bienvenu ce soir pour dîner dans la nurserie. Le vicomte les quitta dans le hall d'entrée. Pip emprunta l'escalier principal avec les fillettes. Les deux premières volées de marches étaient couvertes d'un tapis. À partir du troisième étage, le parquet était nu, et leurs pas résonnèrent dans le couloir. Pip était si absorbée par ses explications sur les cocons et les chenilles qu'elle ne remarqua pas tout de suite que quelqu'un descendait l'escalier.

Elle leva les yeux et s'interrompit brusquement au milieu d'une phrase.

Que faisait M. Donald dans cet escalier ?

Fanny et Edie passèrent à côté de lui sans lui prêter attention. Pip les suivit vivement, oubliant ce qu'elle était en train de dire.

L'escalier principal était beaucoup plus large que celui des domestiques. Malgré tout, le bras du valet effleura le sien quand elle passa à sa hauteur.

Un frémissement lui parcourut le dos.

Comment un geste en apparence anodin et insignifiant pouvait-il lui paraître aussi menaçant ? Pourquoi sentait-elle ses cheveux se hérisser sur sa nuque ?

Elle reprit ses esprits et continua ses explications :

— Toutes les chenilles ne deviennent pas des papillons. Certaines deviennent des mites.

Une fois arrivée sur le palier, elle regarda derrière elle. M. Donald n'était plus en vue, mais cela ne l'empêcha pas de frissonner encore une fois.

Que faisait-il dans cet escalier ?

Attendait-il de la voir passer ?

Lord Octavius, M. Pryor et lord Newingham vinrent les retrouver à l'heure du dîner. Les deux cousins étaient d'excellente humeur, mais Newingham, contrairement à son habitude, était taciturne. Ses mâchoires étaient contractées, ses lèvres pincées, et une petite ride se creusait entre ses sourcils.

Pip se demanda ce qui s'était passé pour le mettre d'aussi mauvaise humeur.

Lord Octavius et M. Pryor ne semblèrent pas remarquer son silence. Ils ne cessèrent de bavarder joyeusement, lançant des plaisanteries pour faire rire les fillettes. Pip se prépara à entendre les piques narquoises de M. Pryor, mais il n'y en eut aucune. Apparemment, il avait oublié ce qui avait eu lieu sur la petite route de campagne.

Elle aurait aimé pouvoir l'oublier aussi. Elle rougissait, mortifiée, chaque fois qu'elle y pensait.

Dès que le repas fut terminé, lord Octavius repoussa sa chaise.

— Je dois avoir une discussion avec mon cousin. Des affaires familiales à régler. Voulez-vous nous excuser ?

Si Newingham éprouvait de la curiosité au sujet de ces affaires de famille, il n'en montra rien. Il était perdu dans ses pensées, le front plissé d'inquiétude.

— Vous allez rester pour jouer au mikado avec nous, n'est-ce pas, oncle Robert ? demanda Fanny d'un ton suppliant.

Le visage du vicomte s'éclaircit.

— Bien sûr. Avec plaisir.

Pip regarda M. Pryor et lord Octavius sortir. Elle aurait aimé les accompagner et les observer. Hélas, c'était impossible. Tout ce qu'elle pouvait faire, c'était donner trois petits coups sur la table pour leur porter chance.

Ce soir-là, elle eut du mal à se concentrer sur le mikado et joua d'une façon abominable. Ainsi que lord Newingham. Les filles allèrent se coucher, et les cousins Pryor n'étaient toujours pas revenus. Pip se demanda ce que cela signifiait. Avaient-ils trouvé le baron de Rumpole ? Avaient-ils pu mettre leur plan à exécution ? Avaient-ils réussi ou attendaient-ils encore le moment propice ?

Les fillettes leur souhaitèrent bonne nuit et Pip commença à ranger les baguettes. Newingham en saisit une poignée, qu'il fourra dans leur coffret de bois. Ses mouvements étaient nerveux et il semblait en colère.

— Pardonnez-moi cette question, lord Newingham, mais... est-ce que quelque chose ne va pas ?

Newingham pinça les lèvres et, pendant un moment, elle eut l'impression qu'il ne parlerait pas. Puis il se remit à entasser les bâtonnets dans la boîte.

— J'ai parlé de Fanny et Edie avec Rumpole avant le dîner. Il a dit... Je ne peux pas vous répéter ce qu'il a dit, avoua-t-il en secouant la tête. C'est trop grossier.

Ils finirent de remplir la boîte en silence. Newingham rabattit le couvercle d'un coup sec.

— Il n'a pas plus de considération pour ses filles que pour son bétail, lâcha-t-il brusquement. Il se débarrassera d'elles dès qu'elles seront en âge de se marier. Comme des vaches que l'on emmène au marché aux bestiaux ! Des vaches ! C'est exactement le terme qu'il a employé.

Ses mâchoires se contractèrent et il serra les poings. Une expression sauvage, qui contrastait avec ses traits doux et généralement rieurs, traversa son regard.

— Cela n'arrivera pas, déclara Pip, regrettant de ne pouvoir lui annoncer qu'il serait bientôt le tuteur de ses nièces.

— C'est ce qui est arrivé à Amelia, rétorqua-t-il avec amertume.

Ses phalanges étaient blanches, il semblait avoir envie de taper sur quelque chose.

— Après avoir parlé des vaches, il a dit... Non, je ne peux pas vous répéter cela.

Il s'empourpra et déplia les doigts.

— Je vous demande pardon, mademoiselle Toogood. Je n'aurais rien dû dire de tout cela. Pardonnez-moi.

— Il n'y a rien à pardonner. Vos sentiments vous honorent. Les filles ont beaucoup de chance d'avoir un oncle tel que vous.

Newingham rougit encore plus violemment. Il s'inclina rapidement devant elle et sortit.

Pip demeura dans la nurserie vide. Les mots qu'avait prononcés le vicomte tournoyaient dans sa tête.

Du bétail.

Un marché aux bestiaux.

Le baron de Rumpole entendait se débarrasser de ses filles, comme il l'aurait fait avec des animaux.

29

Déguisé en jolie servante, Octavius descendit l'escalier principal sur la pointe des pieds. Dex le suivait, tenant discrètement son épée sur le côté. Ils explorèrent le rez-de-chaussée et ne trouvèrent Rumpole nulle part. Mais des bougies étaient allumées dans la salle à manger, et la table était mise pour une personne. Par chance, le valet qui attendait que le baron descende dîner ne les vit pas.

— Il doit être en train de s'habiller dans sa chambre, chuchota Octavius.

— Sûrement.

Ils allèrent attendre dans la bibliothèque. Dex dissimula l'épée derrière un fauteuil et s'assit avec un journal. Octavius se cacha dans une alcôve sombre, au cas où quelqu'un entrerait.

Cinq minutes s'écoulèrent. Puis dix. Octavius s'assit sur le sol, ce qui n'était pas facile quand on portait une robe. Il ne pouvait croiser les jambes sans faire remonter ses jupons jusqu'aux genoux.

Bon sang, son pantalon lui manquait.

Dix minutes passèrent encore. Octavius commençait à s'ennuyer. Le valet qui attendait dans la salle à manger devait s'ennuyer aussi.

Enfin, il entendit des pas et une voix. Les pas auraient pu être ceux de n'importe qui, mais cette voix grincheuse ne pouvait appartenir qu'à une seule personne.

Dex abaissa son journal.

Ils tendirent tous deux l'oreille alors que le baron de Rumpole entrait dans sa salle à manger.

Octavius quitta son alcôve et alla se tenir derrière la porte entrouverte afin de mieux entendre. Il crut percevoir le bruit du vin que l'on versait dans un verre de cristal et un tintement de couverts. Pendant plusieurs minutes, des valets firent des allées et venues pour apporter son dîner au baron, endurant de durs reproches. Enfin, les domestiques se retirèrent. Le seul bruit qui leur parvint fut celui des couverts heurtant la porcelaine.

Octavius espéra que le dîner serait rapidement expédié.

— Cache-toi dans cette alcôve, Dex. Avec un peu de chance, Rumpole viendra ici boire un verre.

— Quand je pense à tout ce que je fais pour toi, marmonna Dex en allant s'asseoir dans l'alcôve.

De son poste près de la porte, Octavius ne pouvait le voir.

Il prit le journal que son cousin avait lu, le roula et le lui lança. Dex l'attrapa au vol.

— Où vas-tu te cacher ?

— De l'autre côté du couloir, répondit Octavius.

Il jeta un coup d'œil à l'extérieur et traversa le salon attenant à la bibliothèque.

Par chance, le baron eut vite fini de dîner. Octavius fut presque surpris par la soudaine agitation des valets revenus débarrasser la table. Par une fente dans la porte, il les suivit des yeux pendant qu'ils rapportaient les plats, les soupières et les assiettes dans les cuisines.

Enfin, les valets cessèrent d'aller et venir. Toutefois, le baron ne sortit pas de la salle à manger. Allait-il rester à table pour boire, ce soir ?

Octavius attendit, l'œil collé contre la fente de la porte.

Il finit par se persuader que le baron ne sortirait jamais de la salle à manger. Et soudain, il entendit le bruit d'une chaise que l'on repoussait. Rumpole apparut dans le corridor, rota bruyamment et se dirigea vers la bibliothèque.

Octavius le vit entrer. Les battements de son cœur s'emballèrent.

Il était temps de mettre en route cette folie.

Il s'empara d'un vase de fleurs posé sur la cheminée, prit une longue inspiration et sortit du salon.

Le vase dans les bras, il traversa le corridor. Encore une inspiration, une demi-douzaine de pas, et il atteignit la porte de la bibliothèque.

Debout devant la desserte, Rumpole se servait un verre de porto. Il ne vit pas Octavius, qui se tenait dans l'entrebâillement.

Octavius lui laissa le temps de se servir et de choisir un fauteuil. Celui que Dex occupait un peu plus tôt. Puis il entra. Le baron ne le voyait toujours pas. Il se renversa dans son siège et laissa échapper un autre rot sonore.

Octavius referma la porte aussi silencieusement que possible et fit tourner la clé dans la serrure. Le baron n'entendit pas le cliquetis, trop occupé à siroter son porto.

Octavius avança dans la pièce avec son vase de fleurs. Il jeta un coup d'œil vers l'alcôve et ne vit que des ombres, mais il savait que Dex était là, et que l'épée était posée derrière le fauteuil occupé par Rumpole.

— Bonsoir, monsieur, dit-il d'une voix douce, empreinte de l'accent du Hampshire.

Il esquissa une révérence timide et alla déposer le vase sur le manteau de cheminée. Il passa une minute à arranger les fleurs, donnant le temps au baron d'admirer sa taille fine, la rondeur de ses fesses et de ses hanches. Puis il se retourna pour lui montrer son joli minois et son corsage bien rempli. Une autre révérence, et il demanda d'une petite voix :

— Puis-je faire quelque chose pour vous, monsieur ?

Le regard du baron glissa sur ses seins, puis sur sa taille. Il sourit.

Ce n'était pas un sourire agréable.

Le pouls d'Octavius se mit à battre follement. Il baissa les yeux d'un air timide.

— Monsieur ?

— Approche, ordonna le baron.

Octavius s'approcha à petits pas, le cœur battant.

— Monsieur ? répéta-t-il en se tenant devant le baron.

— Plus près.

Octavius obéit, jusqu'à ce que ses jupes effleurent les genoux de Rumpole.

— Monsieur ? dit-il dans un chuchotement craintif.

Le baron tendit la main et lui agrippa la hanche.

Octavius ne put réprimer un mouvement de recul. Inconsciemment, il fit un pas en arrière.

Le sourire du baron s'effaça. Il se rembrunit.

— Plus près, je te dis !

La colère s'empara d'Octavius. Mais il baissa la tête d'un air soumis et s'obligea à s'approcher du baron. Une fois de plus, sa jupe lui effleura les genoux.

Rumpole caressa sa hanche rebondie. Octavius serra les dents et fixa le sol. Il ne dit rien. Il ne pouvait prononcer un mot, tant la colère lui serrait la gorge.

Le baron lapa bruyamment une autre gorgée de porto et enfonça les doigts dans sa chair.

— Assieds-toi sur mes genoux.

Octavius eut un mouvement de dégoût et parvint cette fois à ne pas reculer. Et il recouvra l'usage de la voix.

— Monsieur, je ne...

— Si tu veux continuer à travailler ici, tu feras ce que je t'ordonne de faire, répliqua Rumpole.

Ses doigts s'enfoncèrent douloureusement dans sa hanche.

Octavius leva la tête et regarda le baron. Il n'avait jamais méprisé quelqu'un autant qu'il méprisait Rumpole. Il avait envie de le soulever de son siège, de le jeter à l'autre bout de la pièce et de le battre comme plâtre pour lui apprendre à vivre.

Mais on ne pouvait obliger quelqu'un à éprouver de la compassion et de la bonté. On naissait avec, ou non. Et ces émotions étaient étrangères à Rumpole.

— Assieds-toi, répéta le baron en accentuant la pression de ses doigts.

Octavius fit appel à la magie et prit le visage d'Amelia et ses longs cheveux bruns.

— Toi, vil et méprisable vermisseau ! s'écria-t-il.

Il leva la main, et l'épée vint se caler dans le creux de sa paume. Rumpole eut un mouvement de terreur. Il lâcha Octavius et se recroquevilla dans son fauteuil, renversant une partie de son porto.

Le bonnet d'Octavius se détacha de sa tête et ses cheveux se déroulèrent en un long ruban dans son dos.

Rumpole laissa échapper un cri de terreur. Il jeta son verre de côté et tenta de quitter le fauteuil. Celui-ci se renversa en arrière. Octavius n'aurait su dire si c'était Dex qui avait fait cela. Mais en voyant Rumpole s'élever au-dessus du sol, il sut que son cousin était responsable du phénomène.

Rumpole poussa un hurlement en agitant frénétiquement les bras et les jambes.

Octavius s'éleva également dans les airs et, pour une fois, cela ne le dérangea pas. Il était empli de joie et de jubilation.

— Toi, vil et méprisable vermisseau ! cria-t-il en faisant tournoyer l'épée. Immonde débauché ! Infâme agresseur de femmes !

Rumpole essaya désespérément de s'échapper. En vain. Dex le maintenait dans les airs. Octavius et lui étaient à la merci de Dex Pryor.

— L'heure est venue pour toi de payer pour tes péchés, poursuivit Octavius.

Avec son épée, ses cheveux défaits et ses jupes qui flottaient autour de lui, il avait l'impression d'être l'ange exterminateur.

Rumpole secoua la tête en criant :

— Non ! Pitié, Amelia !

— J'ai choisi ta punition, annonça Octavius d'une voix caverneuse.

— Pitié, Amelia...

— La castration !

Rumpole tendit vainement les mains, comprit qu'il était pris au piège et éclata en sanglots.

— Non, non, je t'en prie ! Non !

Octavius dirigea l'épée vers l'entrejambe de Rumpole. La lumière des bougies fit étinceler la lame.

Le baron protégea son sexe de ses deux mains.

— Je t'en prie, supplia-t-il à travers ses larmes. Pitié ! Je ne recommencerai plus jamais. Je le jure !

— Tes promesses n'ont aucune valeur. Ton cœur est ignoble et corrompu.

Dex fit approcher Rumpole de la lame.

— Je promets ! Plus jamais ! hurla le baron d'une voix stridente. Je promets, je promets !

Il hurlait, tellement terrorisé qu'il bredouillait des paroles incohérentes.

La jubilation d'Octavius s'évanouit. Tout à coup, il n'était plus un ange exterminateur mais une brute.

— Pitié ! implora encore le baron en reniflant.

Agenouillé au-dessus du sol, il était prêt à ramper s'il le fallait.

— Je suis désolé, désolé ! Je ne le ferai plus jamais ! Je le promets.

Leur plan avait fonctionné. Rumpole était terrifié et vaincu. Mais Octavius n'éprouvait aucun sentiment de triomphe. Il était un peu honteux d'avoir humilié un homme.

Une âcre odeur d'urine envahit la pièce. Rumpole avait mouillé son pantalon.

Octavius eut encore plus honte. Il fallait en finir, et vite.

— Tu n'auras pas de deuxième chance, annonça-t-il. Tu as compris ? Si tu agresses encore une seule femme, je reviendrai pour te châtrer.

Le baron baissa les yeux.

— Je comprends, bredouilla-t-il. Je promets de ne plus jamais le faire. C'est promis. Promis, juré !

Octavius éprouva du dégoût. Pour le baron et pour lui-même.

— Tu es la créature la plus ignoble qui ait jamais rampé sur terre, dit-il froidement. Je ne veux plus que mes enfants vivent près de toi. J'exige que tu les confies à mon frère qui les élèvera.

— Il peut les prendre ! Je les lui laisse ! C'est promis !

Octavius tendit le bras et toucha la poitrine de Rumpole du bout de l'épée.

— J'exige un document légal, signé devant témoins. Dès demain matin.

Le baron frémit et se crispa, tentant vainement d'échapper à la lame aiguisée.

— Oui, oui ! Je le promets ! Dès demain !

— Si tu ne tiens pas ces deux promesses, je reviendrai.

— Je tiendrai parole ! Je le jure !

Octavius demeura ainsi un moment, les cheveux flottant autour de lui, sa jupe virevoltant autour des chevilles, la pointe de l'épée touchant la poitrine de

Rumpole. Puis il se tourna vers l'alcôve et fit un signe de tête.

Dex hocha la tête à son tour, et le baron fut projeté, en lévitation, à l'autre bout de la salle. Rumpole tourna sur lui-même et se retrouva face au mur. Dex le fit descendre sur le sol.

— À genoux ! ordonna Octavius d'un ton sévère. Mets-toi à genoux et prie pour le salut de ton âme.

Rumpole resta docilement agenouillé, tout en continuant de renifler et de sangloter.

Dex fit redescendre Octavius. Ce dernier fut soulagé de toucher terre. Sa mission était accomplie.

Les deux hommes gagnèrent la porte sur la pointe des pieds. Octavius fit tourner la clé. Dex sortit le premier, le fourreau de l'épée dans une main, le bonnet de servante d'Octavius dans l'autre. Octavius jeta un dernier coup d'œil derrière lui, contemplant le fauteuil renversé, le verre de porto brisé et le baron agenouillé dans un angle de la pièce.

Puis il sortit dans le couloir et referma doucement la porte.

30

— C'était épatant ! s'exclama Dex une fois qu'ils furent en sécurité dans la chambre d'Octavius. Épatant !

Avec un grognement, Octavius jeta l'épée sur le lit.

— À partir de maintenant, Rumpole vivra comme un moine, poursuivit Dex en se laissant tomber dans un fauteuil. Écoute-moi bien ! Un moine !

Octavius poussa un nouveau grognement. Dex leva les yeux.

— Que t'arrive-t-il ?

Octavius n'aurait pu expliquer ce qu'il ressentait. Il ne le savait pas lui-même. Il se contenta de secouer la tête.

— Qu'est-ce que tu as ? s'exclama Dex.

Octavius haussa les épaules et dit la première chose qui lui passa par la tête :

— Il a mouillé son pantalon.

— C'est bien fait pour lui, répondit Dex avec désinvolture.

Octavius se rembrunit.

— Quoi ? fit Dex. Tu n'es pas de cet avis ? Il voulait te violer, à Vauxhall.

— Je sais. Je sais.

Octavius soupira et se massa le front. Ses cheveux retombèrent devant ses yeux.

— Aide-moi à enlever ces vêtements, s'il te plaît.

Il se déshabilla en silence et reprit son apparence normale. Soulagé, il remercia le ciel. Il retrouvait ses yeux, ses mains, sa voix.

— Tiens, dit Dex en lui tendant sa chemise de nuit.

Octavius n'avait pas envie d'aller se coucher. Il aurait aimé faire une longue promenade, grimper sur la colline, errer pendant des heures dans la campagne pour vider sa tête, ses poumons et sa conscience.

Mais il était plus de 22 heures. Trop tard pour une longue promenade en solitaire.

Il enfila sa chemise.

— Tu vas me dire ce qui ne va pas ? demanda Dex.

Octavius soupira de nouveau en se massant le front.

— J'ai eu l'impression d'être une brute.

— Une brute ? répéta Otto en riant. Non, pas du tout, Otto.

— J'ai menacé Rumpole et j'ai tellement crié qu'il a uriné sur lui. Cela s'appelle être brutal ou je n'y connais rien.

— Tu as rendu justice. Pour toutes les femmes que Rumpole a obligées à coucher avec lui.

Certes. Mais Octavius avait toujours cru que la justice vous faisait éprouver de la satisfaction.

— Il n'aurait jamais arrêté, si on n'avait rien fait.

— Je sais, admit Octavius. Il fallait le faire, mais... cela m'a laissé une mauvaise impression.

Pour punir une brute, il était devenu une brute lui-même.

Dex l'observa longuement, puis secoua la tête.

— Tu as le cœur plus tendre que je ne le pensais, Otto.

Avait-il le cœur tendre ? Non, il ne le croyait pas. C'était surtout qu'il n'avait pas aimé terroriser quelqu'un à ce point.

— Et le valet ? reprit Dex. Tu vas le laisser s'en tirer à si bon compte ?

Octavius revit lord Rumpole pleurant et suppliant dans la bibliothèque, il se rappela l'odeur d'urine. Puis il pensa au valet qui l'avait attaqué dans l'escalier, sans prévenir, avec violence.

— Non. Nous nous occuperons de lui demain.

31

Généralement, lord Newingham venait toquer à la porte de la salle d'études peu après le petit déjeuner. Ce matin-là, il ne se présenta pas. Pas plus que lord Octavius ou que M. Pryor. Pip aurait voulu ne pas s'inquiéter, mais c'était plus fort qu'elle. S'était-il passé quelque chose de grave, la veille ?

Une heure s'écoula. On passa de l'arithmétique à la conjugaison des verbes français, mais lord Newingham n'était toujours pas là. Edie et Fanny étaient nerveuses et s'agitaient.

— Où est oncle Robert ? demanda Fanny en pleurnichant quand Pip lui demanda de conjuguer le verbe « pouvoir ».

Pip s'abstint de la réprimander. Elle avait un peu envie de pleurer, elle aussi. Où était donc lord Octavius ?

Une heure passa. Puis elle entendit des pas rapides dans le couloir. Lord Newingham fit irruption dans la classe. Son visage était rouge, comme s'il avait monté l'escalier en courant.

— Devinez quoi ? s'écria-t-il.

Fanny se leva d'un bond.

— Nous allons jouer aux cerfs-volants ?

Le vicomte secoua la tête avec un sourire radieux.

— Vous allez venir habiter chez moi !

Edie se leva à son tour.

— Tout l'été ?

— Non, pour toujours ! s'exclama Newingham en brandissant une feuille de papier. Votre père m'a nommé tuteur. À partir de maintenant, vous vivrez sous mon toit.

Fanny poussa un petit cri de joie, courut vers son oncle et passa les bras autour de lui.

Newingham la souleva, la serra dans ses bras et la fit tournoyer. Puis il fit la même chose avec Edie. Il souriait, l'air enthousiaste.

— Et Archie ? demanda Edie, en s'accrochant au cou de son oncle. Pourra-t-il venir habiter chez vous aussi ?

— Votre frère pourra nous rendre visite autant qu'il le voudra, répondit le vicomte.

Un mouvement sur le seuil attira l'attention de Pip. Lord Octavius et son cousin étaient là.

— Nous partirons demain matin à la première heure, déclara le vicomte. Ce qui signifie qu'il faut préparer vos malles aujourd'hui. Venez ! Commençons tout de suite.

Il sortit en entraînant les fillettes.

Pip les suivit et lord Octavius lui emboîta le pas. Il lui effleura la main de ses doigts, un geste qui signifiait : « Bonjour, je suis heureux de vous voir. »

Newingham disparut dans le couloir avec les filles qui gambadaient derrière lui comme de petits chiots. Leurs joyeux éclats de voix leur parvenaient.

— Visiblement, tout s'est bien passé hier soir ? fit remarquer Pip.

— En effet, répondit lord Octavius d'un ton plat.

Pip lui lança un regard en coin et vit que son expression était étrangement neutre.

Elle n'avait pas le temps de le questionner davantage. Tout d'abord, elle devait empêcher Newingham de jeter les affaires des filles pêle-mêle sur leur lit.

Ensuite, elle devait demander aux valets de descendre les malles du grenier et aux femmes de chambre de faire les bagages. Newingham était aussi excité que ses nièces. Il courait dans tous les sens.

— Voulez-vous emporter ceci ? criait-il en agitant un chapeau. Et cela ? ajoutait-il en brandissant une paire de chaussons.

Au bout d'un quart d'heure, Pip l'envoya dans le jardin avec les filles.

— Revenez dans deux heures, ordonna-t-elle fermement. Tous ! Ouste !

— J'ai rapporté des cerfs-volants de Londres, déclara lord Octavius. Ils sont très jolis, avec des rubans multicolores. Voulez-vous aller les faire voler ?

Newingham poussa un cri de joie et dévala l'escalier en courant, Fanny, Edie et M. Pryor sautillant derrière lui. Lord Octavius échangea un regard amusé avec Pip, puis les suivit. Il réapparut, seul, cinq minutes plus tard.

— Comment puis-je vous aider ?

— Vous n'allez pas jouer avec eux ?

Il fit un signe négatif de la tête.

— Vous partez demain avec nous. Nous partons tous.

— Oh, murmura Pip.

Son cœur fit un bond. Elle partait demain. Avec lord Octavius.

— Comment puis-je vous aider ? répéta-t-il. Que faut-il faire ?

— Mes malles sont au grenier.

— Je vais les faire descendre.

Pip retourna dans la classe et se mit à trier le contenu des tiroirs et des placards. Elle travaillait depuis deux minutes quand elle entendit le parquet craquer derrière elle.

— Vous avez fait vite, s'exclama-t-elle en se retournant.

Mais ce n'était pas lord Octavius qui venait d'entrer. C'était M. Donald. Elle tressaillit et fit un pas en arrière.

— Monsieur Donald, dit-elle en pressant une main contre son cœur. Que faites-vous ici ?

— M. le baron m'a informé que ses filles partaient demain. Il m'a demandé de vous proposer mes services.

— Oh. C'est très aimable à lui, seulement...

— Je vais préparer leurs malles.

— Je vous remercie, mais Jenny et Agnès sont en train de le faire.

M. Donald eut une moue désapprobatrice.

— Je vais superviser leur travail.

Il tourna le dos, puis fit une pause et demanda :

— Partez-vous aussi demain, mademoiselle Toogood ?

— Oui.

Il baissa les paupières et sourit. Pip sentit ses cheveux se hérisser sur sa nuque. *Un sourire de prédateur*, chuchota une petite voix dans sa tête.

Pip le regarda sortir de la classe. Ses pas s'éloignèrent dans le couloir.

Il était parti, mais elle ne put tourner le dos à la porte pour se remettre au travail. Elle se tenait toujours au milieu de la salle, une main pressée sur sa poitrine, quand lord Octavius revint. Il s'assombrit aussitôt.

— Que se passe-t-il ? s'enquit-il.

— M. Donald vient de sortir d'ici.

L'expression de lord Octavius ne changea pas vraiment. C'est à peine si son froncement de sourcils s'accentua et si ses narines se dilatèrent. Soudain, il eut l'air dangereux.

— Vraiment ? fit-il d'une voix grave.

— Il sait que je pars demain. Je crois... je crois qu'il essaiera de faire quelque chose ce soir, murmura-t-elle en frémissant.

— J'en suis certain.

Lord Octavius réfléchit un instant et demanda :

— Puis-je vous emprunter une robe ? Il vaudrait mieux que la leçon de ce soir vienne de vous.

— Vous voulez vous faire passer pour moi lorsque vous le menacerez ?

Octavius acquiesça.

L'idée d'un prédateur recevant son châtiment d'une gouvernante ne déplaisait pas à Pip.

— Je vais chercher une robe, dit-elle.

Lord Octavius refusa de la laisser s'aventurer seule dans le couloir. Les joues de Pip s'empourprèrent. Elle se rendait dans sa chambre, accompagnée de lord Octavius. Même si la raison était loin d'être romantique, elle se sentit un peu gênée. C'était ridicule.

— Cela s'est-il bien passé, hier soir ? demanda-t-elle pour dissiper son embarras.

Lord Octavius hésita avant de répondre, et elle le vit esquisser une brève grimace.

— Très bien.

— Il y a eu un problème ?

— Un problème ? Non. Pas du tout.

— Mais ?

Lord Octavius soupira et s'immobilisa dans le corridor. Il se massa le front, la regarda et finit par détourner les yeux.

— Rumpole s'est mis à pleurer, puis il a mouillé son pantalon et... je ne m'attendais pas à ce que ce soit aussi dur, avoua-t-il en secouant la tête.

Pip lui effleura la main du bout des doigts.

— Cela vous a paru difficile parce que vous êtes quelqu'un de bien.

Il soupira en étouffant un rire.

— Je n'ai pas l'impression d'être quelqu'un de bien. Pas après ce qui s'est passé hier soir.

— Vous vous trompez, affirma Pip en lui pressant gentiment les doigts. Vous êtes une très bonne personne. Un héros, même.

Les joues de lord Octavius se colorèrent.

— Je ne suis pas un héros.

— Pour moi, oui, l'assura-t-elle en lui lâchant la main. Ma chambre est là.

Lord Octavius n'entra pas avec elle. Il attendit dans le corridor, comme un garde. Pip se moquait de ce que penseraient les domestiques. M. Donald était effrayant, lord Octavius la rassurait, et c'était tout ce qui comptait.

Elle fouilla rapidement dans sa garde-robe. Elle ne possédait pas beaucoup de robes. Elle choisit la plus simple et la plia soigneusement.

— Tenez, dit-elle à lord Octavius en retournant dans le couloir.

Il la prit et la cala sous son bras.

— Restez dans votre chambre jusqu'à mon retour.

— Vous pensez que c'est nécessaire ?

— Vous ne devez pas être dans la salle d'études alors que Donald vous sait seule là-haut. La salle est trop isolée.

Isolée ? C'était vrai. Si elle criait, personne ne pourrait l'entendre. Elle réprima un frémissement.

— D'accord.

— Ce ne sera pas long, lui promit lord Octavius.

Pip le regarda s'éloigner dans le corridor. Lord Octavius allait porter une de ses robes ce soir. C'était... déconcertant et un peu embarrassant. Sentirait-il son odeur sur le vêtement ?

Il venait à peine de disparaître quand deux valets arrivèrent avec sa malle.

— Posez-la ici, dit-elle en montrant un emplacement près de la coiffeuse.

Les deux hommes obéirent et se retirèrent.

Pip ouvrit la malle. Sa valise était à l'intérieur, mais ses boîtes à chapeau ne s'y trouvaient pas. Il lui fallut un moment pour se rappeler qu'elle les avait rangées dans le placard en face de sa chambre.

Elle alla dans le couloir, trouva ses cartons à chapeaux et les rapporta dans la chambre. Alors qu'elle les déposait sur le lit, quelqu'un entra derrière elle. Une main se plaqua sur sa bouche, un bras lui entoura la taille et la souleva.

Tout arriva si vite qu'elle n'eut pas le temps de tourner la tête pour voir à qui elle avait affaire. Elle n'eut même pas le temps de crier. Elle était prise dans un étau et avait du mal à respirer.

La panique déferla en elle tel un torrent. Elle agrippa la main plaquée sur sa bouche.

— Vous m'avez regardé, susurra une voix d'homme. Je vous ai vue, petite traînée.

Ce n'était ni l'odeur ni la voix de lord Octavius. La poigne était solide, impitoyable, les muscles de son agresseur étaient durs et tendus.

— Tu en as envie, n'est-ce pas ? Comme une chienne en chaleur. C'est toi qui m'as attiré dans ta chambre.

Pip ne pouvait ni respirer ni réfléchir. Elle enfonça les ongles dans la main plaquée sur sa bouche.

L'homme la secoua brutalement, puis la relâcha et la poussa sur le lit. Pip reprit son souffle, désespérée. *Bats-toi !* cria une petite voix dans sa tête.

Elle fit rouler les cartons à chapeaux sur le côté et donna des coups de pied au valet. M. Donald n'avait plus l'allure d'un homme ordinaire. C'était un démon terrifiant. Un rictus découvrait ses dents, son expression était sauvage. Il voulait lui faire du mal, et il y prendrait plaisir.

Le cœur de Pip battait follement. Un instant, elle fut paralysée par la terreur. Puis la petite voix retentit de nouveau, lui enjoignant de se battre. Elle eut l'impression d'entendre lord Octavius, M. Pryor et lord Newingham l'encourager tous à la fois.

M. Donald tendit les mains vers elle. Elle donna un coup de pied et l'atteignit au bras, ce qui sembla l'amuser. Son sourire devint effroyable.

— Tu es combative, n'est-ce pas ?

La peur la priva de ses forces. Elle rampa de l'autre côté du lit, tomba sur le sol et se releva. Elle s'empara du premier objet qui lui tomba sous la main : le broc d'eau posé sur sa coiffeuse. Elle voulut le lancer sur M. Donald et cria. Mais le cri s'étrangla dans sa gorge.

M. Donald attrapa le broc d'une main, le lui arracha et le jeta sur le sol.

Pip voulut passer derrière lui. Sans succès. Ses gestes étaient ralentis, elle avait l'impression de courir dans l'eau.

M. Donald lui attrapa le poignet, et ses doigts s'enfoncèrent dans sa chair.

Des voix retentissaient dans sa tête, la panique créant une cacophonie. Mais elle savait ce qu'elle devait faire quand un homme lui agrippait le poignet ainsi. Elle s'était entraînée.

Penchant la tête, elle mordit M. Donald de toutes ses forces et sentit le goût du sang sur sa langue.

M. Donald laissa échapper un cri et la relâcha en la repoussant violemment. Elle trébucha, tomba sur le sol et se cogna la tête. Elle voulut rouler sur elle-même pour se relever, mais il était déjà trop tard. M. Donald se penchait sur elle, le visage déformé par la rage. Il agrippa le corsage de sa robe et déchira le tissu, exposant sa chemise.

Les voix dans sa tête se mirent à crier de plus belle. *Bats-toi ! Bats-toi !*

Elle ramena les genoux vers elle et frappa M. Donald de ses deux pieds. Cette fois, la panique ne la priva pas de sa force. Elle l'atteignit sur le nez et entendit les os craquer.

M. Donald poussa un hurlement de douleur. Déséquilibré, il recula en pressant les mains contre son visage. Du sang jaillit entre ses doigts.

Pip se releva et alla ouvrir la porte. Elle s'enfuit en courant dans le couloir, ses pas résonnant sur le parquet. Elle passa devant la salle de classe, tourna et heurta quelqu'un si violemment qu'ils tombèrent tous deux à la renverse.

Ils roulèrent sur le sol, bras et jambes emmêlés. Pip n'avait pas vu le visage de cette personne, mais elle savait que c'était lord Octavius. Son corps et son odeur lui étaient familiers.

Lord Octavius s'assit sur le sol.

— Pip ? Que s'est-il passé ?

Puis il vit son corsage déchiré et parut aussitôt s'alarmer.

— Comment vous sentez-vous ?

Pip s'assit également. Les doigts tremblants, elle ramena sur sa poitrine les pans de son corsage en lambeaux. Tout son corps était agité de tremblements. Elle savait qu'elle ne pourrait prononcer un mot sans éclater en sanglots. Elle hocha donc la tête en silence.

Lord Octavius lui écarta les mains et rajusta son corsage et sa chemise. Ses doigts l'effleurèrent, mais ses gestes étaient doux et délicats.

— C'est Donald qui vous a fait cela ?

Elle confirma d'un signe de tête.

— Il est dans votre chambre ?

Elle acquiesça de nouveau. Lord Octavius se leva et l'aida à en faire autant.

— Allez-vous bien ? Vous a-t-il fait mal ?

Elle inspira en tremblant.

— Je vais bien, répondit-elle.

Lord Octavius lui prit le visage à deux mains et lui caressa les lèvres de son pouce.

— Vous saignez.

— C'est son sang. Je l'ai mordu.

Lord Octavius l'attira dans ses bras. Elle nicha la tête au creux de son épaule et ferma les yeux. Ses bras étaient forts et chauds ; elle s'y sentait en sécurité.

La panique et la terreur s'estompèrent doucement. Elle aurait pu rester ainsi indéfiniment, mais lord Octavius relâcha son étreinte et recula d'un pas.

— Attendez-moi ici. Je vais voir M. Donald.

Il la regarda en pinçant les lèvres, puis prit un mouchoir dans sa poche et le lui tendit. Elle s'essuya la bouche et vit que le mouchoir était taché de sang.

— Il ne touchera plus jamais une femme, déclara lord Octavius. Je vous en fais le serment.

Il s'éloigna avant qu'elle ait eu le temps de s'essuyer complètement les lèvres. Sa silhouette disparut à l'angle du couloir, et elle n'entendit plus que le bruit martial de ses bottes martelant le parquet.

Elle humecta le mouchoir du bout de la langue et essaya de faire disparaître le sang. Le sang de M. Donald. M. Donald au sourire de sauvage et à la violence terrifiante.

Brusquement, elle s'inquiéta pour lord Octavius. Celui-ci était plus jeune, plus grand et plus fort que M. Donald, mais le valet était en proie à une folie démoniaque. Pouvait-il blesser lord Octavius ? Ou pire, le tuer ?

Elle retourna vers sa chambre, le mouchoir serré au creux de sa main. Arrivée dans le couloir, elle entendit le bruit sec d'un poing s'abattant sur un visage et un cri de douleur étouffé.

Laissant tomber le mouchoir, elle releva ses jupes et se mit à courir. La porte de sa chambre était ouverte, elle s'y engouffra et se figea, horrifiée.

Les deux hommes roulaient sur le sol. Lord Octavius se retrouva assis sur le valet, serrant les doigts autour de sa gorge. Il ramena son bras en arrière et abattit le poing sur le visage de M. Donald.

Ils n'étaient pas conscients de sa présence. M. Donald tentait de repousser lord Octavius… qui lui serrait la gorge.

— Assez ! cria Pip.

Ils ne firent pas attention à elle. M. Donald agrippait les mains de lord Octavius avec l'énergie du désespoir. Sans succès. Il ne paraissait plus démoniaque du tout. Il était affolé, et son visage était écarlate.

— Arrêtez ! s'écria-t-elle.

M. Donald essaya encore de se débarrasser des mains de lord Octavius. En vain. Pip agrippa l'épaule de lord Octavius et le secoua.

— Arrêtez ! Vous allez le tuer !

Il ne parut pas l'entendre. Son rictus était aussi terrifiant que celui de M. Donald un moment plus tôt.

Pip l'observa et se rendit compte qu'elle ne le connaissait pas du tout. Cet homme n'était pas celui qui l'avait courtisée toute la semaine. Celui qui s'amusait avec des cerfs-volants, qui faisait de l'humour et jouait avec des petites filles. C'était quelqu'un d'autre. Un inconnu. Un individu violent et assoiffé de sang.

Elle s'agenouilla, lui attrapa les poignets et tenta de lui faire lâcher le valet. Autant essayer de desserrer un étau.

Les mouvements de M. Donald faiblissaient.

— Si vous le tuez, je ne vous épouserai pas ! cria-t-elle.

Lord Octavius était en proie à une telle fureur qu'il ne l'entendit même pas.

Elle voulut lui faire lâcher prise. Sans succès. Alors elle se rappela les techniques de défense qu'il lui avait apprises. Elle lui saisit un doigt et le tira en arrière d'un coup sec.

— Aïe !

Il lâcha le valet et recula, visiblement éberlué.

— Je ne vous épouserai pas si vous le tuez, répéta-t-elle. Je ne vous épouserai pas.

Sa fureur sembla se dissiper.

— Il vous a attaquée.

— Je n'épouserai pas un meurtrier.

Elle se releva, et lord Octavius en fit autant. M. Donald resta allongé sur le sol, haletant, le visage en feu.

— Mais Pip...

— Emmenez-le.

— Mais...

— Je vous en prie, faites-le sortir.

Lord Octavius se tut. Il la dévisagea longuement, puis se baissa pour aider M. Donald à se relever. Pip le suivit des yeux tandis qu'il le poussait vers la porte. Le valet avança en titubant et ne fit pas mine de résister. Lord Octavius s'arrêta sur le pas de la porte et se tourna vers elle. Il était très pâle.

— Pip...

— Pas maintenant, répondit-elle en croisant les bras. J'ai besoin d'être seule.

Lord Octavius pinça les lèvres et hocha la tête. Il s'éloigna dans le couloir, emmenant M. Donald avec lui.

Elle avait cru savoir qui il était, mais elle s'était trompée. Elle ne connaissait qu'un aspect de sa personnalité. L'homme qu'elle venait de voir était un inconnu.

32

Le baron de Rumpole était dans son bureau. Il ne semblait pas avoir bougé depuis une heure. Cependant, il avait dû se lever, car il s'était servi un deuxième verre de vin. Le document que Newingham et lui avaient signé, avec Octavius et Dex en tant que témoins, était posé devant lui.

Il leva les yeux à leur entrée et fronça les sourcils. Mais son expression était plus faible qu'auparavant. Il n'était plus que l'ombre de lui-même.

Le baron de Rumpole avait perdu toute sa superbe.

Son regard passa d'Octavius au valet, dont le visage était en sang.

— Qu'y a-t-il ?

— Votre valet a attaqué Mlle Toogood dans sa chambre, expliqua Octavius en poussant l'homme devant lui.

— Elle m'a invité à entrer, protesta M. Donald d'une voix rauque, en pressant un mouchoir contre son nez. Elle m'a supplié. Comme une chienne…

Octavius éprouva une envie presque irrépressible de frapper le misérable et serra involontairement les poings.

— Elle lui a cassé le nez en se débattant.

Le regard du baron passa plusieurs fois de l'un à l'autre. Finalement, il se fixa sur le valet.

— Ne recommencez jamais.

— Non, monsieur, répondit M. Donald.

— Vous pouvez sortir, ordonna Rumpole en congédiant l'homme d'un geste de la main.

Le valet sortit, lançant un regard noir à Octavius.

— C'est tout ? s'exclama ce dernier quand la porte se fut refermée derrière lui. Il attaque une femme dans sa chambre, et c'est tout ce que vous trouvez à dire ?

— Que voulez-vous que je fasse ? répliqua le baron en haussant les épaules.

— Il faut le renvoyer ! Le poursuivre en justice !

Il était clair que Rumpole n'avait nullement l'intention de suivre ce conseil.

— Vous l'avez entendu. Il a dit qu'il ne recommencerait pas.

Il prit son verre et avala une gorgée de vin. C'était une façon de congédier son visiteur.

Octavius sortit en faisant résonner ses talons sur le sol et parvint, au prix d'un immense effort de volonté, à ne pas claquer la porte derrière lui.

Mlle Toogood l'ayant également congédié, il s'abstint de remonter parler avec elle, bien qu'il en meure d'envie. Il décida d'aller se promener dans la colline. Les événements de la dernière demi-heure tournaient dans sa tête alors qu'il longeait l'allée. Il entendait encore les paroles du valet : « Elle m'a supplié. Comme une chienne... » Et chaque fois que ces mots lui revenaient en tête, il éprouvait le même accès de fureur.

Il avait eu raison de frapper Donald. De l'envoyer à terre. Et même de tenter de l'étrangler. Cet individu méritait d'étouffer et de craindre pour sa vie. Il n'avait pas eu l'intention de le tuer. Il se serait arrêté avant. Et même s'il ne s'était pas arrêté, s'il s'était laissé emporter par sa colère, il n'aurait pas été dans son tort. Donald était un violeur, et la peine encourue pour ce crime était la mort. N'importe quel jury d'Angleterre aurait acquitté Octavius, qui n'avait fait que protéger la femme qu'il aimait.

Parvenu au pied de la colline, il s'était persuadé qu'il n'avait rien fait de mal. Lorsqu'il atteignit le sommet, son instinct lui disait toujours qu'il n'avait rien fait de mal, mais son esprit commençait à douter.

Et s'il avait tué cet homme ?

Il était certain qu'il aurait arrêté avant que le valet ne soit asphyxié. Cependant, un doute s'insinua dans son esprit.

Mlle Toogood était certaine qu'il allait le tuer, et qu'elle allait assister à un meurtre. Peut-être était-ce vrai...

Il demeura un moment au sommet de la colline, recouvrant sa respiration. Des cerfs-volants flottaient très haut dans les airs, traînant derrière eux leurs rubans aux couleurs vives.

Octavius les suivit des yeux en se demandant comment les cerfs-volants, le viol et le meurtre pouvaient cohabiter dans cette toute petite partie du Hampshire. Il lui paraissait impossible que Mlle Toogood ait été attaquée et qu'il ait été à deux doigts de tuer Donald alors que ces cerfs-volants flottaient gaiement, portés par la brise.

Il traversa le champ parsemé de fleurs pour rejoindre son cousin. Dex, les cheveux au vent, semblait heureux. Il rit en voyant Octavius.

— Ces cerfs-volants sont splendides ! C'est du sang, sur ton col ?

— Probablement.

Octavius baissa les yeux, mais ne vit rien.

— Tu te sens bien, Otto ?

Octavius marmonna une réponse qui pouvait vouloir dire oui ou non, et dénoua sa cravate. Il constata qu'elle était effectivement maculée de sang. Dex en profita pour ramener son cerf-volant à terre.

— Que s'est-il passé ?

Octavius jeta un coup d'œil à Newingham et aux filles.

— Allons plus loin, dit-il en montrant un bosquet.

Ils s'éloignèrent en silence. Octavius roula sa cravate et la fourra dans sa poche.

— Que s'est-il passé ? répéta Dex en arrivant sous les arbres.

Octavius lui rapporta les événements. Son cousin écarquilla les yeux.

— Tu as failli le tuer ? Tu as drôlement bien fait !

Octavius songea à l'expression de Mlle Toogood et secoua la tête.

— Non. J'aurais dû me contenir.

— Quoi ? Mais pourquoi ?

— Les femmes n'aiment pas la violence.

Dex poussa un bref ricanement.

— Il n'est pas question de la sensibilité féminine, imbécile ! Il est question de faire ce qui est juste.

Octavius se dit qu'il devait être idiot, car il commençait à croire que la limite entre le bien et le mal était plutôt floue. Les choses qui étaient justes pouvaient aussi être mauvaises.

Était-il possible d'expliquer cela à Dex ?

— Et si c'était arrivé à Phoebe ? s'enquit-il.

Une expression sauvage passa dans les yeux de son cousin.

— J'aurais arraché la tête à ce sale type !

— Et si elle t'avait vu et t'avait demandé d'arrêter ? Si elle n'avait pas voulu que tu le tues ?

— Je lui aurais quand même arraché la tête.

Octavius regarda Dex, vit son expression belliqueuse et décida qu'il était inutile d'essayer de lui expliquer ce qu'il ressentait. Surtout qu'il ne le savait pas très bien lui-même. Il se tourna et redescendit dans la prairie en écrasant l'herbe fraîche sous ses pieds.

— Où vas-tu ? lança Dex dans son dos.

— À Rumpole Hall.

Il devait voir Mlle Toogood et lui expliquer qu'il n'avait pas eu l'intention de tuer le valet.

— C'est l'heure du déjeuner ! cria Newingham à tue-tête. Qui va arriver le premier au pied de la colline ?

33

Mlle Toogood fit une apparition à la table du déjeuner. Elle semblait aussi calme et impassible que d'habitude. Newingham et les filles ne remarquèrent certainement rien de spécial. Octavius, lui, la trouva pâle et fatiguée. Elle paraissait fragile.

Après le déjeuner, il l'attira à l'écart.

— Pip… Mademoiselle Toogood, est-ce que vous allez bien ?

— Oui, je vous remercie.

— Pouvons-nous parler ?

— Il faut que nous ayons une discussion, en effet, dit-elle d'un air grave. Venez me retrouver dans une heure, dans la classe.

Octavius passa les soixante minutes suivantes à arpenter la salle d'études. Il n'avait jamais vraiment aimé ces endroits. C'était le lieu où il avait dû suivre des milliers d'heures de cours ennuyeux. Subir des tests, des examens, parfois des punitions. Mais jusqu'à maintenant, il n'avait jamais éprouvé une telle terreur dans une de ces salles. L'expression de Mlle Toogood, tout à l'heure, ne laissait rien présager de bon.

Faites qu'elle n'ait pas changé d'avis, qu'elle veuille toujours m'épouser, pria-t-il tout en faisant les cent pas. Mais lorsqu'elle entra et referma la porte derrière elle, une heure exactement après le déjeuner, il sut que sa prière était vaine. Il n'avait pas besoin qu'elle prononce les mots à haute voix. Il voyait clairement sur son visage et à la façon dont elle se tenait, les mains croisées devant elle, qu'elle allait refuser de l'épouser.

— Je suis désolée, lord Octavius, je ne peux pas me marier avec vous.

Il fit un pas vers elle.

— Je vous donne ma parole d'honneur que je ne l'aurais pas tué.

Mlle Toogood secoua la tête.

— Ce n'est pas la seule raison.

— Quelles sont les autres ?

— Nous sommes trop différents. Nous appartenons à des milieux différents, nous n'avons pas les mêmes valeurs. Je n'aurais jamais dû accepter. Je vous demande pardon. C'est ma faute.

Octavius voulut lui dire qu'elle se trompait. Elle ne lui en laissa pas le temps.

— Nous croyons nous connaître, mais c'est faux. Nous ne nous connaissons pas du tout. Nous avons vu l'aspect extérieur de chacun, et seulement très brièvement. Je ne sais pas qui vous êtes en réalité, et vous ne savez rien de moi.

— Dans ce cas, attendons quelques mois pour faire plus ample connaissance...

Elle secoua de nouveau la tête en signe de refus.

— Nous sommes trop différents. Un mariage entre nous ne pourra jamais fonctionner.

— Je ne suis pas d'accord.

— Nous sommes trop différents, répéta-t-elle. Je suis désolée. Je ne peux pas vous épouser.

Elle ouvrit la porte et sortit dans le couloir.

34

Lord Octavius n'essaya pas de parler avec Pip au moment du dîner, ni par la suite. Pour elle, c'était un soulagement car elle était encore épuisée et bouleversée par les événements de la journée. Toute discussion entre eux se serait terminée par une crise de larmes de sa part, et de la colère du côté de lord Octavius. Or, elle n'avait pas le courage d'affronter ce genre d'épreuves.

Cependant, malgré son soulagement, elle était aussi un peu étonnée qu'il ne cherche pas à lui parler. Elle pensait qu'il voudrait à tout prix lui exposer sa vision de leur avenir ensemble.

Ce soir-là, alors qu'elle s'apprêtait à se coucher, quelqu'un frappa discrètement à sa porte. Elle se figea, et la terreur éprouvée dans la journée resurgit. *Allez-vous-en !* fut-elle tentée de crier.

— Qui est-ce ? demanda-t-elle avec prudence.

— C'est moi, Octavius.

La voix était… féminine.

Pip hésita et serra la couverture dans ses doigts. Elle ne voulait pas parler à lord Octavius. Ses sentiments étaient confus, elle avait les nerfs à vif, elle était au bord des larmes, et dans le fond de son cœur elle tremblait encore de terreur.

— Mademoiselle Toogood ? répéta la voix de femme. S'il vous plaît. Je veux seulement vous parler quelques minutes. Je vous promets que ce ne sera pas long.

Pip était lasse, et elle avait déjà dit à lord Octavius tout ce qu'elle avait à dire. Mais il n'était pas un colporteur ennuyeux que l'on congédiait à travers la porte. C'était l'homme qui l'avait demandée en mariage, et il méritait qu'elle soit courtoise et lui parle face à face.

Elle sortit du lit à regret, rabattit les couvertures, enfila sa robe de chambre, noua soigneusement sa ceinture et alla à la porte.

— Mademoiselle Toogood ? Pip ? répéta-t-il en toquant doucement.

Pip toucha trois fois son pouce du bout de son index. *Un, deux, trois.* Pour se donner la patience d'écouter ce que lord Octavius voulait lui dire, et la force de ne pas éclater en sanglots. Puis elle ouvrit la porte.

Une femme se tenait dans le couloir, éclairée uniquement par la bougie qu'elle tenait à la main. Elle avait des cheveux foncés et des yeux sombres.

Pip la regarda. Ou plutôt, *le* regarda.

Lord Octavius était habillé comme elle, d'une chemise et d'une robe de chambre. Mais celle-ci avait une coupe masculine et... et c'était bien lord Octavius qui se tenait devant sa porte, sous les traits d'une femme.

Déguisé en femme, il ressemblait beaucoup à l'homme qu'elle connaissait. Les mêmes cheveux, les mêmes yeux... Tout en étant aussi entièrement différent. Son menton était plus étroit, sa bouche plus petite, ses lèvres plus pleines et plus douces, son nez était presque délicat. Toutefois, la forme de son visage et son regard direct étaient familiers.

— Mademoiselle Toogood, dit-il d'une voix légère et féminine qui contenait cependant une intonation familière. Pip. Puis-je parler avec vous, je vous prie ? Je ne resterai que quelques minutes, je vous le promets.

Elle avait eu l'intention de le renvoyer poliment, mais elle ne put s'empêcher de dévisager cette femme qui, en réalité, était un homme. Et tout en le dévisageant, elle ouvrit plus largement sa porte et s'effaça.

Lord Octavius entra.

Pip referma et se tourna vers lui pour l'observer. De longs cheveux de femme, des hanches rondes, des seins, de petites mains de femme. Le visage d'une femme. Seigneur, c'était le visage de lord Octavius. À la fois différent et familier.

Et soudain, elle se rendit compte, avec un temps de retard, qu'elle avait invité lord Octavius à entrer dans sa chambre et que la conversation devenait inévitable.

Sa lassitude réapparut, doublée d'une terrible appréhension.

Lord Octavius fit le tour de la pièce du regard, observant le lit, la table de toilette, la malle, la valise, les cartons à chapeaux. Puis ses yeux s'arrêtèrent sur le seul espace inoccupé, sous la fenêtre.

Il posa le bougeoir sur la table de toilette, alla à la fenêtre et s'assit sur le sol. Ses mouvements n'étaient pas tout à fait féminins, sans être masculins non plus.

— Cinq minutes, fit-il de cette voix étrange qui n'était pas vraiment la sienne, mais qui était tout de même familière.

— Cinq minutes ?

Il confirma d'un signe de tête.

— Cinq minutes de conversation rationnelle.

Il était impossible de lui refuser cela alors qu'il était déjà dans sa chambre, assis par terre, et qu'il la regardait d'un air plein d'espoir.

Elle réprima un soupir.

— D'accord, murmura-t-elle avec réticence.

Quelque chose changea dans le visage de lord Octavius et dans sa posture. C'était à peine perceptible, mais il se détendit. Elle devina qu'il avait eu peur qu'elle refuse.

Il eut un sourire hésitant et lui fit signe de s'asseoir sur le lit. Or elle n'avait pas du tout envie de s'asseoir sur son lit alors qu'un homme se trouvait dans sa chambre, même s'il avait l'apparence d'une femme. Ignorant le lit, elle alla s'installer sur le sol en évitant de s'approcher de lui et ramena soigneusement les pans de sa robe de chambre sur ses jambes afin de ne pas montrer le moindre centimètre de peau.

— Une conversation rationnelle ? demanda-t-elle.

— Oui. Vous aviez raison, ce matin. Nous ne nous connaissons sans doute pas depuis assez longtemps pour nous comprendre. J'aimerais remédier à cela en ayant une discussion avec vous.

— Sur nos valeurs ?

— Oui. Quelles sont les vôtres ?

Elle réprima encore un soupir. Discuter ne changerait rien au fait qu'ils étaient trop différents pour se marier. Ni au fait que lord Octavius avait failli tuer un homme ce matin.

Il attendit en silence qu'elle parle, les yeux fixés sur elle.

— Je déteste la violence, déclara-t-elle de but en blanc. J'espère ne jamais tuer personne, et je ne veux pas épouser un homme capable de le faire.

Lord Octavius haussa légèrement les sourcils et fit la moue.

— C'est une des choses que j'aime chez vous. Vous n'y allez pas par quatre chemins.

Elle ne répondit pas. Elle se contenta de le regarder en attendant sa réponse. Il soutint son regard. Ses longs cheveux bruns tombaient sur ses épaules. Il était à la fois inconnu et familier. Une femme qu'elle n'avait jamais rencontrée, un homme qu'elle avait été sur le point d'épouser.

— Seriez-vous étonnée si je vous disais que je ne veux tuer personne non plus ?

Elle fronça les sourcils et allait lui rappeler qu'il avait été à deux doigts d'étrangler M. Donald quand il leva la main.

Elle se tut.

— Je n'avais pas l'intention de le tuer. Sincèrement. Je ne sais pas ce qui s'est passé. Je l'ai entendu parler de vous de cette façon, et la seconde suivante…

Il secoua la tête, perplexe, et reprit :

— C'est arrivé. Et je suis content que vous m'ayez retenu, car je ne veux pas plus que vous devenir un meurtrier.

Pip le dévisagea. Il soupira et, malgré son apparence féminine, elle reconnut cette façon de soupirer.

— Mais il est clair que je suis capable de tuer, admit-il en baissant les yeux sur sa robe brodée. Je crois que nous en sommes tous capables.

Pip se rembrunit, sur le point de protester, mais une fois encore il leva la main et enchaîna :

— Je voudrais que vous imaginiez quelque chose. Imaginez que votre père est toujours en vie et que vous habitez tous les deux dans un cottage à moins d'un kilomètre de Chipping Campden.

Pip fronça les sourcils, intriguée. Chipping Campden ?

— Un jour, alors que votre père taille ses rosiers et que vous bêchez le potager, un homme approche. Un vagabond. Ivre mort, il assomme votre père et fait pleuvoir des coups sur lui.

Elle se raidit.

— Vous avez le choix. Vous pouvez courir chercher de l'aide ou mettre l'inconnu hors d'état de nuire avec votre bêche. Que feriez-vous ?

— J'essaierais de le repousser, avoua-t-elle.

Lord Octavius acquiesça d'un hochement de tête.

— Vous le frappez plusieurs fois, de toutes vos forces. Et dans le feu de l'action, alors que vous êtes en proie à la peur et à la colère, il est possible que vous le tuiez. Sans avoir eu l'intention de le faire. Tout ce que vous vouliez, c'était protéger votre père.

Elle se mordit les lèvres et acquiesça à regret.

Lord Octavius soupira de nouveau.

— C'est ce qui m'est arrivé ce matin. Dans le feu de l'action, je n'ai pas pu me contrôler. En voyant cet homme dans votre chambre et en l'entendant dire ces choses sur vous… j'ai perdu le contrôle. Je ne voulais pas le tuer, ce n'était pas mon intention… Pouvez-vous me croire ?

Elle avait envie de le croire. Lord Octavius la regarda dans les yeux et ajouta :

— Ne pas faire de mal aux gens fait partie de mes valeurs.

Il était impossible de douter de lui. La sincérité se lisait sur son visage, s'entendait dans sa voix. C'était son cœur, et même son âme, qui s'exprimait.

— Ce matin, j'ai vécu… une expérience extrême, reprit-il. Les émotions ont pris le dessus sur moi. Et je ne peux pas vous promettre, Pip, que cela ne se reproduira pas. Si quelqu'un essaie de vous faire du mal, à vous ou à quelqu'un de ma famille… alors je ferai tout ce qu'il faudra pour l'en empêcher. C'est une question d'instinct, et non de raison. Nous avons tous cet instinct. Peut-être est-il plus fort chez moi que chez vous, plus puissant chez les hommes que chez les femmes, mais il existe en chacun de nous. Si quelqu'un vous fait du mal, je vous protégerai même si je dois tuer pour cela. C'est mon instinct.

Pip se mordit les lèvres, réfléchit et décida qu'il avait raison. L'instinct vous poussait à protéger ceux que vous aimiez. Quitte à…

— Je ne veux tuer personne, Pip. Vraiment. Mais il se peut que je le fasse un jour… si les circonstances l'exigent.

Et si quelque chose d'affreux arrivait un jour, elle en serait capable aussi. Elle hocha la tête d'un air grave, et toucha trois fois son pouce de son index. *Je vous en prie, faites que cela n'arrive jamais. Ni à moi ni à lui.*

Lord Octavius ne remarqua pas son geste. Il changea de position, lissa les plis de sa robe et reprit :

— Vous rappelez-vous le jour où, alors que nous étions sur la colline, les filles nous ont raconté que Rumpole avait frappé leur frère ?

Pip fit un signe affirmatif. La scène décrite par Edie était gravée dans sa mémoire. Amelia Rumpole sur son lit de mort, suppliant son mari de faire un don aux pauvres en son nom, le petit Archibald de dix ans proposant de mesurer un terrain pour elle, et le baron frappant son fils.

— Ensuite, alors que nous rentrions, j'ai dit que j'avais envie d'assommer Rumpole. Vous rappelez-vous ce que vous m'avez dit ?

Elle s'en souvenait, oui. Elle baissa les yeux et pinça le tissu de sa robe de chambre.

— J'ai dit que si vous le faisiez, cela ne me choquerait pas du tout, avoua-t-elle.

Lord Octavius ne dit rien. Il attendait qu'elle continue.

— Parfois, la violence paraît justifiée, admit-elle. Et même… bénéfique. Cela arrive, mais pas très souvent. Je crois qu'il vaut toujours mieux résoudre les problèmes par des paroles plutôt que par la violence… Hélas, ce n'est pas toujours possible. Parfois, les mots sont inutiles.

Les mots étaient inutiles avec des hommes comme le baron de Rumpole et M. Donald. Les remontrances, les reproches, les objurgations, les supplications… Rien de tout cela ne leur ferait grande impression.

— La parole est préférable à la force brute, approuva lord Octavius.

— Oui.

— La violence se justifie si nous devons nous défendre. Mais non pour attaquer.

— Oui.

— J'avais raison de frapper Donald, mais je n'aurais pas dû l'étrangler.

— Oui.

Il fit la grimace et s'exclama brusquement :

— Mais je n'ai pas eu l'impression que c'était mal. Je pense encore maintenant que j'avais raison, ajouta-t-il, une main pressée contre sa poitrine.

— Regrettez-vous de ne pas l'avoir tué ?

Il réfléchit longuement, les sourcils froncés. Pip eut l'impression qu'il pesait le pour et le contre. Qu'il mettait en balance la justice et la vengeance.

— Non, finit-il par dire.

Il semblait sincère.

— J'avais raison de le frapper et tort de vouloir le tuer, admit-il avec un petit sourire ironique.

— En effet.

— Nous sommes donc d'accord sur ce point. De quelles autres valeurs aimeriez-vous parler ? demanda-t-il en recouvrant tout son sérieux.

Pip froissa le tissu de sa robe en réfléchissant. La bonté, l'honnêteté, l'intégrité étaient des sujets capitaux pour elle.

— Nos valeurs sont probablement les mêmes, finit-elle par reconnaître. Cela dit, nous sommes issus de milieux dissemblables. Nous sommes trop différents. Nous pensons être assortis, mais nous ne nous connaissons pas assez pour en être certains.

Lord Octavius hocha la tête, trouvant apparemment cette affirmation raisonnable.

— Fort bien. Qu'aimeriez-vous savoir sur moi ?

35

— Quoi ? Maintenant ? s'exclama Pip.

— Qu'aimeriez-vous savoir ?

Pip baissa les yeux et fit tourner le morceau de tissu de sa robe en le tire-bouchonnant. Que voulait-elle savoir ? Et le moment était-il bien choisi pour avoir cette discussion ?

Oui. C'est le moment parfait, lui dit son cœur.

Elle relâcha le tissu et le lissa du plat de la main. Elle regarda lord Octavius, cet être moitié homme moitié femme, assis à côté d'elle. Il guettait sa réaction avec un mélange d'espoir et de nervosité.

— Êtes-vous joueur ?

Il ne changea pas de position, mais elle le vit se détendre.

— Une partie de cartes à l'occasion, mais je ne fréquente pas les clubs de jeux.

— Vivez-vous selon vos moyens ?

— Oui. Je ne suis pas un panier percé, si c'est ce que vous voulez dire.

Elle hocha la tête et enchaîna :

— Buvez-vous ?

— Je ne suis pas un ivrogne non plus, répondit-il en souriant. Il m'est arrivé de faire la fête quand j'étais plus jeune. Plus maintenant. Craignez-vous que je sois d'une nature légère, que je sois un débauché ? Je ne suis pas ce genre d'hommes.

Elle ne pensait pas qu'il l'était. Mais il était privilégié et n'avait pas de réelle vocation. Lord Octavius dut voir le doute dans son expression car il demanda :

— Quel est le problème ?

— J'ai toujours cru que j'épouserais un homme ayant une vocation. Quelqu'un dont le but serait d'aider les gens. Sans doute un pasteur, ou peut-être un apothicaire ou un médecin.

— Ah, dit-il avec une pointe de tristesse. Ma situation vous déplaît.

— Non. C'est juste que… je ne pensais pas épouser un noble.

— Parce que pour vous, je suis quelqu'un de superficiel et de futile ?

— Non. Bien sûr que non.

— Comparé à un pasteur ou à un médecin, je le suis, remarqua-t-il en faisant la moue. J'ai toujours cru que la vie était un jeu, mais cette semaine… après ce séjour à Rumpole Hall, j'ai compris que ce n'était pas du tout le cas. Les circonstances étaient frustrantes, difficiles et aussi…

Il fit une pause, cherchant un mot qu'il ne trouva pas, puis reprit :

— Hier, quand j'étais à Londres, j'ai proposé à mon frère et à mes cousins d'utiliser nos pouvoirs magiques pour venir en aide aux gens.

— Qu'ont-ils dit ?

— Ils ont cru que je plaisantais.

— Et ce n'était pas le cas ?

Il fit un signe négatif de la tête.

— Est-ce ce que vous aimeriez faire ? Vous servir de vos dons pour aider les gens ?

— Je ne sais pas. Je suis content que nous ayons mis fin aux actions de Rumpole, mais…

Il soupira et se massa le front, un geste typique de lui.

— Je ne veux jamais refaire ce que j'ai fait à Rumpole. Toutefois, je vais y être obligé car Donald n'a pas encore compris… Bon sang ! J'aurais dû vous rapporter votre robe.

— Vous n'allez pas le terroriser ce soir ?

— J'ai essayé, mais il s'est enfermé dans sa chambre et il refuse d'ouvrir, quoi que je lui dise. Grâce à vous, il redoute désormais les femmes, ajouta-t-il en souriant.

— Tant mieux.

— Je crains hélas que cela ne dure pas. Une fois qu'il aura surmonté sa peur, il recommencera, j'en suis certain. Mais ne vous inquiétez pas, Dex et moi nous occuperons de lui. Le mois prochain, nous reviendrons et entrerons de nuit dans la maison. À nous deux, nous lui donnerons une bonne leçon, vous avez ma parole.

Pip le regarda, assis à côté d'elle dans ce corps de femme. Et elle comprit soudain une chose. Cet homme riche et privilégié, fils de marquis, avait bien une vocation. Et pas n'importe laquelle. Une vocation qui avait un impact profond sur la vie des gens.

Elle avait eu raison ce matin de penser qu'il était un héros, mais elle ne devait pas le mettre sur un piédestal. Il n'était pas parfait. Personne ne l'était. C'était cela dont ils devaient discuter. Ce qu'ils attendaient l'un de l'autre.

— Je ne suis pas parfaite. Mais je crains que vous pensiez que je le suis.

Le changement de sujet parut le décontenancer.

— La perfection n'existe que dans le regard de celui qui vous observe, dit-il en souriant.

— J'ai des défauts, poursuivit-elle en ignorant ce sourire. Beaucoup de défauts. Tout le monde en a.

— Quels sont-ils, selon vous ?

La question la prit de court.

— Eh bien... pour commencer, mes cheveux auburn et mes taches de rousseur, bien entendu.

— Ce ne sont pas des défauts.

Pip prit cela pour un compliment. Ses joues se colorèrent et elle fut troublée. Elle chercha autre chose.

— J'ai une dent de travers. Vous voyez ? ajouta-t-elle en montrant une de ses canines.

— Oui, c'est un très grave défaut.

— Soyez sérieux.

— D'accord, mais citez-moi un vrai défaut qui ne soit pas physique.

Elle réfléchit un moment.

— Je suis rancunière. J'ai du mal à pardonner certaines choses.

— Quel genre de choses ?

— L'égoïsme. Le mépris. La cruauté.

— Quels sont vos autres défauts ?

— Je ne suis pas aussi patiente que je le voudrais.

Lord Octavius secoua la tête.

— Je vous ai observée toute la semaine avec les filles. Vous êtes extrêmement patiente.

— Avec les enfants, oui. Avec les adultes...

Elle baissa de nouveau les yeux et pinça le tissu de sa robe.

— Je suis agacée si les gens se plaignent trop. Dans mon dernier emploi, la mère des enfants... Elle ne voyait que ce qui était mauvais dans sa vie, et elle ignorait les côtés positifs.

Elle relâcha le tissu, le lissa et soutint le regard d'Octavius.

— Je sais que j'aurais dû être plus indulgente. Elle est ce qu'elle est, et elle n'y peut rien. Seulement, cela m'agaçait beaucoup. J'avais envie de la secouer et de lui montrer tout ce qu'elle avait !

— Voyons si j'ai bien compris. Vous éprouvez de l'agacement pour les gens qui se plaignent continuellement ?

— Oui.

— Ce n'est pas un défaut, c'est la nature humaine.

— Une personne vraiment charitable…

— Il faudrait être un saint pour supporter ce genre de choses. Défaut suivant.

Elle pinça les lèvres et réfléchit.

— Je suis trop idéaliste.

— Certainement. Ce n'est toujours pas un défaut. Quoi d'autre ?

— Je n'ai aucun talent musical. Je sais jouer du piano, mais je joue mal et je ne sais pas chanter du tout.

— Ah ! Enfin, un vrai défaut ! s'exclama-t-il en souriant.

Pip fut déconcertée. Son visage était différent, mais ce sourire était bien celui de lord Octavius.

En fait, c'était même très perturbant. Elle eut envie de voir le vrai lord Octavius et non cette version féminine.

— Par chance, dit-il, je chante assez bien pour deux. En revanche, je ne sais pas jouer du piano. Mon cousin Dex sait chanter « God Save the King » en rotant. Moi, j'en suis incapable.

Elle reconnut les yeux sombres de lord Octavius dans le visage de cette inconnue. C'était si déstabilisant qu'elle faillit lui demander de redevenir lui-même. La prudence la retint. Voir une femme lui ressemblant dans sa chambre était assez troublant. Ce serait bien pire s'il reprenait son apparence masculine.

Détournant son attention, elle chercha quelque chose à dire.

— Tant mieux, car je ne pourrais pas épouser un homme capable de faire cela.

Elle se rendit compte, un peu trop tard, qu'elle venait d'admettre implicitement qu'elle envisageait de l'épouser.

Elle se crispa. Elle ne voulait pas qu'il lui demande sa main. Pas encore. C'était trop tôt.

Lord Octavius dut remarquer son malaise car il demanda simplement :

— Quels sont vos autres défauts ?

— Ce n'en est pas... vraiment un. Plutôt une singularité.

Il l'encouragea d'un signe de tête.

Elle savait qu'elle devait lui avouer son obsession pour le chiffre trois. Mais elle ne put s'y résoudre. Son honnêteté n'allait pas encore jusque-là.

— Je m'éveille à l'aube chaque matin. J'aime voir le soleil se lever.

— Moi aussi. Sauf que je ne suis généralement pas levé à l'aube. Je peux le faire, cependant, si cela vous plaît, ajouta-t-il en souriant.

Aimerait-elle se lever à l'aube avec lui ? Contempler les couleurs qui envahissaient le ciel ? Partager ce moment de quiétude et de joie ?

Oui. En fait, elle en avait tellement envie que son cœur se serra à cette pensée.

Elle joua avec la ceinture de sa robe, attendant que ce moment d'émotion soit passé.

— D'autres singularités ? s'enquit Octavius.

Son obsession pour le chiffre trois. C'était indéniablement un défaut *et* une singularité. Mais elle fit non de la tête. Et en son for intérieur, elle trouva autre chose à ajouter à sa liste : la lâcheté.

— Très bien. Maintenant, examinons mes défauts. D'accord ?

Il changea de position et observa quelques secondes de silence. Pip lui coula un regard de côté, intriguée.

— Le plus gros, c'est d'être oisif, finit-il par dire. Je n'ai pas besoin de gagner ma vie, et je n'ai pas d'autre but que de m'amuser.

— Je ne vous trouve pas frivole pour autant.

— Non ? J'ai de l'argent et du temps en abondance, mais je ne m'en sers que pour mon amusement et pour exercer ma magie. J'aurais pu choisir un don plus utile, comme Grand-père, mais j'ai préféré quelque chose d'amusant. La frivolité est certainement mon plus gros défaut. Le deuxième, c'est ce qui s'est passé ce matin. J'ai perdu mon sang-froid et j'ai failli tuer quelqu'un. Croyez-le ou non, mais avant aujourd'hui je n'aurais jamais dit que j'avais le sang chaud.

— Je ne pense pas que vous soyez coléreux. Je crois que vous êtes très protecteur.

— Vous croyez ?

— Extrêmement protecteur.

Il haussa les épaules. Visiblement, il ne la croyait pas.

— Quant à mes autres défauts... ce sont à peu près les mêmes que les vôtres. Je ne supporte pas la méchanceté et la cruauté. Et les gens qui se plaignent tout le temps m'agacent. Mais je sais chanter, ajouta-t-il avec un sourire en coin. Nous aurions dû parler de tout cela plus tôt, n'est-ce pas ? Je suis insouciant et superficiel, pas du tout le genre d'hommes que vous avez envie d'épouser.

— Vous n'êtes pas du tout superficiel. À moins que vous ne vous soyez fait passer pour quelqu'un d'autre au cours de cette semaine ?

— Bien sûr que non.

— Dans ce cas, vous avez bien un but dans la vie. Vous voulez protéger les gens.

Il la regarda en fronçant les sourcils, et elle regretta qu'il n'ait pas son vrai visage.

— Avez-vous une singularité ? s'enquit-elle.

La question le fit réfléchir un moment.

— On m'a dit que je parlais dans mon sommeil.

Qui lui avait dit cela ? se demanda Pip. Un membre de sa famille ? Un domestique ? Une maîtresse ?

Il réfléchit encore et fronça le nez.

— Je déteste les groseilles. L'odeur, le goût... Beurk.

— J'aime les tartes aux groseilles.

— Dans ce cas, nous ne pouvons pas nous marier, plaisanta-t-il en souriant.

Elle lui rendit son sourire. Puis il redevint grave et la fixa.

— À quoi pensez-vous, Pip ?

Elle détourna les yeux et se mit à examiner les motifs du tapis.

— Je pense qu'il y a un lien entre nous, que nos caractères s'accordent et que nous avons les mêmes valeurs. Je crains néanmoins que nous n'appartenions à des milieux trop éloignés. Vous êtes le fils d'un marquis, et moi la fille d'un pasteur. Vous êtes riche, et je suis pauvre. Nous avons été élevés différemment et je crains... je crains que les différences qui nous séparent ne soient trop importantes. Il n'y a absolument aucun point commun entre nos familles.

Il l'observa longuement, avec gravité.

— Nous sommes humains, déclara-t-il. C'est le plus grand point commun qui existe, n'est-ce pas ?

— Eh bien... oui.

Il ne répondit pas. Au bout d'un moment, elle leva les yeux. Il la regardait.

— Que dit votre cœur ? demanda-t-il doucement.

Elle garda le silence un moment, puis murmura :

— Mon cœur me dit de vous épouser.

Il eut un petit sourire plein d'espoir.

— C'est aussi ce que me dit le mien.

Les yeux noirs étaient ceux de lord Octavius. Et soudain, elle trouva insupportable d'avoir cette discussion avec quelqu'un qui n'était pas vraiment lui. Elle avait besoin d'entendre sa voix, de voir son vrai visage.

— Je vous en prie, redevenez vous-même.

Il eut une hésitation.

— Vous êtes sûre ?

Elle hocha vigoureusement la tête.

— Très bien.

En un clin d'œil, il reprit son aspect habituel. Il n'y eut pas d'étincelle ni d'éclair de magie. Il changea, tout simplement. À peine sembla-t-il trembler pendant une seconde, puis la femme se transforma en homme.

Aussitôt, il occupa beaucoup plus d'espace sur le sol. La robe de chambre, qui avait paru volumineuse sur lui, ne l'était plus du tout. La ceinture était beaucoup trop serrée et il s'empressa de la défaire.

Quel que soit le corps qu'il occupait, lord Octavius restait la même personne. Seule son apparence changeait, pas sa personnalité. Pip éprouva un intense soulagement en le voyant de nouveau.

Et très vite apparut un autre sentiment. La sensation de sécurité. Elle se sentait bien plus en sécurité maintenant que lord Octavius était redevenu homme. Comme si plus rien de mauvais ne pouvait lui arriver.

— Que ressentez-vous quand vous changez de forme ? demanda-t-elle.

— Une sorte de picotement dans ma peau et dans mon squelette, répondit-il en haussant les épaules.

Pip l'observa. Ses traits étaient les mêmes qu'auparavant. Des sourcils marqués, un nez fort, une mâchoire carrée. Mais elle le voyait plus clairement. Ce n'était pas un meurtrier, bien qu'il soit capable de violence. C'était un héros. Un héros imparfait, voilà tout.

Ils se dévisagèrent longuement et elle sentit ce lien entre eux se consolider. Ce lien invisible, tellement plus fort que l'amitié.

— Voulez-vous m'épouser ?

— Oui, répondit-elle.

Le visage d'Octavius s'éclaira, exprimant le soulagement, la joie, l'euphorie. Son sourire était radieux. Il ouvrit la bouche mais elle leva la main pour l'empêcher de parler.

— Avant tout, je dois vous avouer quelque chose. J'ai un autre défaut.

36

— Cela va vous paraître idiot, mais…

Pip se sentit incapable de regarder lord Octavius en face pour lui révéler son plus grand défaut. Elle baissa les yeux, tortillant l'extrémité de sa ceinture.

— Mon père avait une obsession pour le chiffre trois. Pour lui, tout allait par trois. Il frappait trois fois à la porte avant d'entrer chez quelqu'un. Il s'essuyait trois fois les pieds sur le paillasson. Il soufflait trois fois sur les bougies, vérifiait trois fois que la serrure était fermée et m'embrassait trois fois pour me souhaiter bonne nuit. Il s'assurait d'avoir trois morceaux sur sa fourchette lorsqu'il mangeait. Quand il marchait, il comptait les multiples de trois, et chaque fois qu'il tournait la page d'un livre il la tapait trois fois du bout des doigts.

Elle risqua un coup d'œil vers lord Octavius. Son sourire radieux s'était évaporé. Il semblait dubitatif.

— Le chiffre trois dominait la vie de mon père, et la mienne aussi. Mais cela m'était égal. C'était une sorte de jeu entre nous, et je trouvais cela rassurant. Comme si tout dans le monde allait bien, à condition de faire les choses par trois.

Lord Octavius se rembrunit, de plus en plus perplexe.

— C'était une obsession qui était extrêmement réconfortante pour mon père. Je ne pense pas que vous puissiez comprendre, mais le chiffre trois le rendait heureux, et moi aussi.

Lord Octavius hocha la tête pour l'encourager à poursuivre.

Elle baissa de nouveau les yeux.

— À la mort de mon père, je suis allée vivre chez ma tante. Elle ne voulait plus que je pense à cela. Elle disait que c'était malsain, et elle aurait voulu me faire perdre complètement cette habitude. Même s'il fallait me fouetter pour cela.

— L'a-t-elle fait ?

— C'est arrivé deux fois.

— Quel âge aviez-vous ?

— Douze ans.

Il la regarda d'un air sombre et elle reprit vivement :

— Ma tante souffrait plus que moi. La deuxième fois, elle a fondu en larmes. C'est là que j'ai compris qu'elle faisait cela pour moi, pour m'aider.

— Et vous avez arrêté ?

— De lutter contre elle, oui. Il m'a cependant fallu presque un an pour arrêter de faire chaque geste trois fois. Ce fut très difficile.

Le mot « difficile » était loin de décrire sa souffrance au cours de cette année. Elle avait perdu son père, le chiffre trois ne pouvait plus la réconforter, et elle avait été plus malheureuse qu'on ne pouvait l'imaginer. Son père lui avait offert l'amour et la stabilité, et le chiffre trois l'aidait à donner du sens au monde. Sans eux, elle se sentait seule et perdue. Ballottée dans des flots déchaînés, sans rien à quoi se raccrocher.

Elle frissonna en se rappelant ces mois de souffrance.

— Finalement, ma tante m'a autorisée à conserver une petite manie de mon père.

Lord Octavius n'avait pas l'air désapprobateur. Il la regardait avec indulgence.

— Quelle est-elle ?

— Je tape trois fois pour me porter chance, expliqua-t-elle en tapotant son index contre son pouce.

La gêne, peut-être la honte, enflamma ses joues. Mais ce simple geste la rassura en même temps. Pendant un bref instant, elle se sentit en sécurité. Et très vite... elle se trouva un peu idiote. Car même si ce geste lui donnait l'impression de contrôler sa destinée, elle savait que c'était faux.

Elle serra le poing et le posa sur ses genoux. Elle ne put se résoudre à croiser le regard de lord Octavius. Elle craignait d'y découvrir de l'ironie, ou peut-être même de la pitié.

— Les gens font certaines choses pour se porter chance, dit-il.

Son ton était si détaché, si gentil, si exempt de critique, qu'elle ne put s'empêcher de lever les yeux. Son expression était douce, ni narquoise ni apitoyée.

— On peut aussi toucher du bois, poursuivit-il en frappant le parquet de ses phalanges repliées.

— Trois fois, précisa-t-elle.

Le sourire de lord Octavius ne s'effaça pas. Mais la chaleur et l'affection apparurent dans ses yeux. Il frappa de nouveau le sol. Trois fois.

Quelque chose à l'intérieur de Pip se dénoua, et en même temps elle se sentit rougir de honte.

— Voilà, c'est mon plus grand défaut, lâcha-t-elle en serrant les poings.

— Ce n'est pas un défaut.

— Bien sûr que si ! Je le fais tous les jours. Plusieurs fois par jour !

— Ce n'est pas un défaut, répéta-t-il. C'est une singularité.

Il lui prit la main, la porta à ses lèvres et l'embrassa délicatement, trois fois.

Pip eut l'impression que son cœur allait cesser de battre.

Il le refit, une fois, deux fois, trois fois. Elle fut si émue qu'elle faillit éclater en sanglots.

Son regard était rivé au sien ; elle ne pouvait se détourner, avait du mal à respirer. Cet homme, cet homme exceptionnel, venait de l'embrasser trois fois.

Il ne s'était pas moqué d'elle. Il avait accepté cette relation bizarre avec le chiffre trois et il s'en servait pour lui prouver qu'il l'aimait.

Les larmes lui serrèrent la gorge.

Lord Octavius déposa encore trois baisers sur ses doigts, puis laissa retomber sa main.

— Nous ne sommes pas obligés de nous marier tout de suite, dit-il d'un ton grave. Nous pouvons attendre trois mois, ou six mois. Tant que vous voudrez.

Elle secoua la tête. Il n'y avait aucune raison d'attendre. Elle savait qu'elle n'aimerait jamais un homme autant que lui.

— Non, c'est inutile.

— Vous en êtes sûre ?

— Oui.

Elle n'avait jamais été aussi sûre de sa vie. Le sourire radieux de lord Octavius réapparut.

— La semaine prochaine à Linwood Castle ?

— La semaine prochaine à Linwood Castle, répéta-t-elle, souriant elle aussi.

Lord Octavius lui embrassa de nouveau la main. Trois fois. Elle sentit ses lèvres chaudes et douces, puis le bout de sa langue lorsqu'il goûta brièvement sa peau.

Elle éprouva un choc et frissonna. Ses joues s'enflammèrent.

Il recommença, laissant sa langue glisser lentement sur sa peau. Elle frissonna encore, en proie à une délicieuse sensation. Son cœur se mit à battre follement. Soudain, elle eut conscience que le lit se trouvait à peine à un mètre d'eux, que toutes sortes de possibilités s'offraient à eux, que le désir était là...

Lord Octavius l'embrassa encore, puis se rembrunit et retroussa le poignet de sa chemise de nuit.

— C'est Donald qui vous a fait cela ?

Pip suivit son regard et vit les marques sombres que la poigne de M. Donald avait laissées sur son bras. Elle frémit et hocha la tête.

Lord Octavius sembla se hérisser de colère. Il lui fit penser à un gros chat dont la fourrure se gonflait sous l'effet de la fureur.

Cette violence à fleur de peau aurait dû la rebuter. Il n'en fut rien. C'était son instinct qui le faisait réagir ainsi. Il avait besoin de protéger ceux qu'il aimait, de les défendre, de se battre pour eux.

— Avez-vous reçu des coups ailleurs ? s'enquit-il.

— J'ai une bosse derrière la tête, c'est tout. Il m'a jetée sur le sol.

Lord Octavius parut outragé. Sa colère était palpable. Mais elle n'avait pas peur, car cet homme veillait sur ceux qu'il aimait. Il la protégerait. À l'aide de ses poings s'il le fallait, et il mettrait sa vie en jeu pour elle. Elle ferait la même chose pour lui. C'était cela être humain et aimer quelqu'un.

Il lui relâcha la main et lui palpa le crâne.

— Ce n'est qu'une petite bosse, le rassura-t-elle en mêlant ses doigts aux siens. Je vais bien, je vous le promets.

Il la considéra, dubitatif, et finit par lui adresser un sourire, qu'elle lui rendit.

Lord Octavius se détendit et il caressa les hématomes sur son poignet. Ses doigts étaient doux. Il semblait plongé dans une profonde réflexion.

— Vous m'avez sauvée, reprit-elle. Vous, votre cousin et le vicomte.

Il marqua une pause et la regarda en haussant les sourcils d'un air interrogateur.

— Sans vos leçons, je n'aurais jamais pu échapper à M. Donald. Il s'en est fallu de peu. Il était si fort, si rapide... et il jubilait à l'idée de me faire du mal. Cela l'excitait.

Elle ne put réprimer un frémissement à ce souvenir.

Lord Octavius dut s'en apercevoir, car il s'approcha d'elle et lui passa un bras sur les épaules. Pip se nicha avec délice entre ses bras solides.

— Jusqu'à ce matin, j'ignorais ce que c'était d'être pétrifiée par la terreur. Maintenant, je le sais. J'ai eu si peur. Je ne pouvais ni crier ni respirer, je n'avais plus de force. Sans vos leçons, je n'aurais jamais pu lui échapper. Il a bien failli avoir le dessus.

Elle frémit une fois de plus.

Lord Octavius la serra plus étroitement contre lui et l'enveloppa de ses bras.

— Je l'aurais empêché de vous faire du mal, dit-il. J'étais à moins d'une minute de votre chambre, je l'aurais arrêté.

Pip imagina lord Octavius frappant à sa porte, criant son nom. Aurait-elle trouvé la force de hurler ? Un cri, même un cri étranglé. Il l'aurait entendu, serait entré et aurait affronté M. Donald.

Et elle savait ce qui se serait passé.

— Vous l'auriez tué, chuchota-t-elle. Je n'aurais pas pu vous en empêcher.

Et M. Donald l'aurait peut-être bien mérité.

Un long moment de silence suivit cette affirmation.

— Il vaut mieux que les choses se soient passées ainsi, finit par dire lord Octavius.

— Oui, c'est beaucoup mieux.

Elle ferma les yeux et se laissa aller contre lui. Sa tension s'évapora, la terreur et la panique s'évanouirent, telles des volutes de brouillard fondant au soleil. Elle était en sécurité. Elle ne pouvait être plus protégée qu'elle ne l'était en ce moment. Il ne pouvait rien lui arriver de mal quand lord Octavius la tenait dans ses bras.

Elle avait eu de la chance aujourd'hui. Une chance incroyable. D'avoir eu ces leçons, d'avoir pu donner un coup de pied à M. Donald, et enfin d'avoir lord Octavius auprès d'elle.

Les autres femmes que M. Donald avait attaquées n'avaient pas eu autant de chance.

Le bien-être de Pip disparut brusquement. Le valet du baron avait attaqué d'autres femmes. Peut-être d'autres gouvernantes. Peut-être même dans cette chambre.

Cette pensée était épouvantable. Avait-elle dormi dans une chambre où d'autres femmes avaient été agressées ? Dans le lit où il les avait brutalisées ?

Elle ne put réprimer un autre frémissement. Lord Octavius lui caressa le dos pour l'apaiser.

— Il l'avait déjà fait, n'est-ce pas ? chuchota-t-elle d'une voix étouffée. Dans cette chambre.

Elle espérait qu'il répondrait par la négative.

— Probablement, fit-il.

Son estomac se noua, et l'espace d'une seconde, elle craignit d'être en proie à la nausée. Elle se concentra sur sa respiration. La nausée disparut et, lorsqu'elle rouvrit les yeux et vit le lit, elle sut qu'elle ne pourrait plus y dormir. Elle prendrait la couverture et les oreillers et dormirait sur le sol, sous la fenêtre. Là où personne n'avait été attaqué.

— Si nous ne nous étions pas rencontrés ce jour-là, à Londres…

— N'y pensez plus, l'interrompit lord Octavius en traçant un large cercle dans son dos avec sa main.

Il avait raison, elle ne devait plus y penser. Cela ne servait à rien sinon à la plonger dans la détresse.

Toutefois, elle ne pouvait empêcher son imagination de s'emballer. Si lord Octavius ne l'avait pas vue. S'il ne l'avait pas suivie dans le Hampshire. S'il ne lui avait pas proposé ces leçons de techniques de défense…

Elle serait en train de fuir Rumpole Hall. Car elle n'oserait plus passer une seule journée sous le même toit que M. Donald. Elle fuirait, car elle n'avait pas les moyens et les relations nécessaires pour le poursuivre en justice. Elle n'aurait pas d'autre solution que la fuite.

Une idée prit forme dans sa tête. Une idée qu'elle ne put ignorer.

— Il y a une autre façon d'empêcher M. Donald de nuire, déclara-t-elle.

Elle ne voyait pas le visage de lord Octavius, mais elle perçut sa surprise. Sa main s'immobilisa sur son dos.

— Vraiment ?

— Oui. Je peux intenter une action contre lui au tribunal.

Lord Octavius garda le silence quelques secondes, puis demanda :

— Voulez-vous le faire ?

— Ce serait onéreux.

Elle devrait engager des avocats et payer les frais de justice, ce qui était bien au-dessus des moyens d'une gouvernante. Mais c'était possible pour le fils d'un marquis.

— Ne pensez pas à ce que cela coûterait, dit lord Octavius. Souhaitez-vous le traîner en justice ? Si vous voulez le faire, je prendrai les frais à ma charge.

Il relâcha son étreinte et s'écarta pour la contempler.

Pip essaya de lire son expression. Il fronçait de nouveau les sourcils, l'air pensif. Son regard était grave, il la dévisageait. Elle se demanda ce qu'il voyait.

— Cela ferait scandale, fit-elle remarquer.

— Oui.

— Mon nom serait dans les journaux. Le vôtre aussi, si vous devenez mon mari.

Il haussa les épaules, lui prit la main et entrelaça ses doigts aux siens.

— Si vous le voulez, nous le ferons, Pip. Mais le souhaitez-vous vraiment ?

Elle baissa les yeux. Elle ne voulait pas aller au tribunal. Elle ne voulait pas que les gens sachent que M. Donald avait tenté de la violer. Elle ne voulait pas avoir son nom dans les journaux. Ou que les gens se demandent s'il l'avait touchée. Elle ne voulait pas être montrée du doigt, entendre des chuchotements sur son passage. « C'est elle, l'épouse de lord Octavius. La rouquine. Saviez-vous qu'un homme avait essayé de la violer ? »

— Non, avoua-t-elle. Je n'en ai pas envie, mais si cela peut l'empêcher d'attaquer d'autres femmes, je le ferai.

Elle se mordit les lèvres et ajouta :

— Il sera peut-être pendu.

Elle fut parcourue d'un frémissement en imaginant l'homme se balançant au bout d'une corde.

Lord Octavius resserra les doigts sur sa main.

— Nous allons d'abord essayer ma méthode, proposa-t-il.

Elle se rappela ce qu'il lui avait dit le matin au sujet de sa confrontation avec le baron de Rumpole.

— Les tribunaux sont là pour appliquer la justice, vous ne croyez pas ? lança-t-elle.

— Oui, mais...

— Vous n'aimez pas terroriser les gens. Ce n'est pas dans votre nature. Pensez à ce que vous avez ressenti après la scène avec Rumpole.

— C'est une affaire personnelle, cette fois, objecta-t-il en secouant la tête. Donald s'est attaqué à vous et, si quelqu'un doit le punir, c'est moi.

Il avait l'air déterminé, et Pip décida de ne pas argumenter.

— Promettez-moi que vous ne le tuerez pas.

— Je vous le promets.

— Et si votre méthode n'est pas efficace...

— Alors je financerai une action en justice contre lui. Je vous en donne ma parole.

Pip regarda leurs doigts entrecroisés et leva la tête.

— Je pensais que vous refuseriez d'aller au tribunal à cause du scandale. Les journaux, votre famille… Je croyais que vous préféreriez garder le secret.

— Punir un violeur est plus important que d'empêcher le nom de ma famille de paraître dans les journaux.

— Je ne pense pas que les membres de votre famille seront d'accord sur ce point. Le duc…

— Grand-père serait de votre côté. J'en suis certain.

— Vous croyez ?

Elle en doutait, mais lord Octavius hocha fermement la tête.

— Il est très attaché à la justice. Je reconnais qu'il peut être intimidant parfois, mais il est formidable. Vous verrez, quand vous ferez sa connaissance. Cela me fait penser qu'il vaudrait mieux que j'aille me coucher. Un long voyage nous attend, demain.

Il lui lâcha la main et se leva. Les pans de sa robe de chambre flottèrent autour de lui et ses chevilles nues apparurent sous le tissu. Pip détourna pudiquement les yeux et se leva à son tour.

Lord Octavius ne fit pas mine de l'embrasser. Il se tourna simplement pour prendre le bougeoir sur la table de toilette. Pip se sentit soulagée. Quelques minutes plus tôt, elle avait cru possible, l'espace d'un instant, qu'ils fassent l'amour ce soir. Mais le danger était écarté. Elle ne pouvait pas faire l'amour avec lui ce soir, pas dans la chambre où M. Donald l'avait attaquée. Pas dans ce lit.

Lord Octavius gagna la porte et fit une pause pour regarder le sol. Une large tache humide apparaissait sur le tapis de laine, à l'endroit où elle avait lavé le sang de M. Donald.

Il observa longuement la marque sombre puis se tourna vers elle en pinçant les lèvres.

— Nous l'arrêterons, affirma-t-il. D'une manière ou d'une autre. Je vous le promets.

37

Pip avait presque fini son petit déjeuner avec les deux fillettes surexcitées quand on frappa à la porte de la nurserie. Lord Octavius entra. Elle eut une impression de déjà-vu. Le vicomte de Newingham était entré exactement de cette façon la veille, à la même heure, hors d'haleine et brandissant un papier.

— Cela vient d'arriver par courrier express, lança-t-il en lui tendant le pli. C'est de mon frère. Lisez.

Pip posa son couteau et prit la lettre.

— Oncle Robert est avec vous ? demanda Edie en se tordant le cou pour regarder derrière lord Octavius.

— Il prend son petit déjeuner en bas.

— Vous allez déjeuner avec nous ? s'enquit Fanny.

— Non. Le petit déjeuner m'attend en bas aussi, mais il fallait que je montre cette lettre à Mlle Toogood.

Pip déplia la missive. L'écriture était masculine.

Otto,

J'ai retrouvé deux des gouvernantes et tu avais raison, elles ont quitté leur poste après avoir été agressées. Mais le coupable n'était pas Rumpole, c'était son valet.

Le mot « valet » était souligné trois fois.

Une des gouvernantes, Mlle Belton, est enceinte à la suite de cette agression. Elle n'a pas de famille et se trouve dans une situation désespérée. Je l'ai découverte à l'hospice de Islington.

Je l'ai emmenée à Linwood Castle, où je l'ai confiée à l'intendante. Le baron et son affreux valet devraient pourvoir à ses besoins. Elle s'est adressée deux fois à Rumpole au cours des trois derniers mois, et les deux fois il a refusé de la recevoir.

Mlle Belton en veut au monde entier, comme tu l'imagines. Elle souhaite voir son agresseur brûler en enfer. Quand je lui ai proposé de financer une action en justice contre lui, elle a bien évidemment sauté sur l'occasion.

Le cœur de Pip tressauta. Elle relut cette dernière phrase et s'aperçut qu'elle avait bien compris. Une action en justice.

Notre mère et notre père sont aussi outrés que moi. Père a eu une entrevue avec ses avocats ce matin et il a lancé la procédure. Cela prendra sans doute quelques jours, mais sois assuré que quelqu'un viendra arrêter cet homme sous peu.

Pip ferma les yeux un moment, les rouvrit, et relut ce paragraphe incroyable. M. Donald allait être arrêté. Il ne ferait plus jamais de mal à une femme.

J'aurais aimé qu'il soit possible de faire aussi arrêter Rumpole pour le rôle qu'il a joué dans cette affaire, mais d'après nos avocats ce n'est pas possible. Néanmoins, son nom sera prononcé au tribunal, et la bassesse de son caractère sera révélée.

Père et Mère partent demain dans le Gloucestershire. Nous les rejoindrons un jour plus tard. Nous avons tous hâte de faire la connaissance de Mlle Toogood.

Q

Pip lut la lettre une deuxième fois puis regarda lord Octavius. Celui-ci l'observait.

— Vous n'aurez pas besoin de mettre votre plan à exécution, fit-elle.

— Non.

Elle savait qu'il aurait voulu punir lui-même M. Donald, mais il ne semblait pas contrarié de voir cette opportunité lui échapper.

— Cela ne vous fait rien ?

Il secoua la tête.

— La... dame en question a besoin que justice soit faite, déclara-t-il, évitant de prononcer le nom de Mlle Belton devant les fillettes. C'est son combat, et j'ai l'intention de l'aider à le gagner.

Pip replia la lettre et la lui rendit.

— Merci de me l'avoir montrée.

— Je savais que vous voudriez la lire.

Il tapota la tête d'Edie avec la lettre et demanda :

— Serez-vous prêtes dans une heure ?

— Oui ! s'exclamèrent les filles en chœur.

38

Octavius avalait les dernières miettes de son petit déjeuner lorsqu'il se rappela qu'il lui restait encore une tâche à accomplir à Rumpole Hall. Par conséquent, il ne s'attarda pas à table avec Dex et Newingham, et se mit à la recherche d'un valet. Sans succès. Mais il trouva une femme de chambre à qui il décrivit l'homme qu'il cherchait.

— Vous voulez parler de Malcolm, monsieur ?

— Est-il grand et mince ?

— Oui, monsieur.

— C'est lui. Pourriez-vous lui dire que je désire le voir ? Je l'attendrai dans la bibliothèque.

Une vague odeur d'urine persistait dans la pièce. Quelqu'un avait nettoyé le porto renversé, mais une marque demeurait, en partie cachée par les dessins du tapis.

Octavius regarda cette tache sombre, se rappela la terreur éprouvée par Rumpole et le revit pleurant et suppliant.

Rumpole avait mérité un châtiment pour ce qu'il avait fait, et M. Donald aussi. Mais Mlle Toogood avait raison. Il valait mieux que la justice soit appliquée par un tribunal.

— Vous vouliez me voir, monsieur ?

Il se retourna et vit l'homme qui avait pris sa défense dans l'escalier.

— Oui. Fermez la porte, voulez-vous ?

Malcolm obéit et fit quelques pas dans la pièce.

Il semblait attentif, mais comme tout bon valet il ne manifestait aucun sentiment.

— J'ai appris que le baron de Rumpole exerçait le droit de cuissage sur ses servantes, déclara Octavius.

Malcolm perdit son impassibilité et accusa le coup. Ce qui étonna Octavius.

— Vous l'ignoriez ?

— Non, monsieur, mais... comment le savez-vous ?

Octavius ne s'attendait pas à cette question. Il ne s'attendait à aucune question. D'après son expérience, les domestiques n'interrogeaient jamais leurs supérieurs. Sa première réaction fut de ne pas répondre. Toutefois, Malcolm avait volé à son secours quelques nuits plus tôt. Il méritait donc quelques égards.

— Je... je m'en doutais, répondit-il. J'ai donc emmené une femme ici. Une actrice. Et elle a confirmé mes doutes.

L'étonnement se peignit sur les traits de Malcolm.

— Les femmes de chambre ! Celles que Mme Clark n'aurait pas dû engager. C'est à elles que vous faites allusion, monsieur ?

Octavius confirma d'un signe de tête.

— Mais il n'y en a pas eu qu'une seule, reconnut Malcolm. Il y en a eu au moins trois !

— C'était la même, qui portait des perruques, s'empressa d'expliquer Octavius.

— Mme Clark a bien failli perdre son poste à cause de cela. Le baron pensait que c'était elle qui était fautive.

Encore une nouvelle expérience pour Octavius. C'était la première fois qu'il s'attirait la désapprobation d'un valet. Et il l'avait bien mérité. Il n'avait pas pensé aux conséquences de ses ruses sur la domesticité de Rumpole.

— Je suis désolé. Je n'avais pas l'intention de faire du tort à qui que ce soit. Surtout pas à l'intendante.

D'autant plus que cette femme avait fait son possible pour protéger les servantes des agressions du baron.

Ses excuses ne parurent pas impressionner Malcolm.

L'entrevue ne se déroulait pas du tout comme prévu. Octavius s'efforça de reprendre les choses en main.

— Vous serez content de savoir que le baron de Rumpole s'est repenti, reprit-il. Il n'exigera plus jamais de faveurs des servantes.

S'il espérait une manifestation de gratitude, il fut déçu. Loin de sauter de joie, Malcolm parut sceptique.

— J'ai toutes les raisons de croire que le changement de Rumpole sera définitif, précisa Octavius. Au cas où ce ne serait pas le cas… contactez-moi.

Il tendit une carte de visite au valet.

Celui-ci la prit d'un air circonspect.

— Vous, monsieur ?

— Oui. Je veillerai à ce que tout rentre dans l'ordre.

Malcolm glissa la carte dans sa poche, sans paraître pour autant convaincu. Octavius s'efforça de prendre un ton autoritaire et enchaîna :

— Promettez-moi de me contacter si le baron retombe dans ses vieux travers.

— Je vous le promets, monsieur.

— Je sais que le baron n'est pas la seule source de problèmes dans cette maison. Soyez assuré qu'il sera bientôt mis fin aux méfaits de M. Donald. Quelqu'un viendra l'arrêter dans les prochains jours.

Malcolm ne l'avait peut-être pas cru au sujet de Rumpole, mais cette fois il parut convaincu. Son visage s'éclaira.

— M. Donald ? Arrêté ?

— Oui.

— Merci, monsieur.

Les yeux de Malcolm brillèrent de gratitude. Ce qui embarrassa un peu Octavius. Il n'était pas sûr de mériter autant de reconnaissance.

— J'ai cru comprendre que vous aviez sauvé l'actrice que j'employais des griffes de M. Donald ?

— Oui, monsieur.

— Je vous remercie. Je suis profondément reconnaissant de ce que vous avez fait pour elle.

Octavius remit son étui de cartes de visite dans sa poche et sortit son portefeuille. Il y prit un billet de cinquante livres qu'il donna au valet.

Malcolm pâlit en voyant la somme et refusa le billet.

— Monsieur... je pense que vous faites erreur...

— Pas du tout.

Cela représentait probablement cinq fois ce que Malcolm gagnait en un an. Mais il avait amplement mérité cette récompense après son intervention dans l'escalier.

— Si un jour, pour une raison quelconque, vous souhaitez quitter votre emploi chez Rumpole, venez me voir. Vous serez assuré d'avoir un poste dans ma maison.

— Merci, monsieur, dit Malcolm en pliant soigneusement le billet.

La porte de la bibliothèque s'ouvrit et Dex passa la tête dans l'embrasure.

— Otto ? Tu es prêt ? Les voitures sont dans l'allée.

— J'en ai pour une minute.

Octavius patienta jusqu'à ce que Dex ait refermé la porte, puis il tendit la main au valet. Après une légère hésitation, Malcolm la serra.

— Merci, répéta Octavius. Et n'oubliez pas de m'avertir si le baron retombe dans ses vieilles habitudes ou si vous êtes à la recherche d'un emploi.

— Oui, monsieur, répondit le valet, l'air un peu étourdi.

Octavius sortit pour regagner le hall d'entrée d'où lui parvenaient des éclats de voix et le bruit du harnachement des chevaux dans l'allée. Newingham négociait avec ses nièces pour décider qui monterait avec lui dans son cabriolet. Les fillettes semblaient sur le point d'exploser de joie.

La perspective de faire plus de soixante kilomètres pour se rendre sur le domaine de Newingham dans le Wiltshire ne réjouissait pas Octavius, et il était impatient à l'idée de repartir le lendemain pour Linwood Castle.

Il alla retrouver Mlle Toogood.

— Êtes-vous prête ?

Elle le regarda en souriant. L'espace d'un instant, il crut être revenu à Londres, lors de leur toute première rencontre. Il avait eu l'impression que la Terre cessait de tourner. Il ressentit la même chose en pensant qu'il verrait ces yeux gris-bleu et ces cheveux roux toute sa vie.

— Je le suis.

Octavius eut envie de caresser les taches de rousseur sur son nez, de lui prendre la main. Mais ce n'était ni le lieu ni le moment. Il se contenta de lui effleurer brièvement les doigts avant de s'avancer vers la porte.

— Allons, assez lambiné !

Plus vite ils auraient quitté Rumpole Hall, plus vite ils atteindraient Linwood Castle.

39

Un jour et demi plus tard

Pip ne savait pas vraiment à quoi s'attendre. Le mot « château » évoquait pour elle un édifice de pierre grise, garni de remparts crénelés et perché tout en haut d'une falaise sinistre. Linwood Castle était un grand château, mais il n'y avait pas de falaise ni de pierres sombres. En revanche il y avait bien des remparts, des tours, des créneaux, des fenêtres à meneaux, des arches, un somptueux escalier de marbre et, dans le hall de réception, une cheminée si grande qu'elle aurait pu s'y tenir debout. Il y avait aussi de petits escaliers de chêne en colimaçon, des chambres rondes dans les tours et une serre abritant plusieurs espèces de fougères.

Les remparts entouraient les jardins. Au-delà de ces hautes murailles s'étendaient un parc vallonné, des bois et des collines. Tout cela était si beau et si pittoresque que Pip en était toute chamboulée. Était-ce réel ? Elle avait l'impression que non. Pourtant, ce n'était pas un rêve. Elle était bien éveillée. Elle avait la sensation étrange d'avoir quitté son univers quotidien pour basculer dans un monde parallèle.

L'Angleterre ordinaire était derrière elle. Elle avait franchi le seuil qui débouchait sur un pays enchanté et un château magique.

Linwood Castle n'était pas magique, mais il était fait de pierres claires qui s'illuminaient dans le soleil couchant. Sans être enchanté, il était charmant. Ce qui en soi était une énigme. Comment une structure aussi imposante pouvait-elle être charmante ? Cela n'aurait pas dû être possible. Pourtant c'était un lieu enchanteur, avec ses créneaux, ses pierres dorées, ses escaliers en colimaçon et ses passages voûtés.

Pip ne savait pas non plus à quoi s'attendre avec le duc. Le mot « duc » faisait surgir dans son esprit l'image d'une personne froide et guindée, à l'allure sévère. Maximus Pryor, duc de Linwood, n'était pas du tout comme cela. Il y avait chez lui, en revanche, beaucoup de gravité.

Il avait également le nez et les yeux des Pryor. Dès qu'elle le vit, elle sut à quoi ressemblerait Octavius dans cinquante ans. Des cheveux argentés, des épaules un peu voûtées, mais encore beaucoup d'allure. Cet homme avait de la présence, il attirait le regard.

Elle fit la connaissance du duc de Linwood le jour de leur arrivée. Il prit le thé en privé avec Octavius et elle. Elle se sentit ridiculement nerveuse quand elle entra dans le salon personnel de Linwood. Elle fit la révérence, les jambes tremblotantes. Son cœur battait un peu trop fort et elle était tendue.

Le salon n'était pas aussi luxueux qu'elle s'y attendait. En fait, le décor n'était pas prétentieux du tout. Les lieux étaient confortables et même douillets, avec ses bois polis, ses fauteuils de cuir brun et son tapis rouge sombre.

La duchesse n'était pas là. Elle rendait visite à des amis à Naunton, leur apprit le duc. Puis il demanda poliment à Pip de servir le thé.

Le cœur de Pip se mit à battre encore plus vite, mais elle parvint à remplir les trois tasses sans renverser une seule goutte. Ce qui était un exploit, étant donné le tremblement de ses doigts.

— Merci, dit le duc avec un sourire courtois.

S'il était horrifié qu'Octavius ait fait entrer une simple gouvernante dans son château, il le cachait bien. Il dégusta son thé en les questionnant sur leur voyage. Il n'y avait aucune condescendance dans ses manières, seulement une curiosité polie. Toutefois, Pip savait qu'il l'observait. Il posait sur elle ses yeux noirs et perçants, écoutait attentivement, la jaugeait, afin de décider si elle était digne de son petit-fils.

Elle n'avait jamais menti de sa vie, cependant elle choisit tous ses mots avec soin. Elle était soulagée de constater qu'Octavius prenait en charge la plus grande partie de la conversation. Elle l'écouta parler du baron de Rumpole et, au fur et à mesure qu'il parlait, elle oublia sa nervosité car Octavius ne se contenta pas des grandes lignes de l'histoire.

Il commença par décrire ce qui avait eu lieu à Vauxhall Gardens avec tant de détails que Pip frémit rétrospectivement. Puis il lui rapporta sa rencontre avec elle à Londres et tout ce qui s'était passé par la suite. Le duc fut plus amusé que scandalisé quand Octavius lui parla des leçons de techniques de défense, mais grimaça lorsqu'il lui avoua qu'il avait accidentellement révélé ses pouvoirs magiques à Pip. Et il se rembrunit en l'écoutant lui raconter de quelle façon il avait terrifié le baron de Rumpole dans la bibliothèque.

— Il pleurait et il avait si peur qu'il a uriné dans son pantalon. C'était affreux, Grand-père. Je pensais que c'était la meilleure façon d'agir. Je sais maintenant que je me suis trompé.

Le froncement de sourcils du duc disparut. Pip n'en était pas complètement certaine, mais il lui sembla qu'il était soulagé.

Ensuite, Octavius décrivit l'attaque de M. Donald dont elle avait été victime.

— J'ai failli le tuer, avoua-t-il. Je l'aurais fait si Mlle Toogood ne m'avait pas retenu.

Le duc regarda son petit-fils d'un air grave, puis se tourna vers elle.

— Comment allez-vous, mademoiselle Toogood, après une expérience aussi traumatisante ?

— Je vais très bien, je vous remercie. J'ai quelques hématomes, précisa-t-elle. C'est tout.

Le duc de Linwood inclina la tête, acceptant sa réponse. Mais il ne la quitta pas des yeux.

— Et à l'intérieur ? demanda-t-il en se touchant la poitrine du bout des doigts.

Pip n'eut aucune difficulté à interpréter ce geste. Il lui demandait si elle se sentait bien mentalement. Il lui fallut un moment pour trouver ses mots.

— Le jour même, je n'étais pas bien du tout. À présent…

Elle avait du mal à expliquer quelque chose qui n'avait pas de sens, même pour elle.

— … cela me paraît loin, comme si c'était arrivé à quelqu'un d'autre, dans une autre vie. Je sais que c'est absurde, car cet événement a eu lieu il y a deux jours, à quelques kilomètres d'ici. C'est pourtant ce que je ressens.

En fait, en quittant Rumpole Hall, elle avait eu l'impression de tourner la dernière page d'un livre. M. Donald était enfermé entre les pages de ce volume, dans une lointaine bibliothèque, et son souvenir ne pouvait plus l'atteindre. Cela n'avait pas de sens. Pourrait-elle l'expliquer à un duc ?

— Je pense que je ne ferai pas de cauchemars à cause de M. Donald, dit-elle simplement.

Ces paroles devaient avoir un accent de sincérité car le duc hocha la tête.

— Je suis content de le savoir. Et je vous suis reconnaissant d'avoir empêché mon petit-fils de le tuer. Je vous remercie.

— Il ne voulait pas vraiment le tuer, protesta-t-elle vivement pour dissiper tous les doutes. Ce n'était pas une intention délibérée.

— Non, bien sûr. Seulement, dans le feu de l'action nous pouvons tous faire des choses que nous risquons de regretter par la suite.

— En effet, acquiesça-t-elle, soulagée que le duc ait compris.

Ce dernier reporta son attention sur son petit-fils.

— Continuez.

Il n'y avait plus grand-chose à dire. Octavius conclut son récit en lisant la lettre de son frère à haute voix. Quand il eut fini, le duc fit un signe de tête approbateur.

— Je suis certain que le jury déclarera ce M. Donald coupable.

Pip n'en doutait pas non plus. Octavius replia la lettre.

— Oncle *Deuce* dit toujours qu'il y a plus d'une façon d'écaler un œuf. Eh bien, Quintus a su mieux que moi écaler cet œuf.

Cette remarque fit rire le duc, et Pip aussi. Puis le vieil homme recouvra son sérieux.

— Il vaut mieux laisser les tribunaux rendre la justice, Octavius.

— C'est exactement ce que m'a dit Mlle Toogood, répondit Octavius en souriant à Pip. J'ai compris la leçon. La prochaine fois, nous appliquerons la méthode de Quintus.

— La prochaine fois ? releva le duc en arquant les sourcils.

La nervosité de Pip resurgit, tel un torrent. Octavius dut le sentir, car il lui prit la main.

— M. Donald n'est pas le seul homme à avoir attaqué des femmes impunément. Il y en a beaucoup d'autres comme lui en Angleterre. Ils sont trop nombreux. Une seule personne ne peut les arrêter. Mais plusieurs personnes peuvent en arrêter un grand nombre si elles s'unissent. C'est ce que nous allons faire, Mlle Toogood et moi.

Le duc haussa un peu plus les sourcils.

— Vraiment ?

— Nous en avons parlé dans la voiture. Nous avons des projets.

Le duc semblait perplexe.

— Que voulez-vous faire, exactement ?

Octavius tapota la lettre de son frère, posée sur ses genoux.

— Nous voudrions créer une fondation pour les femmes qui ont été agressées, afin qu'elles puissent poursuivre leur agresseur en justice.

Le souffle court, Pip attendit la réaction du duc. Allait-il désapprouver ? Ou consentir à contrecœur ? Octavius poursuivit :

— Mlle Belton n'a rien pu faire contre son agresseur car elle n'avait pas d'argent. Ce n'est pas normal. Tout le monde devrait avoir le droit d'aller au tribunal pour réclamer justice. Même une femme, même les pauvres. Surtout une femme pauvre.

Le duc observa son petit-fils pendant quelques secondes, puis sourit. Pip y décela de l'affection et de la fierté.

Sa nervosité disparut.

Le duc se renversa dans son fauteuil et les regarda.

— Votre fondation permettra à ces femmes de saisir la justice ?

— Celles qui le veulent, oui. Nous paierons les avocats et tous les frais. Ce n'est pas si cher, mais c'est largement au-dessus des moyens d'une servante ou d'une gouvernante.

— Avez-vous pensé à un nom pour votre fondation ?

— Pas encore.

— J'espère que vous me permettrez d'y contribuer ?

— Naturellement. Mais nous ne nous limiterons pas à cette œuvre de bienfaisance. Nous avons beaucoup d'autres projets.

— Vous avez eu le temps d'élaborer des plans pendant ce voyage de cent kilomètres ! s'exclama le duc en riant.

— Pas tout à fait cent, admit Octavius. J'ai dormi de Basingstoke à Newbury.

Le duc rit de nouveau et se cala confortablement dans son fauteuil. Pip comprit à son expression combien il aimait son petit-fils.

— Racontez-moi, dit-il.

— Pour commencer, je vais explorer toutes nos maisons comme je l'ai fait chez Rumpole, sous l'apparence d'une servante. Je sais que personne chez nous ne s'attaque aux femmes de chambre, mais je veux être certain qu'aucun de nos valets ne le fait.

Le duc de Linwood fronça les sourcils. Apparemment, cette idée ne l'avait jamais effleuré.

— Très bien. Comment vous y prendrez-vous ?

— Je m'entretiendrai avec les intendantes et les majordomes. À Rumpole Hall, l'intendante, le majordome et les valets faisaient tout ce qu'ils pouvaient pour protéger les servantes. Je veux m'assurer que cela se passe aussi comme cela chez nous.

— Bien entendu. Ensuite ?

Octavius se tourna vers Pip pour l'encourager à parler. Elle hésita, espérant que le duc était aussi ouvert d'esprit qu'il en avait l'air.

— Octavius continuera de m'enseigner des techniques de défense, expliqua-t-elle.

Le duc ne dit pas que c'était inconvenant, particulièrement pour l'épouse d'un noble. Il hocha simplement la tête.

— J'apprendrai aussi à Phoebe à se défendre. Si elle le souhaite. Par précaution, précisa Octavius.

Pip ne pouvait imaginer que la petite-fille d'un duc ait un jour besoin de se défendre. Le vieil homme hocha encore la tête.

— Par précaution, répéta-t-il.

Pip fut soulagée que cette étape ait été franchie aussi facilement. Mais cela les amenait à la phase suivante. Espérant que le duc serait toujours aussi ouvert d'esprit, elle inspira et annonça :

— Nous allons créer une école qui enseignera aux femmes des classes sociales inférieures à se défendre. Les femmes de chambre, les servantes.

Le duc ne s'attendait pas à cela. Déconcerté, il cligna des yeux.

— Ce sera gratuit, poursuivit Pip. Cela dit, nous n'espérons pas avoir beaucoup d'élèves. Les servantes ne disposent que d'une demi-journée de congé par mois. Mais même si elles sont peu nombreuses, cela en vaudra la peine. Il est important qu'elles sachent se défendre.

Le duc ne fit pas mine de l'interrompre. Il écouta et, quand elle eut terminé, il inclina la tête avec courtoisie.

— Oui, c'est important, reconnut-il.

Pip l'observa. Il semblait sincère.

— Il y aura des réactions négatives, reprit-elle. Des critiques. Des gens trouveront cela inconvenant, déplacé, voire scandaleux.

— Je suis sûr que vous en froisserez certains. Ce qui, je l'espère, ne vous découragera pas.

— Pas du tout, affirma Pip.

— C'est une initiative originale mais, comme vous dites, c'est important. Si vous le permettez, j'aimerais apporter ma contribution. Peut-être en payant la publicité pour votre école de défense ?

— Quoi ? s'exclama Pip.

Elle s'empourpra presque aussitôt, confuse de s'être adressée ainsi à un duc.

— Je vous demande pardon, Votre Grâce.

Ce dernier ne parut pas offensé.

— Les leçons de mon petit-fils vous ont sauvée, mademoiselle Toogood. Si elles peuvent sauver d'autres jeunes femmes, votre école sera une œuvre utile.

— Elle sera utile, confirma-t-elle. Je vous remercie.

Le vieil homme sourit et lui tendit sa tasse pour qu'elle la remplisse. Elle le servit, et cette fois ses doigts ne tremblaient pas. Ils passèrent la demi-heure suivante à parler de choses et d'autres. Puis Octavius et Pip se levèrent, et le duc serra la main de son petit-fils.

— Vous avez gagné en maturité au cours des derniers mois, mon garçon.

— Seulement depuis que j'ai la chance de connaître Mlle Toogood, répondit Octavius en souriant.

— Dans ce cas, il est heureux que vous vous soyez rencontrés.

Je ne suis qu'une modeste gouvernante, songea Pip. Mais le duc savait cela, et il ne semblait vraiment pas s'en soucier.

— Je suis enchanté d'avoir fait votre connaissance, mademoiselle Toogood. Et ravi de savoir que vous allez épouser mon petit-fils.

— Merci Votre Grâce.

— Vous faites partie de la famille, à présent. Appelez-moi ainsi si vous le voulez, mais... je préférerais que vous m'appeliez « Grand-père ».

— Merci, dit Pip. Et j'aimerais beaucoup que vous m'appeliez « Pippa », ajouta-t-elle timidement.

Pippa était le nom que lui donnait son père.

— Avec plaisir.

Le sourire du duc était chaleureux.

— Le dîner sera servi à 18 heures. En attendant, allez faire une promenade au grand air, tous les deux.

— Oui, monsieur, fit Octavius en prenant la main de la jeune femme.

Ils sortirent du salon, et Pip lança un dernier coup d'œil au duc depuis le seuil. Quel homme étonnant ! Il ne correspondait pas du tout à l'idée qu'elle se faisait d'un duc. Elle comprenait pourquoi Octavius l'aimait autant. Elle n'avait passé qu'une heure en sa compagnie, et elle l'adorait déjà.

Octavius la tira doucement par la main.

— Venez. Je suis impatient de vous faire découvrir le jardin. Il y a un labyrinthe, vous savez, et deux pavillons.

Ils dévalèrent un escalier en colimaçon et débouchèrent dans un long couloir. Octavius accéléra l'allure, l'entraînant derrière lui. Elle le suivit en soulevant le bord de sa jupe, libérée d'un poids. Jusqu'à maintenant, elle n'avait pas mesuré l'anxiété que lui causait l'idée d'être présentée au grand-père d'Octavius. Elle craignait tellement qu'il n'approuve pas leur mariage. Bien sûr, il fallait encore qu'elle fasse la connaissance de la duchesse, des parents d'Octavius, de son frère, de ses oncles et tantes, de ses cousins. Mais l'épreuve la plus impressionnante était derrière elle, et tout s'était bien passé.

Le duc de Linwood ne la considérait pas comme une intruse. Il l'aimait bien, il voulait qu'elle l'appelle « Grand-père ».

Octavius ouvrit une porte de côté et ils se retrouvèrent sur une terrasse ensoleillée.

— Qu'avez-vous envie de voir ?

— Tout ! s'exclama-t-elle.

40

Lord Octavius lui montra la roseraie, le jardin aquatique, le labyrinthe, la pagode chinoise avec ses toits pointus. Puis il l'emmena voir le champ de campanules. Son impression d'avoir pénétré dans un monde enchanté se renforça.

— Seigneur ! lança-t-elle en riant. J'ai l'impression d'être dans un livre d'images. C'est trop beau pour être vrai !

Elle se demanda quels mots le révérend Gilbert White aurait utilisés pour décrire ce vallon. Les bouleaux élancés, l'auvent de verdure, l'ombre et la lumière jouant sur les chemins, les champs de fleurs bleues.

Ils se promenèrent main dans la main sous les arbres, gravirent un promontoire et découvrirent un autre pavillon qu'Octavius appelait « Le Nid ». Il était moins extravagant que la pagode. Ce n'était qu'une tour en pierre avec un escalier en spirale.

Au sommet se trouvait une chambre circulaire avec plusieurs fenêtres qui permettaient d'admirer la campagne sous tous les angles. Pip eut le souffle coupé. Oubliant qu'elle était adulte, elle courut d'une fenêtre à l'autre, émerveillée.

— Qu'en pensez-vous ? demanda Octavius quand elle eut fait deux fois le tour de la salle.

— Je l'adore !

Cette folie portait bien son nom. Ils semblaient perchés dans un nid, au sommet des arbres.

Elle refit le tour de la salle et s'arrêta devant une fenêtre d'où l'on apercevait Linwood Castle auréolé de lumière.

Octavius vint se camper derrière elle et lui entoura la taille de ses mains. Elle renversa la tête contre son épaule. Comment était-il possible qu'elle vive cela ? Le vallon semé de campanules, cette folie, le château, le duc et surtout Octavius ?

Deux semaines plus tôt, elle n'était qu'une gouvernante ordinaire, pauvre et sans famille.

À présent, sa vie n'avait plus rien d'ordinaire. Elle allait se marier. Elle avait une famille.

Et quelle famille ! Quel mari !

Elle avait envie de rire et de pleurer à la fois. Elle décida de rire, se retourna pour passer les bras autour du cou d'Octavius et l'embrassa passionnément.

Il lui rendit son baiser avec la même ardeur. Ses mains lui enserrèrent la taille et il l'attira contre lui.

Ils s'embrassèrent en riant, encore et encore. Enfin, hors d'haleine, ils se laissèrent tomber sur un petit lit recouvert de coussins. Les baisers se firent plus lents, plus langoureux. Octavius lui embrassa le bout des doigts, elle déposa un baiser sur sa joue. Il fit remonter les lèvres sur son poignet, elle lui embrassa l'oreille. Puis elle eut une hésitation.

— Octavius ? Dois-je vous mordre l'oreille ?

— Pardon ?

— Votre cousin a dit que les femmes lui mordaient l'oreille. Voulez-vous que je le fasse ?

Octavius éclata de rire.

— Je vous demande pardon, dit-il entre deux gloussements. Je ne me moque pas de vous. C'est juste que...

Il rit de nouveau puis finit par recouvrer son sérieux.

— Vous ne devez rien faire qui vous déplaise, Pip. Uniquement ce dont vous avez envie.

— Comme… mordre ? demanda-t-elle, perplexe.

Elle n'avait pas envie de mordre, ni d'être mordue.

— Cela peut être agréable. Tout dépend de la façon dont on le fait, expliqua-t-il.

Il porta sa main à sa bouche et lui mordilla doucement le bout du doigt. Un délicieux petit frisson se répandit en elle. Il lui mordilla un autre doigt, puis un troisième et enfin le lobe de l'oreille. Ce qui fit surgir en elle une sensation délicieuse. Elle ne put réprimer un petit cri, et ses joues s'enflammèrent.

— Eh bien ?

— C'est assez agréable, avoua-t-elle, le souffle court.

Il sourit. Ses yeux brillants exprimaient l'amusement, et aussi quelque chose ressemblant à de la passion.

Elle se lova contre lui, s'offrant à ses baisers et à ses caresses. Il lui embrassa le cou, la mordilla et fit glisser le bout de sa langue sur sa peau enflammée. Elle voulut lui rendre la pareille, mais ses vêtements la gênaient.

— Puis-je l'enlever ? demanda-t-elle en posant les doigts sur sa cravate de mousseline.

— Quoi ? dit-il en reprenant ses lèvres.

Elle oublia sa question. Plusieurs minutes s'écoulèrent. Elle était haletante et décoiffée quand Octavius relâcha son étreinte.

— Il faut arrêter, fit-il. Si nous ne voulons pas que notre nuit de noces ait lieu ici et maintenant.

— Cela ne me déplairait pas, murmura-t-elle.

Ils se dévisagèrent longuement. Octavius l'embrassa de nouveau, puis s'écarta.

— À moi non plus. Mais nous serions en retard pour le dîner.

« Au diable le dîner ! » eut-elle envie de dire. Le bon sens et le désir s'affrontèrent en elle pendant quelques secondes. Le bon sens l'emporta. Elle savait aussi bien que lui qu'ils ne pouvaient être en retard pour le dîner. C'eût été un terrible manque de respect pour les grands-parents d'Octavius.

Elle s'écarta en soupirant.

Octavius soupira et lui adressa un petit sourire triste. Son visage était embrasé, ses cheveux emmêlés, ses lèvres gonflées, sa cravate dénouée. Il avait l'allure d'un débauché.

Elle aussi, certainement.

Elle se leva à regret et lissa son corsage. Son cou portait-il les traces de tous ces baisers ? Elle alla examiner son reflet dans la fenêtre. Il fallait remettre de l'ordre dans ses cheveux.

Elle ôta les épingles de ses boucles et refit son chignon.

Il lui sembla que son reflet était plus net ainsi, mais c'était difficile à dire. Ses yeux fixaient la cime des arbres, le parc, les collines, les vallons.

À un peu plus de vingt kilomètres au sud se trouvait Wootton Bassett et le domaine de Newingham. Ils y avaient passé la nuit dernière, et elle se rappela qu'elle devait de toute urgence trouver une nouvelle gouvernante pour Edie et Fanny.

Elle commencerait ses recherches dès le lendemain.

Elle longea la paroi jusqu'à la fenêtre située le plus à l'est, et songea qu'elle aurait aimé voir le soleil se lever à l'horizon.

Octavius vint se camper à côté d'elle.

— À quoi pensez-vous ?

— J'aimerais voir l'aube apparaître à cette fenêtre.

À cet instant, un mouvement attira son attention. Une voiture remontait l'allée dans le parc.

— Est-ce votre grand-mère ?

Octavius plissa les yeux.

— Il me semble reconnaître le carrosse de mes parents.

Il lui prit la main et l'entraîna vers l'escalier.

— Il me tarde de vous présenter.

41

Pip fut présentée à un marquis et à une marquise dans l'après-midi, et à une duchesse dans la soirée. Le lendemain, elle fit la connaissance d'un comte, de deux lords avec leur épouse, d'une Mlle Pryor, de deux M. Pryor et du fils illégitime d'un duc. Tous les hommes avaient les yeux et le nez des Pryor, et elle avait un peu de mal à s'y retrouver. Elle dessina un arbre généalogique et prit quelques notes afin de distinguer les uns des autres.

Nonus, le plus jeune fils de lord Tertius Pryor, était particulier. Il faisait penser à un chiot pataud et maladroit. Ou peut-être à un éléphant.

Il n'était pas brutal, mais c'était un plaisantin qui s'amusait parfois à devenir invisible. Par chance, il faisait tellement de bruit que toutes ses tentatives pour surprendre la famille échouaient.

— Tout le monde t'entend, maugréa son père sans même lever le nez de son journal quand il entra dans la bibliothèque.

— Tout le monde t'a entendu, lancèrent ses tantes en chœur quand il entra tout aussi bruyamment dans la fougeraie.

— Nous t'avons entendu, lui dirent trois de ses cousins quand il entra encore moins discrètement dans le salon, avant le dîner.

Chaque fois, il parut si déconfit que Pip eut du mal à réprimer un rire. Le matin du mariage, Nonus essaya encore une fois, sans succès, d'entrer dans la salle du petit déjeuner sans se montrer, et Pip eut pitié de lui.

— Vous devriez étudier l'art de se mouvoir sans bruit, lui conseilla-t-elle en mangeant ses œufs. Des leçons d'escrime devraient vous y aider.

— Ne l'aidez pas ! protesta Decimus Pryor, horrifié, tandis que sa sœur gloussait en se cachant derrière sa tasse de thé.

— Cela ne servirait à rien, intervint lord Secundus Pryor en beurrant un toast. Toutes les leçons d'escrime du monde n'empêcheront jamais mon neveu d'être un lourdaud.

Il assortit la remarque d'un clin d'œil à Pip.

— On ne sait jamais, rétorqua Nonus, sur la défensive, en remplissant son assiette.

Octavius secoua la tête, imité par ses cousins.

— On ne sait jamais ! répéta Nonus en posant brusquement son assiette et en tirant bruyamment une chaise, sur laquelle il s'assit lourdement.

— Ce n'est pas possible, déclara son frère, le très beau Sextus Pryor.

— Tu n'en sais rien !

Le marquis lui-même se mit à rire de bon cœur, ainsi que son fils Quintus. Il n'y avait aucune cruauté dans ce rire, il était affectueux, mais Pip ne put s'empêcher d'éprouver de la peine pour Nonus. Elle avait toujours pris le parti des souffre-douleurs, et en ce moment Nonus Pryor était celui de la famille.

Après le petit déjeuner, alors que chacun partait de son côté, elle le retint par la manche.

— Des leçons d'escrime vous aideraient, dit-elle. Il faut que vous appreniez à réfléchir quand vous bougez.

— J'ai déjà pris des leçons d'escrime, je sais manier l'épée.

— Et êtes-vous doué ?

Il fit la grimace, et Pip comprit que la réponse était négative.

— Il faut que vous preniez des cours, répéta-t-elle avec insistance. L'escrime, la danse, le maintien. Au bout de quelques mois, vous serez capable de vous déplacer sans bruit.

— Vous croyez ?

— J'en suis sûre.

Nonus semblant peu convaincu, elle ajouta :

— Allons, il faut essayer. Un an de leçons. Cela ne peut pas faire de mal. Je suis sûre qu'à la fin, vous pourrez les surprendre.

— Cela me plairait bien ! s'exclama-t-il d'un air malicieux.

Pip tendit la main devant elle.

— Voulez-vous que nous fassions un pari ? Un an de leçons d'escrime, de danse et de maintien. Et à la fin, je parie que vous pourrez prendre n'importe qui par surprise.

— Il faut décider d'un gage. Je sais ! Celui qui perdra le pari devra marcher à reculons pendant toute une journée.

— Le perdant devra marcher à reculons pendant une heure, corrigea Pip.

— Ce n'est pas drôle !

— C'est à prendre ou à laisser, répliqua-t-elle, la main tendue.

Nonus réfléchit quelques secondes avant de répondre :

— Pari tenu, dit-il en tapant dans la paume de la main de Pip. Un an de leçons. Je vais leur montrer de quoi je suis capable.

Il lui lâcha la main, la salua et s'éloigna dans le corridor en faisant claquer ses talons sur le sol de marbre.

Pip le suivit des yeux, en proie à une vague inquiétude. Si Nonus Pryor apprenait vraiment à se déplacer discrètement, ne sèmerait-il pas la pagaille ? Mais à ce moment, quelqu'un lui enlaça la taille et déposa un baiser sur sa tempe.

Elle oublia les problèmes de Nonus et ne pensa plus qu'à son mariage.

Trois heures plus tard, Pip et lord Octavius furent mariés par licence spéciale, dans la roseraie. La cérémonie fut simple, et seuls les membres de la famille y assistèrent.

Après le mariage, on servit un déjeuner accompagné de champagne. Puis les membres les plus jeunes de l'assistance jouèrent à colin-maillard et à cache-cache dans le jardin.

Pip découvrit que le potager comportait d'excellentes cachettes, ce qui n'était pas le cas du jardin aquatique. Elle découvrit aussi qu'il était impossible d'être silencieux tout en ayant un fou rire. Et qu'elle aimait beaucoup que son mari l'embrasse dans la pagode chinoise, dans le labyrinthe et sous les charmilles.

Plus tard ce soir-là, après un dîner convivial avec sa nouvelle famille, elle apprit beaucoup d'autres choses.

Tout d'abord, qu'un homme nu avait l'air très nu. Plus nu qu'une femme. Octavius fut un peu médusé lorsqu'elle lui fit cette remarque.

— Non, ce n'est pas vrai.

— Les hommes portent tellement de vêtements. On ne voit jamais leur cou, ni leurs bras, ni leurs chevilles.

Le cou, les bras et les chevilles d'Octavius, maintenant qu'ils étaient visibles, étaient très beaux. Il avait le genre de corps qui plaisait aux sculpteurs et aux peintres. Pip n'aurait su dire quelle partie elle préférait regarder. Ses épaules ? Ses cuisses musclées ?

La partie qui l'étonna le plus, ce fut son entrejambe. Là où se nichait ce sexe étrange et fascinant.

À ce moment, elle apprit que l'on pouvait être à la fois impatiente et effrayée. Et que son cœur pouvait battre de désir et d'appréhension à la fois.

Ensuite, elle apprit que quand Octavius prenait son visage à deux mains et l'embrassait avec autant de tendresse que de respect, son appréhension s'évanouissait.

Après cela, elle apprit qu'embrasser un homme quand vous étiez nue et lui aussi était bien plus délicieux que d'embrasser ce même homme lorsque vous étiez tous deux habillés. Mille fois plus délicieux. Dès que sa peau nue effleurait celle d'Octavius, tout son corps s'enflammait.

Elle apprit qu'elle pouvait être embrassée à divers endroits auxquels elle n'avait jamais pensé. Ce qui provoquait une explosion de plaisir. Puis que les hommes aussi pouvaient être embrassés à certains endroits auxquels elle n'avait pas pensé.

Elle apprit que la peau d'Octavius était brûlante, que ses muscles étaient souples, que sa toison était à la fois rude et lisse. Et qu'elle aimait l'odeur de sa peau, et son goût.

Elle se rendit compte qu'elle appréciait spécialement qu'Octavius l'embrasse trois fois de suite. Mais qu'à un certain moment le chiffre trois n'avait plus aucune importance. Il aurait pu l'embrasser deux fois ou vingt fois, car elle était devenue une créature charnelle, elle ne réfléchissait plus, et les trois ne voulaient plus rien dire.

Elle apprit ce que l'on éprouvait quand le sexe d'un homme vous pénétrait pour la première fois. Et, la douleur passée, elle apprit à quel point l'instinct était puissant. Car bien qu'elle n'ait aucune expérience, son corps savait exactement ce qu'il devait faire.

Alors que minuit sonnait à l'horloge, elle connut ce qu'était l'extase. Une suite de vagues délicieuses déferlant en elle.

— Était-ce bien ? lui demanda Octavius.

Elle ne voyait pas son visage car la bougie était éteinte depuis longtemps, mais il lui sembla qu'il était un peu inquiet.

— Oui. Très bien.

— Vraiment bien, ou...

— Vraiment bien.

— C'est vrai ?

— Oui, c'est vrai.

Il se détendit.

— Tant mieux, murmura-t-il. Je craignais que tu n'aimes pas, car je crois... Je pense que c'est meilleur pour un homme que pour une femme.

— C'est impossible.

Octavius étouffa un rire et la serra dans ses bras en faisant remonter la couverture sur eux.

— Tu es bien ?

— Oui.

Elle était bien, satisfaite, et elle se sentait en sécurité.

La dernière chose qu'elle apprit cette nuit-là, alors qu'elle était allongée dans l'obscurité, c'était qu'il était merveilleux de s'endormir dans les bras de l'homme qu'elle aimait. C'était une expérience incroyablement intime, d'entendre sa respiration régulière et de sentir son corps complètement détendu.

Bien qu'il soit endormi, elle se sentait à l'abri à ses côtés. Plus sûre d'elle aussi, bizarrement. Comme si Octavius lui avait communiqué sa propre vigueur.

Elle espérait pouvoir faire la même chose pour lui. Elle espérait que, près d'elle, il se sentirait aussi plus fort.

42

Octavius s'éveilla avant son épouse. Quel mot merveilleux ! Son épouse...

La chambre était encore plongée dans l'ombre, mais son horloge interne avait toujours été très précise. Quand il sortit du lit et alluma une bougie, il vit qu'il s'était éveillé presque exactement à l'heure qu'il voulait.

Il passa dans le cabinet de toilette sur la pointe des pieds pour faire ses ablutions, puis il s'habilla à la hâte, négligeant de mettre un gilet et une cravate. Sa jeune épouse remua lorsqu'il étala des vêtements pour elle sur le lit.

— Octavius ? murmura-t-elle en s'asseyant. Que fais-tu ?

— Tu es réveillée ? Très bien. Viens, il ne reste pas beaucoup de temps.

— Pas de temps pour quoi ?

— J'ai une surprise pour toi. Va te rincer le visage, je t'aiderai à t'habiller.

Elle disparut dans le cabinet de toilette, et en ressortit quelques minutes plus tard, fraîche et les cheveux relevés.

Octavius lui tendit une chemise et une robe.

— Mon corset...

— Inutile. Pas de corset ni de jupons. Tu n'en as pas besoin.

Elle enfila des bas et des chaussures. Octavius lui posa un châle sur les épaules, lui prit la main et l'entraîna vers la porte.

— Où allons-nous ?

— Tu verras.

Main dans la main, ils parcoururent les couloirs silencieux et sortirent par une porte dérobée. Ils traversèrent la pelouse humide de rosée, si vite qu'ils couraient presque.

Il ne faisait plus tout à fait nuit. L'aube commençait à éclaircir le ciel. Cependant, il n'y avait pas encore de couleur dans la campagne. Le champ de campanules était plongé dans l'ombre, et Le Nid apparaissait à peine en haut du promontoire.

Ils grimpèrent l'escalier en soufflant et émergèrent, pantelants, dans la salle du haut. Un des lits était placé face à l'est.

— Juste à temps, souffla Octavius en s'affalant dans les coussins et en prenant sa femme sur ses genoux.

Déjà, des couleurs illuminaient le ciel gris.

Tout d'abord, une lueur jaune apparut à l'horizon, puis des coulées orange se détachèrent sur les nuages. Enfin, le ciel se teinta de rose. Les couleurs devinrent plus riches, plus vives, l'orange était comme une flamme, le rose tourna au magenta.

Émerveillé, Octavius regarda l'horizon changer. Il avait peut-être des pouvoirs magiques, mais ce ciel, avec ses cascades de couleurs, était aussi magique.

Que lui avait dit Pip dans le Hampshire ? Que les femmes voyaient plus de beauté dans le monde que les hommes ?

Elle ne se trompait pas. Il avait vu des douzaines de fois l'aube apparaître, mais il ne s'était jamais rendu compte que c'était aussi beau.

Le rose s'estompa, l'orange devint de plus en plus pâle, le jaune disparut tout à fait.

— Tu avais raison, dit-il. Les femmes sont plus conscientes que nous de la beauté du monde.

Non seulement elles la voyaient, mais elles la partageaient. Pip avait partagé ce lever du soleil avec lui, et ce moment resterait précieusement gravé en lui. Les femmes enrichissaient la vie de ceux qui étaient auprès d'elles.

Octavius chercha les mots pour exprimer cette révélation.

— Pip ? Crois-tu que…

— Quoi donc ? demanda-t-elle en se tournant pour le regarder dans les yeux.

— Les hommes s'épanouissent grâce aux femmes, dit-il lentement. Le monde se développe grâce aux femmes. Vous embellissez tout.

Il sentit son visage s'empourprer et se trouva un peu ridicule, mais Pip ne rit pas. Elle lui sourit avec tant de tendresse et de chaleur que son cœur tressauta.

— Tu penses que grâce à nous le monde est meilleur ?

— Oui, répondit-il.

— Cela me fait plaisir, murmura-t-elle en souriant.

Octavius resserra son étreinte. Il eut une autre révélation. Il était plus facile d'ouvrir son cœur à une femme plutôt qu'à un homme. Plus facile d'être vulnérable avec une femme.

Oui, grâce aux femmes, le monde était vraiment meilleur.

Il serra étroitement son épouse contre lui, posa le menton dans ses cheveux, et sut qu'il n'avait jamais été aussi heureux que ce matin.

Il espéra qu'il en allait de même pour Pip. Ce lever de soleil. Ce premier jour de leur mariage.

Le ciel était bleu, à présent, des nuages blancs étaient éparpillés dans l'azur et il y avait de la verdure tout autour d'eux. Les arbres, les collines, les haies, les champs. Des centaines de nuances de vert, une beauté qu'il n'avait encore jamais remarquée.

Son estomac gargouilla, lui rappelant qu'il n'avait rien mangé depuis la veille.

— Le petit déjeuner est servi, dit-il. J'ai demandé aux domestiques de le préparer pour nous hier soir. Il y a des fruits, des pâtisseries et des boissons.

Tout en parlant, il lui caressa la taille et se rappela qu'elle ne portait pas de corset. Il sentait ses courbes sous ses doigts.

Il la caressa de nouveau, remonta de sa taille jusqu'à ses seins.

Elle poussa un gémissement.

— Tu aimes cela ?

— Mmm, murmura-t-elle.

Il oublia le petit déjeuner. Et décida que cette matinée serait encore meilleure qu'il ne l'avait cru.

Plus tard

Pip passa la première semaine de son mariage à recevoir des gouvernantes. Elle en reçut des grandes, des petites, des jeunes, des vieilles, des blondes, des brunes, une rouquine et deux qui avaient les cheveux gris. Elle leur posa à toutes deux questions.

— Parmi toutes ces qualités, quelle est selon vous la plus importante que les jeunes filles doivent acquérir ?

La dernière candidate, une certaine Mlle Bollingbroke, était petite, jeune, potelée et brune. Elle avait beaucoup de taches de rousseur ainsi que des lunettes. Elle fit remonter celles-ci sur son nez, en regardant la liste que Pip venait de lui soumettre.

Docilité
Obéissance
Confiance en soi
Modestie
Respect
Humilité

Mlle Bollingbroke fronça les sourcils puis leva les yeux vers Pip.

— La qualité la plus importante ?

— Oui.

— La confiance en soi, répondit Mlle Bollingbroke en lui rendant la liste.

Pip plissa les lèvres, prit une note dans son carnet et soumit une autre liste à Mlle Bollingbroke avant de lui poser la deuxième question.

— De toutes ces matières, lesquelles voudriez-vous enseigner à des jeunes filles, et lesquelles laisseriez-vous de côté ?

Orthographe
Arithmétique
Français
Géographie
Grimper aux arbres
Piano
Peinture
Botanique
Patauger dans les ruisseaux
Maintien
Élocution
Broderie
Faire voler des cerfs-volants

Mlle Bollingbroke parcourut la liste.

— Toutes ces matières, répondit-elle en rendant le papier à Pip.

— Toutes ? Même grimper aux arbres ?

— Bien sûr. Ce sont des enfants, n'est-ce pas ?

Pip prit une autre note dans son carnet et se cala dans son fauteuil en regardant Mlle Bollingbroke. Si elle ne se trompait pas, elle venait de trouver la gouvernante idéale.

— Vous êtes engagée, mademoiselle Bollingbroke.

Elles passèrent une heure à parler des fillettes, du fait qu'elles devaient absolument apprendre à avoir confiance en elles, et que les cerfs-volants et l'exploration des ruisseaux étaient des éléments essentiels de leur éducation. Puis Mlle Bollingbroke partit pour effectuer, dans une des voitures du duc, le trajet de plus de vingt kilomètres qui la séparait du domaine de Newingham.

Pip biffa le nom des candidates qui n'avaient pas été retenues et rangea ses notes.

On frappa à la porte et une servante passa le nez dans l'embrasure.

— Avez-vous fini ?

— Oui, et vous ? demanda Pip en posant son carnet de côté.

La servante hocha la tête. C'était une jolie jeune femme, avec des cheveux blonds et bouclés, de grands yeux bleus et une poitrine généreuse.

Pip repoussa son fauteuil et sortit. Accompagnée de la servante, elle gravit l'escalier et entra dans la chambre qu'elle partageait avec Octavius. Une fois à l'intérieur, elle fit tourner la clé dans la serrure.

— Personne ne t'a pincé ?

— Personne, répondit la servante en se retournant pour permettre à Pip de dégrafer sa robe. Pas de baisers non plus, ni de réflexions grivoises. Rien.

— Très bien. Nous pouvons rayer Linwood Castle de la liste.

La servante fit tomber sa robe et ses jupons sur le sol, et Pip dénoua son corset.

— Dieu soit loué. Je déteste les corsets. C'est bigrement inconfortable.

— Les cravates aussi, fit remarquer Pip.

La servante ôta sa chemise de lin.

— En effet, mais c'est moins inconfortable qu'un corset.

La servante se transforma et prit l'apparence d'Octavius.

— Ah, c'est mieux ! dit-il, soulagé, en fermant les yeux.

— Quelle est la prochaine destination ?

Octavius rouvrit les yeux.

— Le Gloucestershire. Puis je me rendrai dans le Somerset. Puis le Dorset. Ensuite, il y aura le Surrey et le Kent. Ma famille possède de nombreux domaines, précisa-t-il en soupirant.

Pip ne dit rien. Elle avait été stupéfaite en voyant la liste des biens de la famille Pryor et leur richesse.

— Qu'aimerais-tu faire, maintenant ? demanda-t-elle en lui tendant son pantalon. Une promenade dans le parc ?

Octavius ne fit pas mine de prendre le pantalon.

— Oui, si tu veux. Ou bien… autre chose, suggéra-t-il en lui embrassant trois fois l'intérieur de la main.

— En plein milieu de l'après-midi ?

— Et alors ?

Aucune règle ne leur interdisait de faire l'amour dans l'après-midi, n'est-ce pas ?

— Nous pourrions aussi faire les deux ? suggéra-t-elle.

— Nous pourrions faire les deux.

Pip laissa tomber le pantalon sur le sol et Octavius l'entraîna vers le lit, où il ne se contenta pas de trois baisers.

Note de l'autrice

Le Tichborne Dole est une tradition qui existe vraiment. Au XIIIe siècle, lady Tichborne, mourante, parcourut en rampant une distance de vingt-trois acres pour délimiter le terrain dont le produit devrait être donné aux pauvres après sa mort. Pour être sûre que son pingre de mari tiendrait parole, elle jeta une malédiction sur la famille Tichborne. Si la distribution aux pauvres venait à être interrompue, la famille aurait sept fils qui engendreraient à leur tour sept filles, et le nom s'éteindrait à jamais. Le Dole cessa pendant la période géorgienne, sept fils naquirent, et l'aîné engendra sept filles. Alors, la distribution reprit, de crainte que la malédiction ne se réalise.

Le droit de cuissage eut malheureusement cours en Angleterre pendant des siècles. Le journal de Samuel Pepys en atteste. Pepys, qui était membre du Parlement et secrétaire en chef de l'amirauté, forçait régulièrement ses servantes à lui accorder des faveurs.

Sous la Régence, la Couronne couvrait les frais de justice pour la trahison, le meurtre, le faux-monnayage et la malversation. Pour tout le reste, les frais restaient à la charge de la victime. Celle-ci devait payer les enquêteurs, les avocats et les dépenses pour solliciter des témoins. Ce qui signifie que la justice des tribunaux était hors de portée pour la plupart des gens.

Cependant, il arrivait parfois que de pauvres femmes parviennent à obtenir justice. (Voir le cas de Harriet Halliday en 1811. Un médecin vint à son secours et finança le procès contre son agresseur.)

Pour finir sur une note littéraire, *Histoire naturelle de Selborne* du révérend Gilbert White fut publié en 1789, et il est toujours édité de nos jours.

Le révérend White préférait observer les créatures vivantes dans leur habitat naturel plutôt que d'étudier des spécimens morts. Beaucoup de gens le considèrent comme le premier écologiste anglais.

Voici une citation extraite de son livre :

Je m'amusai beaucoup l'été dernier avec une chauve-souris apprivoisée qui venait manger des mouches dans ma main. Les insectes lui semblaient très acceptables, mais elle ne refusait pas les morceaux de viande crue que je lui offrais. Donc, l'idée que les chauves-souris s'introduisent dans les cheminées pour manger le bacon que les hommes y font griller ne paraît pas invraisemblable.

A

14453

Composition
FACOMPO

Achevé d'imprimer en Italie
par GRAFICA VENETA
le 20 juillet 2025

Dépôt légal : août 2025
EAN 9782290396537
OTP L21EPSN002577-616317

ÉDITIONS J'AI LU
82, rue Saint-Lazare, 75009 Paris

Diffusion France et étranger : Flammarion